クリスマスに死体がふたつ

ジェイニー・ボライソー

「今度ばかりは，ほんとうにばかなまねをしたもんだ」廃鉱でスケッチをしていたローズは，女性の悲鳴を聞いて警察に通報。だが捜索の結果なにも見つからず，かつての恋人ピアーズ警部から小言をくらう。せっかく油絵の仕事がうまくいき，芸術家の友人もできはじめた矢先なのに。おりもおり，つきあって間もない画家ニックの元恋人が死体で発見され，ニックばかりかローズまでもが容疑者に。そんな状況でローズがじっとしているわけがない。おまけに捜査を担当するピアーズ警部は今でもローズに未練たっぷり……。好評コーンウォール・ミステリ第三弾！

登場人物

ローズ・トレヴェリアン……………………………画家
デイヴィッド………………………………………ローズの亡き夫
ローラ・ペンフォールド…………………………ローズの親友
トレヴァー…………………………………………ローラの夫、漁師
バリー・ロウ………………………………………ローズの友人
ジャック・ピアース………………………………ローズの元恋人、キャンボーン署の警部
ニック・パスコウ…………………………………ローズの友人、画家
ジェニファー（ジェニー）・マンダーズ………ニックの元恋人、モデル
アレク………………………………………………ジェニーの父
アンジェラ…………………………………………アレクの後妻
ステラ・ジャクスン………………………………ローズの友人、画家
ダニエル・ライト…………………………………ステラの夫、彫刻家
マデリン（マディ）・デューク…………………ローズの友人、工芸作家
ピーター・ドースン………………………………画家
ジェフ・カーター…………………………………画商

クリスマスに死体がふたつ

ジェイニー・ボライソー
山 田 順 子 訳

創元推理文庫

BURIED IN CORNWALL

by

Janie Bolitho

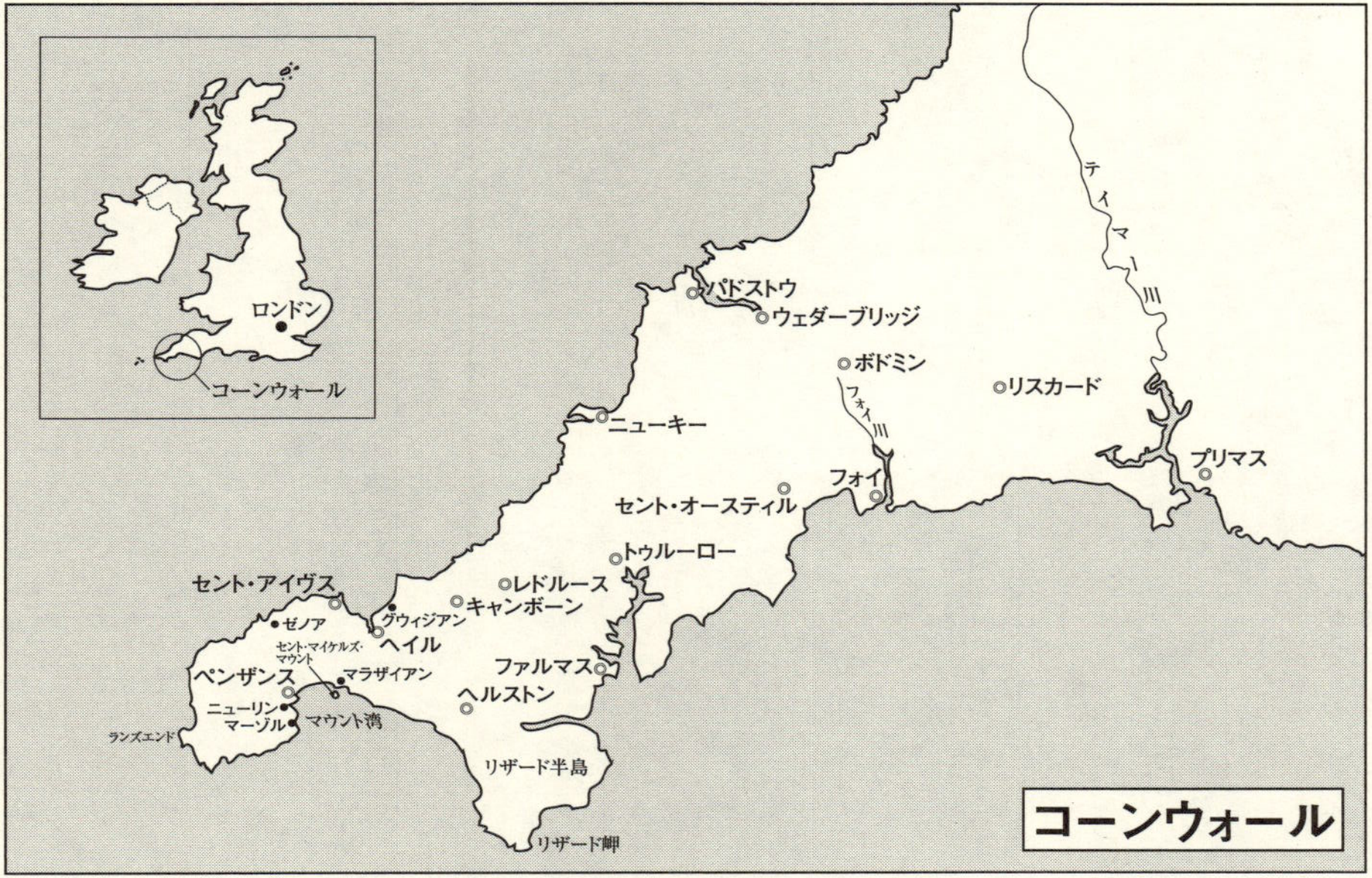

コーンウォール
ロンドン
コーンウォール
パドストウ
ウェダーブリッジ
ボドミン
リスカード
ティマー川
フォイ川
ニューキー
プリマス
フォイ
セント・オーステイル
トゥルーロー
レドルース
キャンボーン
セント・アイヴス
グウィジアン
ゼノア
ヘイル
セント・マイケルズ・マウント
マラザイアン
ペンザンス
ファルマス
ヘルストン
ニューリン
マーゾル
マウント湾
ランズエンド
リザード半島
リザード岬

クリスマスに死体がふたつ

孫息子、マシュー・ジェイムズ・ボライソーに

1

「今度ばかりは、ほんとうにばかなまねをしたもんだね」

ローズ・トレヴェリアンは目を閉じて息を深く吸いこんだ。電話をかけてきたのが誰か、訊かなくてもわかる。よく知っている声だ。ローズの胸の内で、怒りと恥ずかしさがしのぎをけずっている。

「今度という今度は、まったくなあ。『ウェスタン・モーニング・ニュース』紙の人騒がせな連中の記事をじっくり読んでみることだな。爪を折ったとか、メガネがみつからないとか、そういうことで警察に電話してくる連中のことだよ。きみみたいな連中のことさ、ローズ」

「講義は終わり？」ローズは相手の意見などこれっぽっちも気にしないということをわからせてやろうと、わざとさわやかな口調でいった。

「いったいなぜ、あんなまねをしたんだい？　ああいうのにどれぐらい費用がかかるか知ってるのか？」

知らないけど、どうせあなたが聞かせてくれるんでしょう、とローズは思った。そしてそのとおり、相手は数字を口にした。恐ろしいほど桁数の多い数字を。こうなると、いちどきに、いったいいくつの感情に責められればいいのか？　怒りと恥ずかしさの葛藤《かっとう》に、いまは罪悪感が加わってきた。かつて誰かがいっていた――釈明せず、謝罪せず、と。ローズは謝罪をするつもりはないが、釈明はしたいという、いってみれば理不尽な思いをかかえていた。一度は婚約を申し出た当人に、そして、気持のすれちがいに見切りをつけた当の相手に、自分を正当化したかったからだ。婚約などと確かな約束をする覚悟ができていなかったのは、ローズのほうだったのだが。今回の件で、はたまた、ふたりのプライベートな生活の件で、彼がどう思っているか、ローズにはよくわかっていたが、責められたからといって、それを甘受するつもりはなかった。

「わたしは聞いたのよ。ほんとうに」

「赤ワインを飲みすぎたんだろ」そのことばを最後に、電話は切れた。

三《み》つ巴《どもえ》の感情の葛藤のなかで、怒りが勝利をおさめた。もはや怒りという段階をすぎ、憤怒となっている。紅潮した顔で、ローズは爪を噛みながら、大股で歩きまわった。「大ばか野郎のジャック・ピアース！」どなり声をあげたが、まぶたの裏を涙がちくちくと刺している。

頭をひと振りすると、ローズはキッチンに行った。ジャックへのあてつけに、メドックの栓を抜く。ワインをついだグラスを手に居間にもどり、ちびちびとすすりながら、窓の向こうの、いまは彼女だけの世界となった風景を眺めた。マウント湾が見渡せる、カーブした窓の下に、補助暖房として小さなラジエーターを置いてあるが、それをつけていたので、ぽかぽかと暖かい。

日が暮れかけている。クリスマスが近くなるにつれ、暗くなるのがだんだん早くなってきた。遠くのセント・マイケルズ・マウントは、何色もの色を連ねた帯のような空を背景に、まがまがしくそびえる岩の輪郭が黒々と見えるだけだ。太陽が西に沈み、水平線は白みがかった黄色に染まっている。雲は、海に向かってくだっている崖の斜面を埋めたヒースの花よりも濃い紫色だ。その雲を、陽光の最後の指先があざやかなオレンジ色に縁どっている。

マーゾルからニューリンにつづく道路が庭の下方を走っている。急勾配の庭の真下の道路は見えないものの、横手の坂道を登ってくる車なら見える。数台の車が走ってくるのが見えた。そのうち一台の車が速度を落とし、停車する寸前に、ヘッドライトの光条が家の正面をつかのま明るく照らしだした。ローズは思わず、飲み仲間の漁師たちが使う荒っぽいことばを口にした。昼であれ夜であれ、夏であれ冬であれ、窓から見える風景は、ローズに心の平静を取りもどさせてくれるのに。ジャック・ピアースが、ジャック・ピアース警部どのの出現が、またもやそれをぶちこわした。勝手口のドアを軽くノックする音が聞こえる。そのドアは家の裏側にあり、そこからも庭に出られる。

もちろん、ノックに応《こた》えないという手もあるが、あいにくドアはロックしていないし、勝手口には明かりがついている。ジャックはローズが家にいることを知っているし、勝手口のドアにはめったに鍵がかかっていないことも知っているが、招かれもしないのにずかずかと入りこんだりしないほうがいいことも承知している。彼を無視するのは卑怯かもしれない。ジャックは受け容《い》れがたいようだが、ジャックとの関係は終わった。とはいうものの、社会人のマナーにのっとったふるまいをしなくてもいいという理屈はない。ジャックを恐れる理由もないのだ。そのうえ、ある意味で、ローズはジャックに恩がある。彼女がふたたび熱い感情をもてるようになれたのは、ジャックのおかげだった。デイヴィッドが死んで四年たってからジャックが登場し、ローズの生活に男がいてもいいという証明をしてくれたのだ。デイヴィッドの死を引きずった四年間だったが、だからといってローズの人生が終わったわけではなく、夫を忘れることはありえないが、その死を受け容れ、過去のこととして記憶にとどめるべきだということを学んだのだ。

最初、ローズは、ほかの男と関係をもてば、夫とわかちあった二十年にわたる幸福な結婚生活の思い出が損なわれてしまうのではないかと恐れていた。しかし、誰とつきあおうと、なにが起ころうと、思い出が奪われることはありえないとわかった。思い返してみると、ジャックは役割を果たしたといえる。たとえていえば、ジャックはローズに人生を取りもどさせてくれ、ローズがひとりで生きることができる強さをもてるようにしてくれたといえる。ジャックは永続性を望んだが、ローズは生きているという実感をふたたび味わうだけでよかった。彼が相手であることを楽しんだのはまちがいない。笑いあったり、口論したり、ともにすごした夜に活気があったのは確かだ。だが、それもまた過去のものとなった。

二度目のノックを聞いてから、ローズは板石敷きの狭い廊下を通り、勝手口のドアを開けにいった。のぞき窓のガラス越しにジャックの大きな見慣れた姿が見える。ドアの向こうで、ジャックは両手をこすりあわせながら立っていた。ドアを開け、彼を中に入れる。彼といっしょに冷たい空気が入りこみ、ローズは急いでドアを閉めた。かつて、ふたりのあいだに存在した、あのいわくいいがたい感情、胸のときめきは完全には消えていなかった。ジャックのかさばった体が部屋を占領するのを見て、ローズはそれをしみじみと実感した。そして、浅黒くハンサムな、いかにもコーンウォール人らしいジャックの顔をちらっとみつめた。

ジャックの視線がとがめるようにローズの手にあるグラスに向けられ、ローズはくびすじから頬まで血が昇るのを感じた。これは不当な非難だ。たいていの夜、ローズは仕事が終わるとワインの栓を抜く。だのになぜジャックはローズに、罪をおかしている現場を押さえられたような気にさせるのだろう?

「なんの用?」

「きみがだいじょうぶかどうか確かめたかった」ローズの家のキッチンだとくつろげるといわんばかりに、ジャックは腕を組み、レンジにもたれかかった。ローズはレンジに火がついていればよかったのに、と思った。最大の火力で火がついていればよかった、と。

ローズはふんと鼻を鳴らし、空いているほうの手で肩までの長さのたっぷりした髪をうしろにはらった。夜はいつも、髪をほどき、肩に垂らすようにしているのだ。ウェーヴのついた赤褐色の髪にはところどころ白いものがまじっているが、ローズは目のまわりのしわと同じように、白髪も気にしないことに決めていた。うぬぼれが強いほうではないし、五十歳に近いいま、自分に魅力があるとは思えないが、ローズは精神的にも肉体的にも自分自身に満足しているので、それがおのずから態度ににじみでている。

ジーンズ姿で、踵《かかと》の低い靴をはいているローズは、ジャックの肩のあたりにやっと届くぐらいだ。いま着ているシャツは、ニューリン・ストランド通りの《ワグホーンストア》で買った。このストアには、金物類、実用的な衣類、陶器、ガーデニング用の道具、電球、ペットフードなど、なんでもそろっているし、たとえ棚に見あたらなくても、上階の倉庫にあるのは確実だ。ローズが買ったシャツは目のつんだ厚い生地の青と黒の格子柄のもので、男性用なのでいちばん小さいサイズでも、小柄なローズにはぶかぶかだった。気候に関係なく、一年の大半を外ですごすため、日中のファッションにセンスは無用なのだ。そのシャツの上にこれまただぶだぶのセーターを着ているが、セーターは絵の具のしみがつき、裾がほつれているときているので、シャツの裾がのぞいている。

最初のうちジャック・ピアースの目には、ローズは傷つきやすく、好ましい女に映ったが、その後の紆余曲折のあげく、あたっているのは後者のほうだけだとわかった。

グラスのワインをこぼさないように気をつけながら、ローズは自分を誇示するように両手をあげた。「ごらんのとおり、わたしはだいじょうぶよ。そうじゃないわけないでしょ？」質問口調だったが、返事は聞きたくなかった。

「なぜかというと、まったくきみらしくないからだ。こういってもかまわないなら、きみの性格からいって、パニックに陥り、あんな行動をとるとはとても思えない」

「そんなふうにいわれるのは好きじゃないわ、ジャック」ローズは冷たい笑みをうかべ、ジャックには飲みものをすすめる気はないということを強調するように、ワインをひとくち飲んだ。「公的な立場でここに来たの？　わたし、なにかの罪で告訴されるのかしら？」

「もちろん、そうじゃない。誤解があるようだな。おれはただ……」

ローズはもうそこにはいなかった。テーブルにグラスを置き、勝手口のドアを開けている。

「おやすみなさい、ジャック。わざわざ寄ってくれて、どうもありがとう」

驚いたジャックはぽかんと口を開けた。

「おやすみなさいといったのよ。さあ、帰って。こんな冷たい風に吹きさらされてたら、肺炎になってしまう」

ジャックは肩を怒らせ、両手を厚地のダブルのジャケットのポケットに突っこむと、足音も荒くキッチンから出ていった。ローズは断固とした手つきで鍵をひねり、ドアをロックしたが、勝利の満足感はすぐに消えた。キッチンの椅子にすわりこむと、ワイングラスのステムをいじった。ガラスが指に冷たく感じられる。釈明をするにはいいチャンスだった。いったん怒りがやわらげば、ジャックはちゃんと話を聞いてくれただろう。それは確かだ。これまでも、彼はいつもローズを信じ、信頼してくれたのだから。しかし、いまとなってはもう手遅れだし、ローズのほうから電話をかけるつもりはない。ひどい一日のひどい終わりかただ、とローズは思った。

この地域の冬にはよくあることだが、今日もうららかな一日だった。十月下旬から十一月いっぱいは、しょっちゅう、激しい突風をともなう強い雨が降った。十二月に入ると、ふつうならどんどん寒くなって当然なのに、なぜか気温が上昇した。日中は小春日和《びより》で、すばらしい夕陽の見える夕刻と、肌寒い程度の夜という日々がつづいた。クリスマスが近いとはとうてい信じられない日々が……。

今日いちにちを思い返しているうちに、若いころのなつかしい思い出がよみがえってきた――美術大学を卒業したローズは、二十一歳のとき、なにを期待しているのか自分でもわからないまま、ペンザンスにやってきた。当初の予定では、半年ほど滞在して、ニューリン派の画家たちのことを学び、自分も絵を描くつもりだった。だが運命は他の選択肢も用意していた。けっきょくローズはコーンウォールを離れることはなかった。住まいはペンザンスに来る前に手配してあったので、ローズはじきに腰をおちつけて仕事ができるようになったが、油絵はあまり売れなかったので、水彩画に転向した。グリーティングカードや絵はがきも扱っている店のオーナー、バリー・ロウと出会えたことが、ローズのキャリアの方向を変えた。ある日、スケッチブックを抱えたローズは、バリーの店にとびこみ、絵を見てくれないかと訊いたのだ。バリーは快く応じてくれた。ローズがバリーに水彩画を何枚か見せると、あれよあれよというまに、基本的にフルタイムの雇用で、カードや絵はがき用の絵を描く仕事が決まってしまった。バリーはキャンボーンに工房を持っていて、そこでカードや絵はがきを印刷しているのだ。のちにローズは写真も手がけるようになり、カードや絵はがきの絵を描いて稼げるのと同じように、肖像写真でも稼げるようになった。あれほど好きだった油絵は、長いあいだ手をつけることもなかった。つい最近までは。

長年の友人であるマイクとバーバラのフィリップス夫妻主催のパーティで親しくなった、新しい友人たちに刺激を受け、ローズはふたたび油絵を始め、いまでは彼女の作品はかなり売れるようになってきている。

油絵をふたたび描きだすきっかけとなったのは、以前に描いた一枚の絵だった——デイヴィッドの病気がわかったときに描きはじめ、彼の死後に完成したのだが、いつ仕上げたのか思い出せなかった作品。それをしまいこんでいた場所から取りだしたのは、マイクの五十歳の誕生日のプレゼントにしようと思いついたからだ。あらためてその絵を見直してみたローズは、作品の完成度の高さに我ながら驚嘆した。怒りと悲しみと人生経験とが、ローズに以前には欠けていた成熟をもたらし、それが作品に表われていたからだ。しかも、はっきりこれだと指摘できないが、なにかが加わっている。マイクをはじめ、パーティの客たちはローズの才能を認めた。そしてそこから事態が変わり、現在に至っている。

結果的にひどい一日と化した今日、ローズは、荒々しい海岸線や、入り江にこぢんまりと家々が集まっている漁村の美しい風景よりも、荒野の不毛のきびしさをモチーフにした描きかけの作品を持って、写生場所に出かけた。廃鉱の朽ちたエンジンハウスの周辺の風景画だ。木々や草はまだ秋の色をとどめ、ローズが新しい技法の力量を試すには絶好の風景だった。午後の早い時間に、夢中になって仕事をしているとき、悲鳴が聞こえたのだ。女のかん高い悲鳴だった。ローズは頭をかかえこんだ。いや、ちがう、空耳ではない。生粋のコーンウォール人と同じく、ローズも迷信や霊感を信じるほうだが、現実と空想のちがいはわきまえている。荒野をよく知っているローズには、あの悲鳴が音響のいたずらとは思えなかった。荒野の地下には突然に陥没しかねない坑道が縦横に走っていて、危険なエリアがたくさんあるからだ。

しかし、このところ持ち歩くようになった携帯電話で救援を求めたところ、ローズの要請に応じて駆けつけた人々がヒステリックな女がはた迷惑な電話をしてきたと腹だたしく思っているのを、目のあたりにすることになった。救急車やレスキュー隊は帰ってしまった。少なくとも、カルドローズからヘリコプターが来なかったのが不幸中の幸いだ。いまのローズには、今日の記憶を頭から追い出して、恥をかかえて生きていくしかない。なにしろ、徹底的な捜索の結果、人っ子ひとり、みつからなかったのだから。

ローズは調理器具に内蔵された時計に目をやった。そろそろ着替える時間だ。今夜はニック・パスコウに、チャペルストリートのメソジスト教会で開かれるクラシックのコンサートに誘われている。コンサートのあとは食事に行く予定だ。ニックとのデートはこれで三度目となる。一度はニューリンで、あと一度はニックの住居とギャラリーのあるセント・アイヴスで。二度とも軽く飲んだだけのつきあいだった。

ニック・パスコウの芸術家としての評価は、地元でも国内でも高く、ローズももちろん彼のことは聞きおよんでいたが、バーバラとマイク主催のパーティで紹介されたときは、ほとんどうわのそらだった。それはひとえに、バースデイプレゼントとしてマイクに贈った絵が好意的な評価以上の反応を生み、ローズが興奮していたからにほかならない。その絵はローズがそれを描いていたときの心の状態を反映した、嵐の吹き荒れる海岸の風景画だった。

ニックの顔をはっきりと思い出したのは、彼からお目にかかりたいという電話をもらったあとだ。脳裏によみがえったのは、しわが刻まれ、意志が強そうな、日に焼けた顔だった。白髪まじりの髪は、ローズのファイルキャビネットの色と同じグレイで、額からうしろになでつけられ、肩にかかるほど長かった。見たこともないような斑《ふ》の入ったグレイの目は、光によって緑色に変わった。パーティの席上では、ジーンズにシャツ、デニムのジャケットという服装だったが、その後二度会ったときも同じで、ローズはこのひとはほかに服を持っていないのだろうかとけげんに思ったものだ。もっとも、シャツはちがっていたが。最初のときは黒いTシャツの上に黒いシャツを着ていた。二度目のときは、いまのローズと同じような実用的なシャツだった。

出かける用意をしようと、二階にあがりながら、ニックのことを母ならどういうだろうかと想像してみて、ローズは思わず微笑した。母はこういうだろう——正直にいうとね、ローズ、彼はちゃんとしたジャケットを着てネクタイを締めるべきよ。ローズの両親は保守的で、芸術家となったひとり娘が、彼女の属する世界のライフスタイルと服装になじんでしまっていることに、いまだに当惑しているのだ。

ローズはシャワーを浴び、髪を洗った。前かがみになって顔の前に濡れた髪を垂らし、うるさい音をたてるドライヤーの温風が体にもかかるように髪を乾かした。クロゼットから、裾に縁取り刺繍のある黒い農婦風のスカートと、つややかな緑色のシャツを取りだす。シャツの上に黒いジャケット。靴が問題だったが、けっきょく、褐色の革のブーツに決めた。これなら、少なくともバッグと合う。

　待ち合わせの場所は、ペンザンスのチャペルストリートにあるパブ・レストラン、《アドミラル・ベンボウ》だ。低いまぐさ石の下のドアをくぐると、一階がレストランになっている。二階がパブで、長いカウンターか、海を眺められるテーブル席で飲める。この建物は密輸業者《スマグラー》たちが暗躍した時代のもので、建物の地下から海岸までトンネルが掘られているという。店内の古い梁《はり》も、飾ってある船用品も、調度品も、がっしりした木材で造られている。

すでにグラス一杯のワインを飲んでいるし、ニックと会えばもっと飲むことになるはずなので、ローズは車で出かけるつもりはなかったのだが、ジャック・ピアースのせいで、徒歩でいくにはもう遅すぎる。ローズは時計を確かめた。急げば次のバスにまにあう。バスがだめなら、タクシーだ。遅れるのではないかとやきもきしている自分に、ローズは我ながら驚いた。

　バス停に着いたとたん、坂の上にバスのライトが見えた。寒さに震えながら、ローズは待たずにすんだことを喜んだ。子どものころは、何週間もつづく雪や氷に耐えていたことを思い出し、ローズは自分もすっかりヤワになってしまったなと思う。ここ西部地域《ウエスト・ペンウイズ》では温度が数度下がると、住人たちは凍りついてしまうと文句をいう。しかし、イギリスの各地方の平均温度からいくと、〝寒い〟という概念にすらあてはまらないのだが。バスの運転手にちょっきりの料金を払いながら、ローズはそう思った。

コートの裾に気をつけて、小型バスの後部座席に腰をおろす。コートがしわだらけになるのは困る。このコートは最近買ったばかりなのだ。錆色の純毛のコートの肩には髪がかかり、裾の下からはブーツがのぞいている。コーンウォール以外の土地なら、田舎の秋の装いだった。

装いといえば、ローズはめったに衣類を買わない。たまに新しいものを買うと、三カ月は過度なほどていねいに扱うが、そのあとは古い衣類と同じ扱いになる。つまり、椅子の背に投げかけたり、ベッドの上に放りだしたり、衣装ダンスがわりに使っているウォークイン・クロゼットのハンガーから床にすべり落ちたまま放置してしまったり、ということだ。

まだ新品同然のコートにしわが寄らないように姿勢を変えたローズは、ステッキを持った、リウマチとおぼしい老人と目が合った。ローズは笑みを見せたが、老人はそっぽを向き、咳払いしてティッシュに痰を吐いた。ローズも目をそむけた。

バスはよたよたと坂道をくだり、ペンザンスに向かっている。海岸沿いのプロムナードには、新たに設置された簡素なイルミネーションが光の数珠を作っている。ヴィクトリア時代ふうのデザインの街灯によくマッチしている。ペンザンスでもすでにクリスマス・イルミネーションが飾りつけられているので、美しいきらめきを放っているはずだ。それにしても、あともう二週間ほどでクリスマスだというのに、ローズはなんの計画も立てていなかった。デイヴィッドの死後四年間は、両親がともにクリスマスをすごしてくれた。去年はジャック・ピアースといっしょだった。ふたりきりで静かな一日を楽しんだものだ。ローズは骨つき肉を料理し、ジャックはシャンパン、ワイン、ウィスキーを用意した。夜にはローラとトレヴァーが加わり、トランプ・ゲームをしたり、祝い酒にほろ酔いになったりした。しかし今年はジャックとすごすつもりはないし、両親にもせっかくの彼らだけの予定をむだにしないよう説得ずみだ。

遠く離れて暮らしているとはいえ、両親は定期的に手紙や電話で連絡をよこし、娘が過去は過去として受け容れ、たとえひとりぼっちでも、思い出がローズを苦しめることがなくなったことを知っている。ローズのいちばんの友、ローラ・ペンフォールドは昼のクリスマスディナーに招待してくれたが、ローズはローラの家族が集まっているところに割りこむ気などさらさらなかった。「みんなはクリスマスイヴに来て、二十七日には帰る」ローラはそういっていた。「ちょうどいい期間さね。あたしの我慢が切れるほど長くないわけで」

ローズはペンフォールド家のクリスマス行事をよく知っている。ローラが前もってすべての準備をととのえるのだが、料理そのものは夫のトレヴァーと義理の娘たちが担当し、その間、ローラは息子三人を連れてパブに行くのだ。息子たちは三人ともこの土地を離れ、漁師である父親のあとを継ぐ者はいなかった。いまどきはそういうものなのだろうとローズが考えているうちに、バスは郵便局の向かい側で停まった。

運転手に礼をいってバスを降りたローズは、マーケット・ジュー通りを渡ってから立ちどまり、チャペルストリートのとっつきにある《ドロシー・パーキンスの店》のショウウィンドウをのぞいた。通りの向かい側のブティックのショウウィンドウには、つるつる頭のマネキンが立っている。両脚を大きく広げて両膝を曲げ、大げさにしかめっつらをしたマネキンがローズの目を惹いた。少しあとずさってマネキンをしげしげとみつめ、ときとして醜いもののほうが目を惹くのはなぜだろうと思った。

意地の悪い風がコートの裾をはためかせ、髪を乱したため、ローズは角を曲がってチャペルストリートをくだり、《アドミラル・ベンボウ》に向かった。二階のパブで、ニック・パスコウが片足をカウンターの下のバーにのせて、高いスツールに浅く腰かけていた。彼の前にはビールの一パイントグラスが置いてある。ローズが近づくと、ニックは立ちあがり、ほっそりと長い指で髪をうしろにはらい、前かがみになって彼女の頬にキスした。マイクのバースデイパーティで握手をかわしてから、これが初めての肉体的接触だが、ふたりともそれがごく自然に思えた。

「ワイン？」ニックが訊く。

「ええ。ねえ、七時四十五分開演って確か？　もう観客がずいぶん集まってるみたいだったわよ」

「確かだ。ところで問題があるんだよ。じつは、レストランがクリスマス前の客で混むことを忘れてて、まさか予約でいっぱいだとは思いもしなかったんだ」

「だいじょうぶ、どこか入れるところがあるわよ。今日は水曜日だから、なんとかなるんじゃない」

数分間、ふたりは黙って飲みものをすすった。ニックはたばこを巻いて火をつけ、口の端から煙を吐いた。「ローズ、なにか悩みごとでもあるのかい？」

「いいえ！」ローズは仰天した。ローズのようすがどこかおかしいと気づいたニックの慧眼《けいがん》には感心したが、彼女自身は昼間の愚かなふるまいを忘れようと努力していたのだ。いまは話をする時間がない。あとでなら、コンサートのあとでなら、話せるかもしれない。ローズは時間をチェックした。「あと十分で開演よ。もう行きましょう」

ニックは二インチほど残っていたビールを飲みほした。彼は今日もジーンズ姿だが、どこもほつれていないし、絵の具が飛び散った跡もないことから、いちばんいいジーンズにちがいない、とローズは思った。上はフィッシャーマンズセーターで、くびもとから薄青のシャツの襟をのぞかせている。ジャケットを持ってきていないところを見ると、いつものようにシャツの下にTシャツを着ているのだろう。ローズは驚いて目をしばたたいた。いつのまにか頭のなかでニックの服をぬがせていたからだ。

ニックと腕をからませ、ローズは堂々たる教会の正面階段を昇った。教会の内部は外観から想像するよりはるかに装飾的だった。内部はプログラムをめくる音や、低く抑えた声でかわされる会話など、ざわめきが満ちていた。奥の側廊にオーケストラの楽団員が並ぶまで、あちこちで断続的に咳払いの音が起こった。楽団員たちは祭壇の正面に座を占めると、各自の楽器のチューニングを始めた。

演奏中、一度だけローズはかたわらのニックに目をやった。モーツァルトのピアノ・コンチェルトが流れるなか、ニックはなかば目を閉じて聞きいっていた。モーツァルトの次はベートーヴェンの交響曲第二番ニ長調で、その次はソプラノの独唱。その澄みきった歌声は教会内に響きわたり、ローズは体が震えた。四曲目はローズの知らない作曲家の作品だった。その音楽は、ローズにはただ耳ざわりで、演奏が終わって休憩時間に入るのが残念だとはいいがたかった。ニックがたばこを吸いたがったので、いったん外に出る。ティーンエイジャーのようにくすくす笑いながら道を渡り、第二部開始までに一杯飲《や》ろうと、《トルコ人の頭《ターク・ヘッド》》にとびこんだ。

コンサートが終わると、ニックは訊いた。「楽しんだ？」

「すてきだった。わたし、もっと努力すべきね。ちょっと気をつけて周囲を見れば、楽しいことがたくさんあるんですもの。でも、月に一度、男声コーラスを聞くのがやっとというありさま」

「コーンウォール人の歌を聞かなくては。あなたは歌えるの、ローズ？」

「ぜんぜんだめ」

駐車場に向かう人々にまじって、ふたりは坂道を登っていった。

「どこに行こうか？」

ローズは肩をすくめた。「ここまで来たんなら、中国料理は？」

というわけで、二軒の隣りあったレストランの手前のほうに決めた。二軒とも店は二階にある。店内は驚くほど混んでいたが、ふたりは窓ぎわのテーブルにありつけた。

「さあ、聞こう。我が油絵画家どのは、いったいなにに動揺していたのかな？」会ったときのローズのいつもとはちがうようすを思い出し、ニックはそう切りだした。

〝我が〟という所有格に深い意味があるのかないのか。ローズが足を踏みいれたばかりの分野でもう何年も確固たる地位を築いてきたニックが、ローズをからかってそう呼びかけたのか？

あるいは、これは愛情の表現か？　ローズは気づまりな思いに陥り、打ち明けるのはやめようかと思った。だが、どちらにしろ、ワインの酔いがまわってくれば、すぐに聞きだされてしまうだろう。ローズは頬が上気してくるのを覚えながら、口を開いた。「今日、とんでもなく、ばかなまねをしてしまって。わたし……ああ、もういい。どうせわたしがまちがってたのよ」

ニックは腕を組んで椅子の背に寄りかかった。片手をあげ、ひとさし指をくちびるに当てる。「こういってよければ、いまの極端に選り分けられた文節の二行目には、完璧に述語が欠落している。あなたがいったいどういうばかなまねをしたのか、ぼくはそこのところを正確に演繹《えんえき》すべきなんだろうな」

ローズは微笑した。今度はまちがいなくからかわれている。「いいわ。説明する。今日、わたしは外で絵を描いていた。悲鳴が聞こえた。古い坑道のあたりから。わたしは調べてまわった。なにもみつからなかった。でも、あれは確かに悲鳴だった。わたしは車に駆けもどり、携帯電話で警察に知らせた。救助隊が大挙して駆けつけてきた」肩をすくめる。「やはり、なにもみつからなかった」

「じつにわかりやすいが、従属節がどこにもない」

「学者さんね」ローズが箸《はし》をいじっていると、ウェイターがニックの注文したワインを運んできた。メニューを開き、ためらったら最後いつまでたっても迷うのがわかっているので、ローズはすぐにメインディッシュを決めた。

「だけど、まじめな話、ほんとうに悲鳴が聞こえたのなら、あなたの行動は正しいよ。それにしても、あなたが携帯電話を持ってるのは知らなかった」ニックは片方の眉を吊りあげたが、ローズはほのめかしを無視して番号は教えなかった。ーズは箸をいじるのをやめただけだった。ローズが表情を硬くしたのを見ると、ニックはすぐに手を引っこめた。

「そうね。携帯電話はあるけど、それを持って出るの、しょっちゅう忘れてしまうから」玄関ホールに時間限定ライトを取りつけるように勧めてくれたのと同様、携帯電話を勧めてくれたのもジャック・ピアースだったのだ。

「便利なものだよ」

ローズは鼻で笑った。「誰もがちょっとだけ早く到達できるぐらいの便利さよ」

「そうだけど、夜間にひとりで外歩きするときなんか、持ってるほうが安心だよ」

ローズはくちびるの端を噛んだ。もちろん、ニックのいうとおりだ。ここウェスト・ペンウイズは、つねに進歩のあとをついていくようなところがあるし、もっとおだやかだった時代のにおいをいまだに残しているが、それでも昨今は犯罪が多発し、その点は他の地域に追いつきつつあるようだ。

「コーズウェイヘッド通りを歩いているときに、強盗に出くわしたり、襲われたりしたら、こういうの？　ちょっと待って、携帯電話を取りだして警察に電話するからって」

「おやおや、今度は誰が学者さんなのかな。ぼくがいってることは、よくわかってるくせに」

「そうね、携帯電話は重いから、武器がわりに使えるわね」

ニックが笑いながらくびを横に振っているところに、ウェイターが料理の皿を運んできて保温器の上にのせた。ニックはローズにお先にどうぞといって料理を取らせた。ひとくち食べて、うまいというようにうなずくと、ニックは話をつづけた。「風のいたずらという可能性もあるな」

「それはないわ。信じてもらえるとは期待してないけど、あれは確かに悲鳴だった。女の悲鳴。ああ、もう忘れましょう。ここいらじゃよくある、ぜったいに理解できないことのひとつよ、きっと」

「今日、あなたがどこに行くか、知っていたひとはいる？」

「いたからといって、それがなにか？」箸にのせた料理を慎重に口に運ぼうとしていたローズは、そのなかばで、ふいに凍りついた。

ニックは奇妙な表情をうかべている。「ぜったいにそうだとはいいきれない」少し間をおいてつづける。「ちょっと考えてみただけだ」

「ステラとダニエルにはいったわ。もともとあそこがいいと教えてくれたのは、ステラだったと思う。わたしはあのふたりにとても感謝してるのよ、ニック。わたしを庇護してくれてる。いいひとたちだわ。でも、わたしはみんなみたいに実績があるわけじゃないから、嫉妬されてるとは思えないけど、もしかしたら、ぽっと出のわたしが名の売れたひとたちのなかにまじっているということで、おもしろくないひともいるかもね」

「ぼくたちはそんなふうには思ってないよ、ローズ。あなたがそんなふうに考えてるとは、驚きだな」

「ごめんなさい、気を悪くしないで。なにしろ、長いあいだ自分と折り合うのに必死で、いちばんやりたいことをあとまわしにしてきたものだから……」ローズは肩をすくめると、髪をうしろにはらってきちんと耳にかけ、うつむいても髪が料理に垂れないようにした。

ニックはあえてなにもいわなかった。ローズは自信がなくて気弱になっているのかと思っていたが、それがまちがいであることに気づいたのだ。ローズが心から愛していた夫、そして、彼女の才能を二の次にしても幸福な暮らしを共にしていたパートナー、その夫に先立たれ、人生後半になって、仕事の方向を変えるには、さぞ勇気が必要だったにちがいない。ニックはローズを過小評価していた自分に腹が立った。彼は比較的らくな人生をおくってきた。幸運にも最初から作品を高く評価され、売れゆきもよかったのだ。

ローズとはちがい、ニックは一度も結婚しなかったが、けっこう長くつきあった女性は数人いる。最後につきあっていた女性とは半年前に関係が終わった。ジェニーという名の、絵のモデルで、オリーヴ色の肌に、波打つ黒髪、色気たっぷりの目をもつ、野性的な容姿の持ち主だった。人の見かけというのは、あてにならないものだとニックは思う。ジェニーの最大の望みは、結婚してあかんぼうを産むことで、ニックなら彼女の望みをかなえてくれるものと信じこんでいた。三年の同棲生活のあと、ジェニーはわずかな荷物をバッグに詰め、若さをむだにしたこと、ニックのつごうのいいように利用されたことを大声でののしり、ドアをばたんと閉めて出ていった。

ニックは茫然としてしまい、とっさの反応もできず、キッチンでフライ返しを手に夕食用のサバの調理をつづけた。彼女を利用した？　ニックは考えこんだ。ジェニーはなんの義務も負わず、ニックの稼いだ金を使い、もっぱら彼の手料理を食べるほうにまわっていた。たまには掃除機でもかけてくれるというのであれば、それなりに助かったのだが。そこまで考えて、ニックはふいにフライ返しを放り投げ、ドアに向かって走った。「利用した、だと！」コテージのドアを開け、狭い路地に向かって大声でどなり、地元の人々や休暇中の観光客を仰天させた。後者はこれまたローカル色豊かな見物《みもの》とばかりに、大いに楽しんだことだろう。「誰が誰を利用したというんだ！」だがジェニーはすでに角を曲がって姿が見えなくなっていた。

ローズはジェニーとはまったくちがうタイプだ。美しい女性であることは確かだが、ジェニーよりはるかに成熟しているし、苦しみを知り、それと折り合うことを学んでいる。ニックはたった一枚、ローズの絵を見ただけで、彼女を賞賛するようになった。ローズとのあいだになんらかの関係ができても、彼女は決してそれをゲームだとはみなさず、まっすぐにニックに対峙してくるだろう。それはジェニーとの欺瞞《ぎまん》だらけの関係とは正反対のものになるはずだ。箸で器用に料理を食べているローズを見ていると、ニックは、ローズがひっきりなしに会話する必要のない相手だとわかった。

「なに？」目をあげてニックの笑みをみつけたローズは訊いた。

「うまそうに食べてるね」

「おいしいわ」

自分がどれほど強くローズを求めているか、それをずっと考えてきたことをどういえばいいのか、ニックにはわからない。だが、それで充分ではないか？　なぜ思いわずらっているのか？　気持を伝えれば、ローズとの関係は深まるだろうか？　しかし、なにもいわずにいれば、少なくとも、友人としてつきあっていられる。

「明日、ステラのギャラリーに行く予定なの。個展のオープニングに招待してくれたから」

「だったら、車で行かないほうがいい。耳からあふれてくるほどワインを飲まされるよ」

「艱難辛苦《かんなんしんく》を押しつけられるようには聞こえないわね」

「明日になればわかる」

「ステラは大酒飲みには見えないけど」

「うん、そこが問題なんだ。彼女は酒飲みではない。飲むのは不安だからだ」

「ステラが？」

「わかるよ。信じられないんだろ。だが、彼女は個展を開くたびに不安に怯《おび》える。いつもそれが最後の個展になるんじゃないかと恐れてるんだ」

「わたしもいま、個展の準備を進めてるところ」

「だったら、作品がたくさん必要だよ。完成したのは何点ぐらいある？」

「ほんの数点。おかしなことに、わたしの気に入らない作品ばかり売れてる。あ、また笑ったわね。今度はなに？」

「学習しつつあるね。なにがよくて、なにが悪いか、わかりはじめたんだよ。どうかな？」

ローズは眉根を寄せた。「わからない。単なるフィーリングの問題かしら?」

「だったら、たぶん、それは正しい。それ、食べてしまえる?」ニックは牛肉の黒豆ソースあえを指さした。

「もうだめ。注文しすぎたわね」まだほとんど手をつけてないスペアリブの皿もある。

「勘定をしてもらおうか?」

「ええ。時間を見てよ。もう十一時半近いわ。お勘定はワリカンにしましょうね」

「まさか、とんでもない」ワリカンなんて、ジェニーなら決していいださないことのひとつだ。

ローズ・トレヴェリアンにまた一点追加。

ウェイターが皿をさげにきた。「スペアリブを持ち帰り容器に入れてもらえるかしら?」

テーブルの向こうのニックが口をぽかんと開けた。「犬を飼ってるのかい?」

「いいえ、わたしがいただくの。あなたがいらないなら」

ニックの笑い声に他のテーブルの面々がこちらを向いた。「なにもムダにしないんだね?」

「しなくてもすむときは。それに、夜中におなかがすいて目がさめることもあるし」

「冷たいまま食べるのかい?」

「そうよ。一度試してみたら?」ローズはおもしろそうに口をすぼめた。「わたしにはほかにも、あなたがぎょっとするような癖がいろいろあるのよ」

「今夜はひとつ知っただけで充分だよ。コートを取ってこよう。タクシーで帰る? それとも歩きなら、送っていこうか?」

「タクシーで帰るわ。あなたが帰る方向とは正反対だし」ローズはコートの袖に腕を通しかけて、その手を止めた。「あなたはどうやって帰るの？」

「ペンザンスの友人宅に泊まってるんだ」

「そう」

ウェイターが電話でタクシーを呼んでくれたので、ローズとニックは階段の下で風をよけながらタクシーの到着を待った。スペアリブの入ったアルミ箔《はく》の持ち帰り容器を手に、ローズはニックのさりげないコメントのことを考えた。彼ははじめから友人宅に泊まる手配をしていたのか、あるいはローズの家に行けるのを期待していたのか。歩いて帰るのなら送っていこうと彼は申し出た。なじみの《ストーン交通》のタクシーが近づいてくるのを見ながら、ローズはいまさら考えてももう手遅れだと思った。ニックは後部座席のドアを開けてくれたが、ローズはいささかそれを気にしながらも、前部の助手席に乗りこみ、運転手を名前で呼んであいさつした。

「どうもありがとう。今夜はほんとうに楽しかったわ」窓をおろしてニックにいう。「次はわたしがおもてなしするわね」それがそう先のことではないといいと思いつつ、ローズは運転手に自宅まで行ってくれとたのんだ。

自宅前でタクシーを降りると、ローズは家の横手、崖側に面している勝手口に通じている坂道を登った。正面玄関に行くには、右に折れて、暗いでこぼこの小道を歩かなければならない。そのわきにはのびすぎた灌木が茂っていて、小道は暗いのだ。友人たちと同じように、ローズもめったに玄関ドアを使わないし、先日の豪雨のあとで見てみると、木のドアは水を吸ってふくれあがっていた。キッチンに入ると、ローズは今日いちにちはなんともおかしな日だったとつくづく思った。いまだに頭のなかであの悲鳴が響いている。頭がおかしくなりかけているのか、それとも、想像力過多なのか、どちらかかもしれないが、あの悲鳴を聞くまでは、ローズは自分の仕事に没頭し、絵のことしか考えていなかったのだ。結果としてどうにも割り切れない思いが残ったが、それをわざわざジャック・ピアースに思い出させてもらう必要はなかった。それに、ニックはなぜ、ローズがどこにいるか知っていた者はいるのかなどと訊いたのだろう？　いったいなにがいいたかったのだろう？　ローズを怯えさせたいとか、あるいは、恥をかかせてやりたいとか、そんなことを望んだ者がいるというのだろうか？

疲れきっているために、それ以上気にかけることもできず、ローズは二階にあがった。寝したくをする前に、マウント湾と、ニューリンの波止場の明かりを眺める。月は一部に雲がかかっているが、服をぬぐには充分な明るさだ。この部屋は他人にのぞきこまれる心配はない。車にしろ、また、こんな時間にはほとんどいないはずだが、たとえ歩行者がいるにしろ、突き出ている庭が邪魔して下の道路からはローズの家は見えない。それに、船に乗っている者が、中年の寡婦が服をぬいでいるところを見たいと突然の欲望をいだいたとしても、高性能の双眼鏡が必要だろう。

あの廃鉱にまた行くのはあまり気が進まないが、描きかけの作品を仕上げなければならない。ステラ・ジャクスンは早い段階でローズの作品を見て、ローズの意図はなかなかいいと太鼓判を押してくれた。空耳であろうとなかろうと悲鳴を聞いたからといって、作品を仕上げずに途中で放棄してしまうことはできないが、べつに明日でなくともいい、とローズは思った。明日はこのところご無沙汰のローラがコーヒーを飲みにやってくるし、夜はステラの個展のオープニングパーティがある。それに、ペンザンスでいくつか用事もすませなければならない。

セント・アイヴスのグループのなかに、マディことマデリン・デュークという女性がいる。ローズがもっとよく知り合いになりたいと思っているひとりだ。マディとはなにか共通するものがあるような気がしてならないのだ。それがなになのか、まだわからないが、単なる顔見知りで終わらない、もっと深いなにかがあるような気がする。

また、マディは自立した女性で、いろいろなことに手を出している。陶磁器を焼き、テキスタイル・プリントもこなす。そして自作の品々を裏道に面した小さな店で売り、客がこないときは作品を創っている。表通りと裏道が交差する角に小さな看板を出しているが、その看板は、古くてちっぽけなコテージを支えているようにも見える。セント・アイヴスという町は、そういう古くてちっぽけなコテージがこまごまと集まって成り立っているのだ。

セント・アイヴスは美しいところだと、ローズも認めている。砂浜はクロテッドクリームの白い色だし、サーファーたちに愛されている海はエーゲ海よりも青い。列車で来たら、窓から見えるシュロの木々に縁どられた景色に息をのむこと請け合いだ。だが、そこに住むというのは、また別の問題だ。小さな町は、夏には観光客で身動きもとれなくなり、ローズは閉所恐怖症に陥るだろう。セント・アイヴスはかつては漁業が盛んだったが、それはもう歴史となってしまった。それにくらべ、ニューリンはいまだ現役の漁村で、どこを見ればいいかわからない者にとってはなんの趣《おもむき》もない、コンクリートの大殿堂そのままの、魚市場や製氷工場しかないところだ。観光客はニューリンを素通りして、絵のようなマーゾル村に行ってしまうのがふつうだった。

翌朝、ローズが目をさましたのは午前七時だった。太陽が顔を出すまで、少なくとも、あと三十分はかかるだろう。ベッドサイドのスタンドをつけ、冬場はガウン代わりに使っているタオル地のバスローブを着ると、ローズはベルトを締めながら階段を降りた。寒くて震えがくる。ヒーターが故障しているにちがいない。午前六時にはスイッチが入るようにタイマーをセットしてあるのだ。夜のあいだに冷えこんだ空気を追い払うぐらいの低い温度の設定だとはいえ、今朝はまったく効いていない。キッチンのわきのドアを開ける。かつてそこは食肉貯蔵室《ラーダー》か食料品室《パントリー》だったのだが、いまは洗濯室兼物置になっている。そこに設置されたボイラーのライトが、やはり消えていた。

「こんちくしょう」頭にきたローズは、ボイラーを再可動させるには自分の力量ではどうにもならないことを見てとった。ローラの夫トレヴァーは、いまは漁からもどって家にいる。エンジンや器機の故障で彼が直せないものはないといってもいい。ローズはローラに電話して、トレヴァーが助けてくれるかどうか訊いてみることにした。とりあえずコーヒーがほしい、フィルターで漉《こ》した本格的なコーヒーにしようとローズは決めた。コーヒーができるあいだ、ローズは居間に行き、暖炉の火床の前に膝をついた。薪の灰の下に燃えさしがある。おかげで、手早く火をおこすことができる。半分に折った新聞紙と、浜から拾ってきた流木とを重ねる。流木はよく燃えるし、海の塩がしみこんでいるために炎が美しいので、ローズは好んで使っている。マッチの火をつけると、すぐに炎があがった。さらに石炭を数個追加すると、ローズは石炭が燃えだすのを待ってから、それを乾いた薪の上にバランスよく置く。上体を起こして踵に尻をのせてしゃがみこむ姿勢になると、顔に熱気があたった。たきつけと燃料がめらめらと燃えあがる音や、ぱちぱちとはぜる音を聞きながら、煙突を火花が駆け昇るのを見守る。

空は晴れている。夜明けが近くなり、まだ見えている星たちも光を失いつつある。月は一時間ほど前に沈んだ。アジサイはとっくに葉が落ちて、細く尖った枝ばかりになっていたのに、なぜか十月に入ってから若芽がつきはじめた。また、新聞記事によると、近くのカントリーハウスの庭では椿の花が咲いているという。温暖な気候を証明するかのように、暖炉の炉棚に置いた水さしには、シリー島から空輸された水仙が活けてある。ペンザンスの花屋では、早くもラッパ水仙の蕾《つぼみ》がほころびそうになっている。霜がおりそうな気配はまったくない。ヒーターがこわれている今朝も、家の中よりも外のほうが寒いということはなさそうだ。図書館、銀行、郵便局、美容院――ローズは今日の予定を確認した。年に二度の美容院通いは、ローズにとって、楽しみというより苦行に近いのだが。

キッチンからこぽこぽという音が聞こえ、コーヒーができたと告げている。芳醇《ほうじゅん》で濃くて、まさにローズ好みのコーヒーだ。マグを両手でつつむようにして暖をとりながら、ローズはありがたくコーヒーをすすった。うれしいことに、投げ込み式電熱湯沸かし器はボイラーとは関係ないので、風呂にはいることができる。

風呂からあがると、ローズはジーンズにシャツ、厚手のセーターを着こみ、ソックスを探した。みつけたウールのソックスは爪先に穴が開いているものの、暖かさに影響はないので、それをはき、革のハイキングブーツに足を突っこむ。ハイキングブーツははきごこちがいいばかりか、荒れた土地を歩きまわることの多いアウトドアでの仕事には必需品だった。

八時半になると、ローズはローラに電話をかけた。あくびまじりの女の声が応じた。

「起こしてしまった？」ふだんのローラは早起きなのだ。

「ううん、起きてたけど、午前二時までベッドに入らなかったんでね。友だちと夜更かししてさ。どんなだったかわかるだろ？　ところで、ニックとはうまくいってるかい？　そこにいるんじゃないの？」

「いいえ、ローラ、いないわ」ローズはきっぱりいった。「昨夜もいなかったわよ」

「じらさないでよ、なにが知りたいか、知ってるくせに。なに、なんで電話くれたのさ。今朝はつごうが悪くなったのかい？」

「じつはね、たのみがあるのよ。今日、トレヴァーは忙しい？」

「横になって新聞を読み、それから《スター》に行ってランチタイムのビールを飲むのを忙しいというんなら、そりゃ忙しいね。どうしたんだい？　まさか、車じゃないよね？」

「車じゃないわ。セントラルヒーティングのボイラーなの」古い友人が遺産として千ポンド、ローズに遺《のこ》してくれたので、その金で車を買い換えたばかりだった。デイヴィッドがプレゼントしてくれたというセンチメンタルな理由から、無理に長く乗っていた黄色いミニも、とうとうポンコツになってしまったのだ。いまやローズは青いメトロのれっきとしたオーナーだった。一発でエンジンがかかり、前の所有者はたったの三人という質のいい中古車だ。車を選ぶときは、そういうことにはくわしいからといいはって、マイク・フィリップスがいっしょに来てくれた。確かにそのとおりだった。医者であるマイクは、メスをふるう患者を相手にするのと同じぐらい、エンジン相手に燃焼機関にくわしいことを証明してみせたものだ。

「いいよ。いっしょに行く。じゃ、あとで」

ローズは受話器を置いた。ローラとはおたがいに二十代の初めになってからのつきあいだが、生まれたときから知っているような気がしている。ローラはときどき、ローズといっしょに学校に通っていたかのように、〝ねえ、あたしたちが三年生だったときのナントカ先生のこと憶えてる？〟といいだしたり、同窓生の名前をあげてみたりする。ローラは生まれてこのかた、ニューリンを離れたことはないし、この先もぜったいに離れはしないと断言している。トレヴァーと結婚する前は、あちこち旅行したものだが、なにがうれしいかといえば、帰宅することだったという。したがって、息子たちがひとり、またひとりと、生まれ故郷を出ていってしまうたびに、ショックを受けた。

ローズはようやくこの地に受け容れられた。コーンウォール人と結婚したこと、夫の姓を名のりつづけていること、そして、コミニュティに無理に侵入しようとはせずに、ゆっくりととけこもうとしたことがその主な要因だろう。最近になって友人となったドリーン・クラークはかつてこういったものだ——あんたはだいじょうぶですよ。あんたはロンドンの連中とちがって、へんにもったいぶった態度をとったりしないから、と。

ローズは、自分がロンドンではなくグロスターシャーの出身であることや、緑あふれるイングランド中西部の田園地帯の名もない地域で牛や羊に囲まれて育ったことや、スウィンドンとか、チェルトナムとかいった近郊の都市に出かけることはめったになかったことなどは、あえて口にしようとは思わなかった。

ローズの父親はBSE騒動やヨーロッパ連合《EU》の介入などが起こる前の古きよき時代に、一介の農夫としての暮らしをまっとうした。猟犬を使うキツネ狩りもしていたが、母親の話では、キツネ狩りに反対するキャンペーンに対抗する大会にも出席したという。昔気質《かたぎ》で、むしろひっこみじあんの父親が、まさかそんなはなばなしい立場に身を投じたとは、ローズにはとても信じられなかった。父親はまだ五十代の若さで引退を決意し、農場を売った。そして、妻とふたりだけで手の足りる程度の広さの庭がついた、小さな石造りのコテージを買い、数年おきに、農場を経営していてはとうていできなかったさまざまなことを夫婦で楽しんでいる。

ローズは自分と同年輩の人々が、高齢によって心身の衰えた両親のことでさまざまな問題をかかえているのを見るたびに、自分は幸運だとつくづく思う。その一方で、高齢者の問題は、老人たちの気持のもちようと大いに関係があるのではないかと考えている。元気のいい老人は自分が老齢であることを認めていず、こうしようと思ったことができないとは信じていないのではないだろうか。

もっとも、頑固なのは高齢者ばかりではない。ローズはドリーンに自分の生い立ちを話しても意味がないことを悟った。というのも、ドリーンはイングランドとコーンウォールの境界をなしているテイマー川を渡ってくる者はすべて〈よそ者〉イコール〈ロンドンの連中〉とみなしているため、ロンドンとグロスターシャーはちがうといっても、認めようとはしないということがわかったからだ。

洗濯機のスイッチを入れ、交換したシーツでベッドメイクを終えたころ、ようやく太陽が昇ってきた。黄色みを帯びた冬の太陽だが、今日は晴れると約束してくれている。自動洗濯機が回っているあいだに、ローズは書類仕事を片づけてしまい、洗濯機が止まると、洗濯物を入れた籠を手に庭に出た。物置小屋と一本の木のいちばん高い枝とのあいだに渡したロープに洗濯物を干す。海からの風にタオルがはためく。東寄りの風だと気づき、寒いのも不思議ではないとローズは思った。

物置小屋は先だって中をきれいに片づけて、ガラクタはゴミに出してしまった。まだ使えるものはペンザンスのチャリティショップに寄付した。空《から》っぽになった物置小屋にキャローガスヒーターを設置し、ドアと窓をつけた。光の加減さえよければ、最近ではここでも仕事をすることにしている。写生に出ないときはたいてい、二十年ほど前にアトリエに改装した屋根裏部屋を使っている。屋根裏部屋の半分は写真の暗室にしてあったが、最近ではあまり暗室は使わなくなった。残り半分のスペースには傾斜した屋根に天窓がついていて、屋根裏部屋自体が北向きなので、絵の色あいを見るには最適だった。

最後の洗濯物を洗濯バサミでロープにしっかりと留めたとたん、トレヴァーとローラのおなじみの声が聞こえた。歩いてきたふたりは上気して頬がピンクに染まっている。ふたりとも厚手のジャケットに身をつつんでいた。ローラは背が高く、やせぎすだが、いかにも典型的なコーンウォール人の容貌の持ち主だ。深みのある黒い目、バラ色の頬、黒く長い髪。今日は髪を束ねていないので、カールした髪の房が好き勝手な方向をむいている。天然のウェーヴはローラの思いどおりになったためしがない。トレヴァーはローラより一インチ背が低く、目は褐色だ。日焼けした顔には、目尻から放射状にしわが刻まれている。彼も天然ウェーヴのカールした髪を長くのばしている。妻のローラの黒髪より薄い褐色だ。何年も剃ったことのないひげの奥には、赤くてふっくらしたくちびるが隠れている。左の耳たぶには小さな銀の十字架がぶらさがっている。

「今度はなにをぶちこわしたんだい、ローズ？」トレヴァーはあいさつがわりにそう訊いた。

「ボイラーが点かないの。いつのまにか消えてしまったみたい。わたしはなんにもしてないわよ」今朝がた、あれこれいじったことはいわず、ローズは弁解するように最後のことばをつけ加えた。

「ちょっと見てみよう」古くからの気のおけない友人らしく、トレヴァーはさっさと家の中に入り、まっすぐにボイラー室に行って、ボイラーのカバーをはずした。ふたりの女はあとからついていった。ローズはドアを閉め、洗濯物が入っていた籠を水切り板の上に置いてから、ミルクと砂糖を用意した。トレヴァーが食べることはわかっていたので、来客用のビスケットの缶も出す。ローラも夫同様、食欲旺盛なのに、どんなに食べても体重は変わらない。ローズもまたすらりとした体型を無理なく維持しているが、彼女の場合はストレスがかかると食べなくなる傾向がある。

洗濯室からかん高い音がした。ローズとローラはたがいに理解したまなざしをかわしあった。トレヴァーがボイラーを修理したのだ。ラジエーターの水がごぼごぼと音をたてはじめた。その音を聞いただけで暖かくなってきたような気がする。

「お礼のコーヒー」ローズはそういって、トレヴァーにたっぷり砂糖を入れたコーヒーのマグを手渡した。「もっとミルクを入れる?」トレヴァーはくびを横に振った。ボイラーの修理作業はほんの数分で終わったが、何年にもわたるつきあいで、ローズはたとえ手間賃を払うと申し出ても、彼が断ることを学んでいる。手間賃を払うかわりに、彼の好みの巻きたばこ用の葉をひと袋か、彼の好きな銘柄のビールを数缶渡すことにしている。

トレヴァーはテーブルにつくと、いつものようにたばこを巻きはじめた。必要がなければ口をきかない男で、おしゃべりは女たちにまかせている。長年、海を相手に働いてきたせいで、独自の行動規範があるのだ。上陸しないかぎり逃れられない仲間と限られた空間で協力しあって暮らしていれば、たいていの男は無口になる。トレヴァーは聞く一方で、それと同時に、聞いたことをすべて頭のなかに詰めこむ。

「ローズ」トレヴァーは巻き紙の縁を舐め、器用に手巻きたばこをこしらえた。「きのうはなにがあったんだい？」するどい褐色の目がまっすぐにローズをみつめている。

ローズはため息をついた。「ほかの誰かから聞くより、わたしの口から話したほうがいいよ

うね」自分ではもうあきあきした説明をひととおり、話して聞かせる。

「おれが聞いた話もそんなだった」トレヴァーは目をなかば閉じて紫煙を吸いこみ、吐きだし

た。

「あたしにはなんにもいわなかったじゃないか、トレヴァー」ローラは憤然とした。最悪の侮辱を受けたといわんばかりに、さっと髪をうしろにはらう。ローラにとって、知らないというのは耐えられないことであり、亭主が情報を隠しているというのは考えられない侮辱なのだ。

「いや。本人に聞いてからと思っただけだ。おかしなことがあったもんだな。どこだった？」

「ええ」ローズは場所を教えた。トレヴァーはくびを横に振った。「なら、こだまなんかじゃない」

ローズはこの話はもうやめてほしいと思いながらも、自分はまちがいなく悲鳴を聞いたのだという確信が強まってきた。とはいえ、あの場所は徹底的に捜索され、その結果、ローズは自分の正気を疑う羽目になったのだが。

トレヴァーは脚と腕を組んだ。ときおり、腕組みがとけ、たばこをはさんだ指が前に置かれた灰皿の上とくちびるのあいだを行ったり来たりする。「あんたは芸術家気質《たち》かもしれないが、神経過敏とか、空想にふけりすぎる性質だとは思わない。だから、こだまでもなく、風のいたずらでもなく、人っ子ひとりみつからなかったとしても、必ずなにか説明のつくことがあるはずだ」

あとになって、ローズはこのときのトレヴァーのことばを思い出し、もっとよく考えるべきだったと悔やむことになる。「トレヴァー、そのとおりなんだけど、わたしはなにも思いつかないの。少なくとも、あなたはわたしをよく知ってるから、悲鳴を聞いたのはまちがいないとわたしが信じているのは、わかってくれるわよね」

トレヴァーはうなずき、カールした髪が上下した。「おれが思うに、なんとか舵を取らないと、難破しちまうしかないな。あんた、事故にあいやすい体質かい？」

トレヴァーがからかっているのがわかり、ローズは軽く彼の腕を打った。「とんでもない。骨一本、折ったことはないわよ」

「だったら、いまは動かないように。おれの忠告を聞いて、あの場所には近づかないことだ。あんたを信じてないわけじゃないが、もしあんたが正しいなら、今回の延長線上にトラブルが待ち受けてるはずだよ。あんただって、自分がどんな人間か、よくわかってるだろ、ローズ・トレヴェリアン」

トレヴァーのいったことには筋が通っているが、ローズは明日にでも廃鉱に行くつもりであることを友人たちに告げる気はなかった。あの絵はいい出来だ。途中でやめてしまうことはできない。どうあっても完成させるべきだ。お代わりのコーヒーをつぎながら、ローズはローラのクリスマスの計画を拝聴した。

「ほんとにうちに来ないのかい？　あんたが来てくれれば、みんな大歓迎だよ。それに、どうせ家じゅう満員なんだから、もうひとり増えたって、どうってことないし。息子たちはあんたを尊敬してるしね」

それはお世辞だと思いながらも、ローズは確かに彼らの息子たちとはウマがあう。

「さてと、そろそろ行こう。買い物に人手がいるんなら」トレヴァーが立ちあがった。地元の住人の多くがそうであるように、彼らも車を持っていない。海で働く男たちは、陸にあがって帰宅すれば遠くに旅をすることはほとんどないし、やむをえずどこかに行かなければならない場合は、ペンザンスまでバスで行き、さらに別のバスに乗り換えて、行きたいところへ行けばいい。車を持っている住人も少なくなく、たいていが喜んで同乗させてくれる。やがてローラとトレヴァーは縦一列になって坂道をくだっていき、ローズが見えなくなる前に、ふり向いて手を振った。

多くの村や町は、地元住人相手のパブや小さな商店で成り立っているが、ニューリンは少しちがっている。住人たちと、彼らを結ぶ共通項――つまり、海――とで成り立っているのだ。海と、その海からの恵みと、危険とがニューリンの住人たちの暮らしの柱だった。この、網目のように密につながったコミュニティでは、悲劇が起こったさいには、個人だけではなく、海を介してつながっている多くの人々に影響が及ぶのだ。ローズはそのことをよく承知していた。

マグカップを洗い、水切り板の上に伏せると、ローズはちらと空を見あげた。刻々と変化しそうな空模様だ。まだ雲は出ていない。ローズはジャケットを着て、大きな革のバッグをつかみ、外に出た。海沿いに歩いていくのは気分転換によさそうだし、ペンザンスに行く途中で図書館に本を返せる。澄んだ空気を胸いっぱいに吸いこみながら、ローズは坂道をのんびりとおりていき、魚市場のそばを通りかかると、買いつけにきていた魚屋に手を振ってあいさつした。市場は活気があって忙しそうだったが、魚箱ががたがたと音をたてて騒々しいなかでも、競り売りの声はひときわよく響きわたっていた。

図書館、銀行、郵便局、そして美容院、とローズがもう一度胸の内で確認しているうちに、ニューリン・グリーン公園のあたりまで来ていた。

2

ステラ・ジャクスンはたばこを手に、せかせかと居間を歩きまわっていた。居間の蜂蜜色の床は砂でていねいに磨かれている。連れあいのダニエル・ライトはステラを無視していた。ロンドンの大きな画廊で開かれる個展と同じように、ここセント・アイヴスで開かれる私設ギャラリーの個展でも、オープニングの夜にはステラが神経質になるのに慣れているからだ。それに今夜は高名な画商が出席するという栄誉にも恵まれた。ダニエルは女としてステラをあがめているだけではなく、彼女の作品をも高く評価しているので、彼女が不安にさいなまれているのがどうしても理解できない。安心させてやる努力をするのは、もう数年前にあきらめた。この不安感がステラの人格の一部であり、彼女が耐えなければならない試練であり、さらにまた彼女の芸術家魂を助長するものだとわかったからだ。彼女がさらなる高みを望まず、一流でありつづけることをやめてしまい、自分の才能にうぬぼれるようになれば、凡庸な画家になりさがってしまうだろう。画家であるステラと彫刻家であるダニエルは、いろいろな点で、それぞれ異なる世界に属しているが、結婚生活はうまくいっているし、たがいにたがいの自由を尊重しあっている。

ダニエルはこのところ、ロンドン各所にある政府所有の庭園に彫像を造る仕事を委託されている。これまでに、企画を持って二度、モデル像を持って一度、ロンドンに出かけたものだ。いまは作品を創っているさなかだった。アトリエで基本となる塑像作製が進行中で、その像には湿った布をかぶせてある。完成するのに数カ月はかかるだろうし、ミスは許されない。この数日、彼はまったく像には手を触れず、企画書や初期のスケッチをみつめているだけだった。いずれ粘土にかかりきりになるときがくる。自分の肉体をすみずみまで熟知しているように、全体像が脳裏に浮かびあがり、その像をすみずみまで指先ではっきりとなぞれるようになったら、作業続行となる。目下のところ、ダニエルはステラの個展を彼の視点から見て、彼女を支えるために援助を惜しまないことだけで幸福だった。

セント・アイヴスのステラのギャラリーは、かつては漁網をしまっておく倉庫だった。五年前、ふたりはゼノアからセント・アイヴスに引っ越してきた。ゼノアの家はかなり不便だったけれども、ダニエル自身は花崗岩《かこうがん》造りのその家が気に入っていたのだが。セント・アイヴスの倉庫は、ふたりが越してくる前に部分的な改修がしてあったけれども、ふたりは天井を張るよりは、もともとの形のほうがいいと思い、垂木を撤去してしまった。屋根に傾斜をつけて切妻屋根にして、ゆったりした感じをかもしだした。室内装飾はカジュアルだが、ステラが時間をかけただけの効果があった。クッションや、カーテンや、ソファに掛ける布にぴったりの素材を探しまわった成果だ。

テレビやビデオデッキ、それにCDのコレクションやプレイヤーは、壁に造りつけの戸棚の中におさまっている。いちばん長い壁面のそばには、オーク材のダイニングテーブルと、それにマッチした椅子が置いてある。どれも中古品だが、モダンな家具よりも値段は高かった。ダニエルが作った木の本棚には、ふたりの膨大な蔵書が詰まっている。本棚の下段には、絵画や彫刻の巨匠たちの作品を網羅した、重くて厚い本が何冊も並んでいる。中段には辞書類や参考文献が、上の三段には小説本が詰まっている。いろいろなジャンルの小説が集められている。ペイパーバックはほとんど、オリジナルカバーのペンギンブックスで、半クラウンかそれ以下の定価がついていた。時代がかったページの縁は黄ばんでいるが、粗雑な紙面にはまだ、印刷された当時と同じように、独特のインクのにおいが残っている。

　この部屋の隣は狭いキッチンだ。金のかかった機能的なキッチンで、ふたりのサーファー仲間である男が、船の調理室《ギャリー》で働いている経験を活かしてデザインした。ベッドルームとバスルームはそれほど手を加えていない。前者には多少の改装を、後者には現代性をほどこしただけだ。最初に改装した前の住人は、階下の部屋を主な居住空間として使っていたのだ。

　一階のギャラリーは建物の幅と奥行きいっぱいにのびている。小さなブロックで区切られたオフィスと小さなキッチンが付属している。人の目にふれないようにしてきたステラの新しい作品群は、慎重に選んだ額に入れられ、いまは壁と、中央部に置かれた可動式の六フィートのパネルとに掛けられている。ダニエルはワイン商にワインを注文し、グラスを借りる手配もすませた。予備のコルクスクリューを一個と、ワインを飲まない客のためにウィスキーを注文することも忘れなかった。冷蔵庫にはソフトドリンクや、ラップのかかった料理の皿が入っている。料理は掃除をたのんでいるモリー・トレヴァスキスの娘、ジュリーが作った。ジュリーはコーンウォール・カレッジでケータリング業を専門に学んでいるのだ。休暇中は小遣い稼ぎにギャラリーを手伝っている。

「沸騰してるエネルギーを燃やすのに、散歩でもしてきたらどうだい?」せかせかと歩きまわるのをやめないステラにいらだち、ダニエルはうながしてみた。

「いやよ」ステラはくびを横に振った。あごのあたりでそろえたまっすぐな黒髪が揺れる。細身の体にはつねに黒い服をまとっているが、どこかになにか光るものを着けている。黒い髪に、ひと房だけ白髪がまじっているのが、なんとも不自然な感じがする。今日は黒いスキーパンツと黒いサテンのチュニックに、真紅のショールとエメラルドが加わっている。肩まで届きそうな大きなエメラルドのイヤリングが、グリーンのきらめきを放っている。

ステラはダニエルに目をやり、微笑した。「あなたがベストを尽くしてくれたことはよくわかってる。でも、こうなってしまうのは、自分でもどうしようもないのよ」

ダニエルは、ちょっと歯が曲がり、ほんの少し斜視ぎみの女はなぜこんなにセクシーに見えるんだろうと不思議に思いながら、微笑を返した。しなやかな肉体もさることながら、ステラの顔には男がもう一度見直したくなるなにかがある。顔の骨格がいいせいなのか、それとも、歯と目の特徴を欠点といえるものならば、そのふたつの欠点がたがいを打ち消しあって、別の魅力となっているのかもしれない。胸が小さいことは問題ではない。それどころか、それもまたステラの豹のような美しさをきわだたせる要因となっている。ダニエルはすぐにもステラをベッドに連れこみたかったが、ステラはぴりぴりしきっていて、神経をほぐす効果のあるその行為を受け容れることはないだろう。

「わたしたちが開会を宣言する前に、飲みものに手をつけてくれるよう、数人にたのんでおいたわ」

 ステラのギャラリーで、ステラの個展を開くのに、彼女が〝わたしたち〟ということばを使うのを、ダニエルは好ましく思った。彼のほうは仕事にはいっさいステラを介入させず、完成するまでは作品を見ることさえ許さないのだが。分かちあうという点においては、ステラのほうがはるかに寛容だ。「誰が来るんだい？」

「マディ、ジェニー、バーバラとマイク、ローズ」ステラは指を折りながら名前をあげた。

「ニックは来ないのかい？」

「来るにしても、遅くなるみたい」ステラはネコ科の笑みをうかべた。「彼が来るとはローズにはいってないわ」

「いずれわかるんじゃないかい？　あのふたり、デートしてるんだと思ってた」

「ご慧眼《けいがん》。あのふたり、確かにデートをしてるけど、でも、まだその程度だと思う。縁結びしてやろうなんて考えちゃだめよ」ステラはほっそりした指をダニエルに突きつけた。親指をのぞくほかの七本の指と同様に、その指にも銀の指輪がはめられている。長くのばしてていねいにととのえられた爪には、真紅のマニキュアがほどこされている。上に透明なコーティング液を塗ってあるため、真紅のマニキュアがつやつやと光っている。マニキュアを落としても、ステラの年齢をいいあてられる者はいないだろう。ジェニーとニックを結びつけたのがダニエルであったこと、そのふたりが破局を迎えたことを思い出し、ステラはマニキュアと同じ真紅に彩られたくちびるをすぼめた。ひとつ屋根の下での暮らしに波風をたてずにおくには、過去はそっとしておくほうがいい。

「しないよ。胸に十字を切って誓う」ダニエルは十字を切りながら立ちあがり、そのまま伸びをした。「着替えたほうがいいかなあ？」そういって茶色のコーデュロイのパンツを見おろす。パンツは膝の畝《うね》がすれて消えてしまっているが、茶色と白のこまかいチェック柄のヴィエラ地のシャツは、上に着ている茶色のVネックのセーター同様、どこといって非の打ちどころはない。

「わたしが気にしないのは知ってるでしょ」

「とにかく、下だけは替えよう。きみはとってもすてきだよ」

ステラは顔をそむけて微笑を隠した。きちんとした格好をしろとうるさくいえば、ダニエルはあるがままの自分を見せるべきだといいはって、着替えを頑として拒否するのを、ステラはよく知っている。

「ほら、おちついて」ダニエルはステラの肩を軽くたたいた。ドアベルが鳴り、ステラがとびあがったからだ。

「いやに早いわね」誰が来たのか確認しようと、ステラは手で冷たい金属の手すりをこするようにして、錬鉄製のらせん階段を降りていった。「ジェニー！　時間厳守なんて、らしくないわね！」

「マディが来てるかと思って。あのひと、いつも一番乗りでしょ」

「マディ？　いいえ、あなたが一番乗りよ。マディのところに寄ってみればよかったのに」

ジェニーは小首をかしげ、たよりなげな表情を見せた。「あたし、仕事が必要なの」衣装を着けていようがいまいが、キャンヴァスに写しだすにはもってこいの容姿の持ち主であるジェニーは、いまだに芸術家仲間のモデルを務めている。だが、なんといってもフルタイムの仕事ではないし、芸術家たちにはそれほど高いモデル料を出せる余裕はない。ときには報酬が、一回の食事や、売れない絵や、パブでの数杯の酒ということもある。

「マディがあなたの役に立てるかどうか、わたしにはわからないけど。ま、お入りなさい。一杯ぐらい飲めそうな顔してるわよ。わたしだって飲めなくはないんだけど、誰かが来るまでは飲むまいと決めてたの」

今夜のホステスがパーティを楽しめるようになるまでに、自分を鼓舞しなければならない状態であることを、よく知っているジェニーは頰をゆるめた。「マディがお店に人手が必要かなと思って。人手があったら、彼女、仕事にかかりきりになれるでしょ」

「現実をよく見なさいよ、ジェニー。まあね、クリスマス前の忙しいときはマディも人手がほしいでしょうよ。だけど、一月、二月は？　夏場だって、彼女ひとりがなんとかしのいでいけるぐらいなのよ」

「わかってる。でも、あたし、追いつめられてて、なんだってやってみる覚悟なの。あなたのところでは……」

ステラは手のひらをジェニーのほうに向けて両手をあげた。きっぱりと断る。「無理よ、ジェニー。悪いけど」ほんとうは女ひとりぐらいなら雇えるのだが、ジェニーがからむとつねにトラブルが起こるため、彼女を敬遠したいというのが本音だった。ジェニーが誠実ではないとか、だらしがないとかいうことではない。ただ、彼女はなぜかいつも他者の問題の渦中に入りこんで、問題を必要以上に大きくしてしまうのだ。しかしステラは正直なので、それがジェニーを敬遠する主要な理由ではなく、ジェニー・マンダーズがほかの女の男を奪わずにはいられない気性の持ち主だから身辺に近づけたくない、と思っていることを認めている。

またもやドアベルが鳴った。「勝手にやっててちょうだい。飲みものはあそこのサイドボード」ステラがプライベート用の酒をしまってあるサイドボードを指さしてからドア口に急ぐと、ほぼ同時に駐車場に入ってきた二台の車から、マイクとバーバラのフィリップス夫妻とローズ・トレヴェリアンが降りてきた。

ステラは眉をしかめた。「バーバラ、ジェニーは知ってるわよね?」交友関係が活発な暮しをしているため、友人や知人の誰と誰が顔見知りなのか、ステラはどうしても憶えていられない。

「ええ。またお会いできてうれしいわ」バーバラは答えた。

ローズもジェニーに笑顔を見せ、ワインのグラスを受けとった。車で来ているからには、ワイン二杯が限度だろう、とローズは思った。ジェニーとニックが三年間同棲していたことを、ローズは知らない。ニックが半年前まで誰かとつきあっていたことしか知らない。知り合って間もない友人たちばかりなので、誰もが基本的に開けっぴろげな暮らしぶりだとはいえ、まだ個人的なくわしい情報を交換するには至っていないのだ。

「やあ、いらっしゃい」ダニエルは着替えとひげ剃りをすませてきた。客たちにあいさつしながら、チェーンスモーキングを始めたステラをみつめた。ダニエルはフィリップス夫妻が好きだ。マイクはトゥルーローのトレリスク病院で外科医を務め、妻のバーバラも同じ病院で理学療法士として働いている。ローズ・トレヴェリアンは外観だけではなく、ダニエルが高く評価できる女性のひとりだった。彼女は自力でがんばってきたひとだ。ダニエルの惜しみないサポートがなくても、ステラが自力でがんばれるかどうか、大いに疑問だ。

マディは最後にやってきた。アクセントのせいで、マディがシンプルライフを求めて故郷を離れ、彼女の夢見る生きかたと創作作品が正当に評価されることを信じて、このコーンウォールにやってきた〈よそ者〉だということがすぐわかる。ここに来て三年にしかならないので、たとえ地元の人々と友人づきあいをしていても、まだ〈よそ者〉とみなされている。エレガントのお手本のようなバーバラはマディの衣装の取り合わせに微笑を見せた。マディは厚手の黒いタイツに編み上げ式の褐色のブーツ、胸のふくらみをきつく押さえこむチェストバンドに刺繍がしてあるロイヤルブルーのゆったりしたスモック、といういでたちだ。スモックの下にはオリーヴグリーンと白のストライプのTシャツ、スモックの上には色とりどりの四角形がはぎあわされたキルトジャケット。頭には〈くまのパディントン〉がかぶっているのと同じ形の帽子。帽子のサイドには大きな赤い花の刺繍がしてある。帽子の下の長い髪は肩に垂らしてある。

かすかにウェーヴのついた金髪だが、髪質がドライなので、洗ったばかりでもつやがない。全体として、童謡に登場するキャラクターに似ている。

口の端にたばこをくわえたステラが、みんなのグラスに新たな酒をついだ。ローズはグラスを手でおおった。「わたしはもうけっこうです」

「ほんとに？　そう。わたしはようやく気持がおちついてきたところなのよ、ローズ。わたしにとって、今夜がどんなものか、あなたには信じられないでしょうね」

ローズはうなずいた。ステラは主催者の立場にたてる自分がどれほど幸運か、わかっていない、とローズは思う。そして、マイクとバーバラのほうを向いた。このふたりとは最初は顔見知り程度だったが、デイヴィッドが病気になってからは、マイクはデイヴィッドのよき主治医、ローズのよき相談相手となり、ひいては親身な友人となった。そのふたりに話しかけようと機会を待ちながら、ローズはマディ・デュークをそっとみつめた。マディとはステラのパーティで何度か会って、楽しい友人になれそうだという気がした。少しにぎやかすぎるところはあるが、その陽気な顔の下に苦しみが秘められているように思える。

ダニエルがワインのボトルを持ってまわってきたが、ローズはオープニングのパーティでは二杯に控えることにしていると打ち明けた。

「どうかね？」ズボンとシャツにセーターというカジュアルなかっこうのマイク・フィリップスが、ようやくローズに話しかけるチャンスを得て、そう訊いた。なんだか疲れているようだ。

「元気よ」

「元気なのは見ればわかる。絵のほうのことを訊いたんだよ。あなたの油絵は我が家の居間の一等席を占めてるよ。バーバラに聞いたかね？」

「いいえ。とても光栄だわ」

「あなたらしいね。光栄なのはこっちだよ。あなたにあれほどの才能があるとは思いもしなかった」

「隠れていた才能ね」生《き》のスコッチウィスキーとおぼしい飲みものの入ったグラスを手に、マディが会話に加わってきた。「賭けてもいいけど、わたしたち、隠れた才能をもつ地元の画家は、半分も世に知られていないと思うわ」

「わたしたち？」ジェニーも話に加わってきた。声の調子から、マディが彼女自身をも知られていない画家のなかにかぞえているようないいかたに、憤然としたらしい。

「わたしは地元の画家じゃないもの。ここに来て以来、一分ごとにここが故郷だと感じているのは確かだけど」

以前には気づかなかったが、ローズはいま、マディとジェニーのあいだに反感らしきものがあるのを感じた。

ジェニーはくちびるの内側を噛みしめ、なにもいわなかった。黙って、顔をくっきりと縁どっているたっぷりした黒髪をいじっている。ジェニーの肌は美しく、目も大きくて輝いているが、なんといっても魅力的なのはそのくちびるだった。ピンク色のふっくらとしたくちびるは、無垢さと同時にセクシーさも感じさせる。ジェニーがステラに話しかけようとその場を離れかけると、マディがローズにニックはどうしているかと訊いた。それを耳にしたジェニーは一瞬ためらい、その肩がこわばった。ローズは元気だと思うがよくわからないと答えたが、ジェニーの雄弁な態度を見てしまい、ニックとジェニーのあいだになにかがあったことを悟った――いまも関係があるのかもしれない。ローズはニックとはただの友人でしかないし、ニックともジェニーとも深い係わり合いはないが、それでもなんとなくいやな気がした。そんな気持は無視して、今夜のオープニングパーティを楽しむことに決めたが、この場にひそかに存在している、漠然とした敵意を無視することはできなかった。

数分後、ステラはドアを開け放した。今夜の客は招待客だけに限られている。ステラは玄関ドアの前に立ち、招待客たちを迎えた。いま、ギャラリーには明かりが煌々とともされ、狭く暗い裏道にその光があふれている。最前までは、ステラは友人たちをまっ暗なギャラリーの中をそそくさと通らせ、ちらりとも作品が見えないようにしていたのだ。

手伝いのジュリー・トレヴァスキスがやってきて、キッチンで料理のラップをはずしはじめたため、ダニエルも新しいワインのボトルを取りにいった。今夜はステラが主人公なのだ。ステラが当然の称賛を受けているあいだ、ダニエルとジュリーは客たちへの料理や飲みもののサービスに努めた。

スポットライトが点灯されると、先に来ていた客たちはグラスを片手に作品を鑑賞してまわった。ローズは特に気に入った作品の前で足をとめた。自分も岬に押し寄せて砕け散る波をもっと力づよく、なまなましく描ければいいのに、と思う。

「だいじょうぶよ」いつのまにかローズの背後に来ていたステラが、ローズの考えを読みとったかのように、そういった。ステラはローズの肩に腕をまわした。たばこの灰がローズの胸にこぼれる。「あなたにはその力がある。まちがいなく。もちろん、その力を発揮するのは時間がかかるし、たいへんな努力が必要だわ。トップに登りつめるのは、決して容易じゃない」

ローズはうなずいた。いつか自分もステラと同じところにまで行けるのだろうか？　口を開こうとしたとき、頭をひょいとさげてドア口をくぐったニックの姿が見えた。ニックはそのままますぐにローズのほうに向かってきた。部屋の反対側で話をしているマディやジェニーとのあいだに仕切りパネルがあってよかった、とローズは思った。ニックは顔を輝かせた。

「今夜、来られるかどうかはっきりしなかったんで、来るとはいわなかったんだ。あなたが来ると聞いたんで、ぼくもぜひ来ようと思ったんだよ」

「彼女、すばらしいわね」仕切りパネルの向こう側がふいに静まりかえったため、ローズはニックのお世辞を聞き流した。

「彼女が自分で思っているより、ずっとすばらしい。この作品が好きなの？」

「とても」ローズは二杯目のワインを受けとり、ジュリーがさしだしたトレイからカナッペを一個取った。

「帰りはどうするんだい？」ニックは展示してある作品にはまったく興味がないようだ。たぶん、彼自身の個展も含めて、こういう会に慣れきってしまい、高揚感もすりきれてしまったのだろう。

「車で来てるの」

「ああ、そう。元気かい？　きのうの夜からは、ってことだけど」

「ええ。きっとあれはわたしの空耳だったにちがいないわ」ローズはそういって口をつぐんだ。どうして衝動的にそんなことをいったのか、自分でもよくわからなかった。「明日、お天気がいいようなら、またあそこに行くつもり。あの絵を仕上げたいから」

「そうよ、ぜひともそうなさいな」ちょうど近づいてきたステラが、ローズの最後のことばだけを聞いて、そういった。

それをきっかけに、ローズは残りのステラの作品を見ようと歩きだした。ニックは背中に二対の視線がそそがれるのを意識しながら、ローズのあとを追った。

ローズは額におさめられていない小さなキャンヴァスに感嘆の目を向けた。若くはない女の半ヌードの楽しい小品だった。少しやつれ、少し太りぎみだが、ピカソふうに描かれた顔の得意げな薄笑いから、等身大の鏡に映る自分に満足して自画像を描いたことがわかる。ステラはなんらかの意図をもって、これを描いたのだろうか。それとも、単におもしろがって描いた佳品なのだろうか。そんなことを考えながら楽しんで鑑賞していると、ジェニーの声が聞こえてきて、ローズの顔からほほえみが消えた。

「あら、あたしが彼のとこにもどるのは、あたりまえじゃない。いやといえるわけないでしょ？　なんていったって、彼はあたしに責任があるんだから」

「本気でそうしたいの？」訊き返したマディの口調は、まるでひっぱたくような勢いだった。

「よく考えてみなさいよ、ジェニー。もうぜったいにもどらないといったのは、あんたのほうじゃない。それに……そうよ、ライバルだっているんだし」

ローズは息苦しくなり、すぐにも帰りたくなった。きっぱりした足取りで小さなキッチンに行き、グラスを冷蔵庫の上に、紙皿と紙ナプキンはゴミ容器がわりに用意されたポリ袋の中に捨てた。あとはステラとダニエルに招待してくれた礼をいうだけだ。

みんなに愛想よく手を振って別れを告げ、ギャラリーを出て、車に乗りこむ――ローズはてきぱきとやってのけた。車を運転しながら、あの男のせいで、わたしはばかみたいな扱いを受けている、とローズは思った。そもそも、彼らに出会った最初のときから、ローズは自分はこういうエキゾチックな人々とは合わないかもしれないと感じていたのだ。彼らには理解できない部分があるし、彼らのセックスゲームに加わる気など毛頭ない。

一瞬、ローズは誠実で信頼できるバリー・ロウを思い出し、胸が痛くなった。バリーはローズがデイヴィッドに出会う前に知り合い、それからずっと友情をはぐくんできたが、友情以上の気持はもてずにいる。ローラと同じように、最近はバリーともご無沙汰だ。ローズは自分が利己的になってしまったのかと思い悩んだ。

自宅のドライブウェイに車を乗り入れたころには、ローズは少しメロドラマふうに考えすぎていることを認める気になっていた。廃鉱での出来事が神経をとがらせ、多少、疑心暗鬼になっているのだ。ニックはローズに友情を求めているだけで、ほしいのはジェニーだというのなら、彼とはこれからも友だちでいればいい。彼と若い女との関係をこわすようなことは、ローズはなにひとつしていないのだから。

ローラとバリーは、ようやくローズが天性の仕事にもどったことを、心底喜んでくれた。その時点で、ローズは長年の友人ふたりを遠ざけたわけではなく、単にキャリアのほうを選んだだけだ。

ドアの鍵を回しながら、ローズは家に帰りついたことを心からうれしく思った。

3

ジェニー・マンダーズはギャラリーに最後まで残った客のひとりだった。そして静かに情念をたぎらせていた。自分の目の前で、なおかつ、自分とカップルだということを知っている人人の目の前で、ニックはなぜああもあからさまに、ローズ・トレヴェリアンに近づいていけるのだろう。そしてまたマディも、ジェニーの決意に対し、間髪を入れず、意地の悪い意見を口にした。しかし、ローズにできて、ジェニーにできないことがあるだろうか？ 確かにローズは絵が描ける。だが、それだけのことだ。自分はモデルにすぎないが、ローズより十五も若いし、容姿もすぐれている、とジェニーは思う。だが、ワインを飲みすぎて、かなり辛辣《しんらつ》になってしまったとはいえ、自分がフェアではないということには気づいていた。ローズ・トレヴェリアンはすてきな女性だ。ジェニーの父親のアレク・マンダーズは無口で無愛想を自認しているが、その父親でさえ、通りでローズに出会ったときには、彼女にいい印象をもったようだった。マディときては、観光客相手のつまらない作品しか造れないのに、自分には公正な判断力があると思っている。おまけに、あつかましくも、自分はみんなの仲間だと思いこんでいる。

ジェニーには自分で根強く育てた高いプライドがある。同世代の他の者たちとはちがい、ジェニーはロンドンで生活しようと努力したし、パリには二カ月ほどいて、左岸にたむろする芸術家たちとつきあい、モデルとしてポーズをとった。そういう人々に受け容《い》れられた存在であることを大声で叫びたくなる。彼女自身には才能といえるものはなにもないが、才能ある人々にインスピレーションを与えてきたのだ。

しかし、絶望に次ぐ絶望が襲ってきた。八週間のパリ滞在のうち、七週間を共にすごしたフランス人は、ジェニーをモデルにした作品を完成させたとたんに、彼女を放りだした。どんなにいい仕事をしても、ジェニーにはなんの評価も与えられなかった。昼間は寒さに震えながらポーズをとりつづけ、夜はベッドを共にしたというのに、彼女にはなにも与えられなかったのだ。ニックとはいちばん長くつづいた関係だったために、ジェニーは今度こそはちがう、結婚できるかもしれないし、少なくとも愛人として長く関係がつづくだろうと信じていた。世界で最高のものがすべて手に入るはずだった——あこがれの人々の仲間入りをして、彼女にふさわしい家庭を提供してくれる芸術家と暮らせるはずだった。

ジェニーが三歳のとき、母親が失踪したが、十七歳になるまで、その事情は知らなかった。ジェニーの母、レナータ・トレヴァスキスは純粋なロマニーの血を引く美人だった。十八歳のときにアレク・マンダーズと結婚したが、じきに結婚生活に満足できなくなった。授かった子どもの養育は、同居せざるをえなかったアレクの母親に奪われたも同然で、それもおもしろくなかったのだろう。レナータは酒を飲むようになり、嫁を嫌っていた義母のせいもあって酒量が増えていき、酒に溺れるようになった。そして一年後、レナータは失踪した。噂によると、よそ者の観光客と駆け落ちしたという。マンダーズ家の厳格なカトリック的家風のもとで、窮屈な暮らしを余儀なくされていたレナータのことを知っていた人々は、駆け落ちの噂を聞いても誰も驚かなかったものだ。

アレクの母、アグネス・マンダーズは口やかましい女で、毎週日曜日には、息子をふたつの教会のミサに出席させて育てあげた。何年にもわたって、息子はなにごとにつけても、母親のものの見かたと意見とを身につけていった。アレクが女は男に従うべきだと信じていることを思えば、じつにおかしな話なのだが、彼自身はつねに母親のいうなりだった。母親は強い人間で、父親が鉱山の事故で亡くなったあとは、女手ひとつで母子の食事と衣服をまかなってきた。しょっちゅう息子にそれをいいきかせていたために、息子は母親を聖人のような人間だと信じこんで育った。

ジェニーもまた、祖母におまえは母親にそっくりだ、母親の悪い血が流れているにちがいないと、常日頃からいわれつづけ、祖母の高潔な説教を聞かされて育った。

「なら、どうしてかあさんと結婚したの?」母親のことを知らされたとき、ジェニーは反抗的に父親に訊いた。その答は、頰への痛烈な一打となって返ってきた。その場に同席していた祖母は、鋼《はがね》の太綱《ホーザー》のような手を持っていたのだ。

レナータがいなくなると、ジェニーの父親と祖母はジェニーの生来のいきいきとした性格を抑えつけようとしたが、どんな罰を与えても、効果は長くつづかなかった。学校に行きはじめると、ジェニーはできるかぎり家にはいつかず、通りをうろつくようになった。自分がいないほうが父も祖母もうれしいのではないかと思っていたからだ。

丸石に反射する月光のもとで、坂道を登りながら、ジェニーは父親のことを考えた。父親はずんぐりしているが筋骨たくましく、見ようによってはハンサムといえる。つい最近、ステラの家でビデオを観たが、その映画に主演していたチャールズ・ブロンソンに少し似ている。離婚経験のあるアンジェラ・チョークが、ジェニーの父親に心を惹かれたのも無理はない。アレクの母親が埋葬されるとすぐに、アンジェラはさっそく引っ越してきて、アレクの妻となった。その当時、ジェニーはパリにいた。祖母の葬式には出席しなかったし、その死を悲しむこともなかった。祖母を愛したことなど一度もなかったし、自分の存在自体があの老女の心に突き刺さったトゲそのものだったことをよく承知していたからだ。

ジェニーは長いあいだ神聖な放浪をつづけたが、根無し草の暮らしに疲れきってしまったとき、父親こそが本物の生活者だと気づいた。父親は自分の手で稼いでいる。漁師、鉱夫、そしてまた漁師にもどり、最終的には信頼できる大工として、社会的地位を確立している。

父親はアンジェラ・チョークともう何年もつきあっていたが、祖母が死ぬまでいっしょになれなかったということを、ジェニーはセント・アイヴスに帰ってきて二週間ほどたつまで、まったく知らなかった。それを知って初めて、ジェニーはあの老女が息子を支配していた力の強さを実感した。祖母はアレクを妻と娘から引き離すように仕向けたのだ。そう、アンジェラならだいじょうぶだとジェニーは思った。アンジェラは継母として悪くない。当然ながら、彼女を家に迎え入れる前に、アレクは自分の主義を徹底的に教えこんだはずだ。

コーンウォールに帰ってきてよかったとはいえなかった。友人とその夫の三人で帰郷したのだが、カップルの熱々ぶりにいたたまれず、一カ月後、ジェニーはひとり暮らしを始めた。仕事がみつかればそこで働き、空きベッドであろうが所有者がいようが、泊めてもらえるところならどこででも眠った。

そしてニックと出会い、ジェニーの人生は転換して上昇に向かった。だがそれも失敗に終わった。またもやジェニーは一文無しになったが、プライドが邪魔をして知り合いにたよることはできず、ほとんど知らない三人のホームレスと空き家を不法占拠《スクワット》する暮らしとなった。彼女は自分の窮状を他人のせいにすることはなかったし、後悔もしなかった。ただ運命だとあきらめて、それに従っただけだ。なにか仕事があれば、運も上向くかもしれないのだが。仕事――あるいは、養ってくれる男。後者のほうが望ましい。ジェニーがほしいのは、ちょっとした快適な暮らしだけなのだ。とはいえ、ニックとよりをもどすのは、まだ遅くないかもしれない。今夜だって、彼はジェニーを無視しなかったし、顔を合わせたら、やさしい態度で接してくれたし、わざわざジェニーのほうに来て、元気でやってるかと訊いてくれた。もちろん、それはローズ・トレヴェリアンが帰ったあとだった。それは事実だが、ローズがいたときに同じ態度をとるよりは、もっと意味のあることだったのではないだろうか。失意のニックなら、ジェニーの狙いどおりになるのではないだろうか。みんなにはいっていないが、ジェニーとニックは別れてからも、ときどき会っているのだ。

ジェニーは勧められるがままに酒を飲み、料理もたらふく食べた。おかげで今夜の夕食をどうするかという問題も解決した。そして、ギャラリーを出た時点で、ジェニーはニックに会いにいくことを決めたのだ。酒が入っていなければ、そういう気にはなれなかっただろう。固まって建っている古く小さな家々の影のなかを歩きながら、ジェニーはうきうきした気分になった。選択肢はひとつではなく、ふたつあるとわかったからだ。ジェニーはチャリティショップで買ったウールのコートの胸元をしっかりとかきよせ、ひとけのない通りを進んでいった。ニックと交渉しようと決め、彼の家をめざして路地を何本も進んでいると、狭い路地を風が吹きぬけるたびに、足首にロングスカートの裾がからまる。ジェニーは夜が怖くない。生まれ育った家は怖かったけれど、夜が怖いと思ったことはない。それにまだ時間も早い。たぶん九時半を少しすぎたころだろうが、このあたりはパブやレストランが軒を連ねた地域からははずれている。静かな路地ばかりで、それもだんだん狭くなる一方だし、坂道の勾配もきつくなり、明かりも少なくなってきた。

ところどころ、路地に面したコテージのちっぽけな窓にかかった薄地のカーテン越しに、あるいは、カーテンの合わせ目のすきまから、明かりがもれているぐらいだ。震えながら歩いてきたジェニーは、ニックの家のポーチに歓迎するかのようにライトがついているのがうれしかった。家の中からニックの声が聞こえてきたため、ジェニーは立ちどまり、ドアをノックしようかどうしようかとためらった。返事をする声が聞こえないところをみると、ニックは玄関ドアのわきにある電話で話をしているにちがいない。ジェニーは金属の輪っかのドアノッカーをつかみ、その手を放した。ドアノッカーがドアをたたく鈍い音が路地に響く。ドアを開けたニックはほほえみ、すわるようにとうなずいてみせた。肩と耳のあいだに受話器をはさんだまま、ニックはドアを閉めた。「わかった、じゃ、そのとき会おう。バイ」ニックはそういっただけで、電話の相手が誰なのか、ジェニーにはヒントを与えなかった。

「ジェニー、いったいなんの用だい?」電話を切り、ニックは訊いた。

ジェニーは許しを乞う気はなかったが、自分の立場を明確にしたかった。「あたし、ひとりぼっちなの。誰かと話をしたくて。ほんとをいうと、あんたと話をしたくて」

「飲むかい?」ニックはジェニーに背を向けて、古めかしい食器棚から安いブランディのボトルを取りだした。「もちろん、話ぐらいできるさ。ときどき会ってるぐらいなんだから」

ジェニーはいいスタートだと思った。ブランディのグラスを受けとり、まだ買い換えていないおんぼろソファにすわった。このソファで何度も愛をかわしたものだ。それを思い出し、ジェニーは感傷的になった。「あんたといられなくて寂しいんだ、あたし」つい先ほどまではあやまるつもりなどなかったが、いまはどうしても必要なら、あやまるつもりになっていた。

「なにがいけなかったのかな?」すなおに聞くというように、ジェニーはくびをかしげてみせた。「教えてちょうだい」

ニックは顔をしかめた。もし正直にいったら、ジェニーは以前よりもっと感情が不安定になるだろう。しかし、正直にいわなかったら、彼女にもどってきてほしがっていると思われるだろう。「なにがいけないというわけじゃなかったんだ。相性が悪かっただけだよ」

「どうしてそういいきれるの?」ジェニーの声が高くなった。「あたしたち、どこをとってもぴったり合ってたじゃない」

「ジェニー、聞いてくれ。まちがっているかもしれないが、もしぼくがきみにぴったり合ってたとすれば、きみはそれを妙な形で見せてくれたもんだ」

「どういう意味よ？」

ニックはグラスの中のブランディを軽く揺すった。ジェニーとは目を合わせようとしない。

「ジェニー、ぼくは金銭的にきみのめんどうを見てきた。そのことはいいんだ。きみが経済的に苦しいことはよくわかってたから。だけど、ぼくの稼ぎでふたりの生活を支えてきたというのに、掃除や食事の用意はほとんどぼくひとりでやっていたんだよ」

「あら、ニック、これからはあたしが料理を作る。腕はいいんだ。それにお掃除もする」

ニックは当惑していた。自分自身にではなく、このプライドの高い女が、比喩的にせよ彼の足元にひざまずいている、そのことに。こうなれば残酷だがどうしようもない。「それだけじゃない。きみはぼくがひとりでロンドンに行くことを、ぜったいに許さなかった。仕事で行くのに、きみを同行して、きみが満足するだけの時間を割いてやることなんかできない。帰ってくると、その後何カ月もあらゆることできみに責めたてられた。どこに行くにもきみといっしょでなければならず、ぼくには自由がなかった。ジェニー、きみだって、みんながなんて噂してるか知ってるだろ。ぼくといっしょに暮らしてても、きみにはつねに別の男がいた。チェシャーから来たあの男、きみはモデルとしてポーズしてるだけだといいはっていたけど――」

「そのとおりだもん」

「そうかい。だが、きみはポーズをしてただけじゃない。あいつはパブで酔うと、かなりあからさまにほのめかしてたよ。だめだな、ジェニー、きみとは友人でいるほうがいい。できるだけの援助はするけど、それも、なりゆき次第だ」

「ローズ・トレヴェリアンのせいだね」

「ちがう」ニックは口をつぐんだ。ジェニーの指摘は正しいのだが、ジェニーのせいで、それもうまくいかなくなった。ニックは自分がどれほど愚かだったか、いま、身にしみてわかった。

「きっと、あの女なら、しっかり料理をこさえてから、あんたに突っこませてくれるんだろうね」

ニックは立ちあがり、ジェニーがすわっているソファまで大股で近づいてきた。ジェニーはてっきり殴られるものと覚悟した。思わずちぢみあがったが、ニックが手をあげることなどありえないこともわかっていた。ニックに肘をつかまれ、むりやりに立たせられる。

「もう帰ってくれ、ジェニー。ステラのすばらしいワインを飲みすぎたんだな。今夜のことは忘れよう」

「あたしは忘れないからね」閉まった玄関ドアの向こうからジェニーがどなった。「忘れるもんか!」捨てぜりふを残して、よろめきながらも早足で歩きだしたジェニーの頬を涙がこぼれ落ちた。

ジェニーが去って十分後に電話が鳴った。マディからだった。「ニック、オープニングパーティのあと、ジェニーを見かけた?」

「ああ。ついさっき帰ったところだ」

「まっ、やっぱり。わたし、二階の窓から見たんだけど、彼女、あなたの家のほうから走ってきたの。あえていうけど、なんだか泣いているか、かなり気が立ってたみたいだった。だいじょうぶ?」

「きっと、だいじょうぶだよ。あいつ、みんなにはそう思われないようにふるまってるけど、意外にタフだからね」

「うん、わたしも最近はそう思うようになった。ねえ、明日、うちに来ない? サバを四匹さばいたんだけど、冷凍にするのはもったいないぐらい新鮮なの。七時以降なら、いつでもあなたのつごうのいい時間でいいわ」

「ちょっとわからないな、マディ。行けるかどうか、午前中に連絡するってことでいいかい?」

「もちろん。それでいいわ」

ニックは受話器を置いた。人生とは奇妙なものだ。ジェニーが来たとき、彼はローズと話していたが、彼の声を聞いても、ローズの声にはときめいている響きは少しもなかった。短い会話は、ローズが来週の週末までは忙しい、という話で終わった。そこにジェニーがよりをもどしたいといって現われ、ジェニーを追い出したあとに、だしぬけにマディから夕食の招待があった。

「すべてか零《ゼロ》か」ニックはそうつぶやいた。

ローズはセント・アイヴスからの帰り道、家にもどったらバリー・ロウに電話しようと思っていた。だが、その矢先にニックから電話があり、そのせいでおちつかない気分になってしまい、バリーへの電話は翌朝にのばすことにした。

次の朝、ローズは、狭くみすぼらしいフラットでバリーが電話に応《こた》えているさまを思い描きながら、彼と話をした。やせぎすのバリーは背を丸め、骨ばった手でフレームの重いメガネを鼻に押しあげながらしゃべっていることだろう。バリーはもっといいところに住めるのはわかっているが、好きなところに住みたいのだといいはって、そのおんぼろフラットから動こうとしない。今朝の彼はもうきちんと着替えているだろうか。それとも、シルクのベルトのついたざっくりしたウールのガウン姿だろうか。ローズがなぜそのガウンを知っているかというと、バスルームのドアの内側に掛けてあったのを見たことがあるからだ。

「ロージー！　どうしてるか心配になってきたところだったよ。ここのところ、お見限りだからね」

「あなたも聞いてるかしら……？」

「あんたの最近の武勇伝のことかい？　そりゃあ、聞いてるとも。ここいらじゃニュースがどんなに速く伝わるか、あんたもよく知ってるだろ。少なくとも、なんでもなかったんだろう？　ちょっと待った、それで電話してきたわけじゃなさそうだね。まさか、持ち前の負けん気が頭をもたげてきて、いや、確かになにかあったと思ってる、なんていうんじゃないだろうね？」

「いいえ、あれはわたしの思いちがいだったわ」

「なんと！　こっちの耳がどうかしたんじゃないだろうな。ほんとにあんたは、ぼくの知ってる、それも長いつきあいのローズ・トレヴェリアンなのかい？　みずから過ちを認めるなんて、びっくりだ」

ローズはほほえんだ。バリーはいいすぎないよう口をつつしんだつもりかもしれないが、いいたいことはほとんどいってくれた。それにしても、ほんとうに自分の思いちがいだったのだろうか？　論理的にはイエスだが、本能はノーといっている。「あのことは、もう忘れようとしてるの。あのね、電話したのは、今夜、夕食にお誘いしようと思って」

「うれしいね。七時半でいいかい？　五時にキャンボーンの工房に行かなきゃならないんで」

「いいわ。それじゃ、あとで」

天気予報は正しかった。雲ひとつない空に太陽が昇り、空気は澄み、さわやかで、陸から海に向かうおだやかな風が吹きそうだ。ローズは家を出て、車に乗りこんだ。この車を買ってずいぶん日がたつのだが、イグニションにキーをさしこんで回すと、すぐにエンジンが快調なうなりをあげるのに、いまだにうれしい驚きを覚えてしまう。バックギアを入れて、車をバックさせるのを、ローズはちょっとためらった。そして、いや、どうしてもあそこに行き、絵を完成させなければならないと、心に決めた。

運転中も他の車にはほとんど注意を払わず、ローズはくちびるを噛みしめて、こんなに神経をとがらせるのはばかげているのだろうか、あの古い廃鉱にもどるのはまちがっているだろうかと思い悩んでいた。車を駐《と》めたとたん、ふいに静けさにつつまれた。車を降りたローズは、二日前に腰をすえていた場所めざして歩きだした。救急車のタイヤが押しつぶしたらしく、藪の一部がぺったんこになっている以外、どこにも目立った変化はない。ワラビが枯れてぱりぱりになり、褐色というより赤褐色に近くなっているが、藪はまだ緑色をとどめている。夏のあいだは草に隠れていた、苔むした岩が、枯れた草のあいだから顔をのぞかせている。

ローズは、荒廃した古いエンジンハウスのそばを通りすぎ、坑道の入り口に向かった。耳をすましたが、荒野を渡る風に吹かれて、枯れたワラビがささやく音と、ローズの背より低い木々のあいだを吹きぬける風のため息が聞こえるばかりだ。風が吹きつける方向に曲がって生えている矮小な木々は、すっかり葉を落とし、枝ばかりになっている。ローズはくびを振った。あれはやはり音響のいたずらだったのだと思い、イーゼルを立てて、仕事を始めた。

ここを薦めてくれたのは、ステラだったか、マディだったか？　ローズはよく思い出せなかった。だが、誰だったかわかったからといって、それがなにになる？

悲鳴を聞いたと思いこみ、自分が鳴らした警鐘が結果的に偽りだったことを思い出し、ローズはまたもや恥ずかしさがこみあげてきた。気が乗らないまま、パレットに絵の具を溶き、絵筆の木の柄の先を使って輪郭を描く。一時間ほどすると、ローズは仕事よりも自分を取り巻く環境にすっかりとけこんでいた。コーンウォールが誇った鉱業史の、ものいわぬ証人である廃鉱のたたずまいに見惚れてしまう。長い尾羽根でそれとわかったチョウゲンボウが、空高く舞いあがったのをみつけると、頭をさげて滑空しながら獲物を探している姿に、十分以上も目を奪われた。チョウゲンボウは三度ほど急降下したが、ローズの目には獲物をとったようには見えなかった。

ローズは頭を振った。さっさと仕事を進めないと、ステラのように個展を開くことなどできるわけがない。陰になっている煉瓦積みの遺構のために混ぜあわせておいた絵の具を、絵筆にからませていたローズの腕がひくりと動き、ジーンズに絵の具が飛び散った。

「まさか！」喉から絞りだすような声をあげると、ローズはさっと立ちあがった。つんざくような悲鳴が聞こえたのだ。ローズは恐怖に駆られながら周囲を見まわした。二日前は聞きちがいだったとしても、今度はまちがいない。手が震え、脚から力が抜けていく。悲鳴がどこから聞こえてきたのか、判断するのはむずかしい。しかも、野外なら当然、声はかぼそく聞こえるものだ。それよりも問題なのは、どうするか、だ。電話をかけて助けを呼ぶことはできない。白衣を着た人々に連行されるのがオチだろう。イーゼルにまだ濡れているキャンヴァスを置いたまま、ローズは手早く荷物をまとめた。そして、恐怖と危険を冒そうとしていることに吐き気を覚えながら、その空き家には行ってはいけないと観客にはわかっている、ホラー映画の登場人物になったような気分で、エンジンハウスに向かってそろそろと歩いていった。立ちどまって耳をそばだてる。自分の胸の速い鼓動と荒い息づかいのほかは、なにも聞こえない。

四方八方を見まわしてみたが、獲物を求めてかなたの空へ飛んでいくチョウゲンボウのほかは、生命あるものの気配はまったくなかった。

「ここを離れなきゃ」ローズは自分にいいきかせた。「きっと、頭がおかしくなりかけてるんだ」

パニックに負けそうだ。よろめき、なかばつまずくようにしてローズは体の向きを変え、走りだした。写生していた場所にもどると、荷物をひっつかみ、車の後部座席に放りこむ。あやういところでまだ絵の具が乾いていない作品のことを思い出し、それを取ってくると、助手席にそっと置いた。足がすべってクラッチを踏みそこねたが、あとは車を乱暴にバックさせてまっしぐらに家に向かった。

自宅のドライブウェイに車を乗り入れ、変わりのない我が家を見たローズは、これほど安心したことはないといってもいいほど、心の底からほっとした。午後二時を少しすぎたころだが、すでに陽ざしは薄れている。四時ごろには日が暮れてしまうだろう。時間が早すぎるとか、他人に見られたらどう思われるだろうとか、そういう斟酌《しんしゃく》はいっさい棚上げして、家に入るなり、ローズはジントニックをこしらえた。もしいまここにジャック・ピアースがやってきて、彼女をアルコール中毒者呼ばわりしても、ローズは気にしないだろう。ボトルがグラスにあたり、調理台にジンがこぼれた。氷が床に落ちる。ローズはそんなことには目もくれず、ジントニックを大きくあおってから、そこいらじゅうの明かりをつけた。

体の震えは少しずつおさまってきたが、絵筆やパレットナイフを洗い、セントラルヒーティングの温《ぬく》もりから守るために、キャンヴァスを屋根裏部屋のアトリエの壁に立てかける作業を、じっさいに実行できるようになるまで、一時間はかかった。このところ、居間はめったに使わないため、補助のラジエーターは切ったままなので、居間に一時間も絵を置きっぱなしにしても影響はなかった。堅実なバリー・ロウのおかげだと感謝しつつ、一日五本と決めてあるたばこの一本に火をつけ、ジントニックのグラスを手に、キッチンテーブルを前にすわりこんだローズは、気をおちつかせるために、バリーを招いてある夕食の献立をなににしようかと考えはじめた。

ここしばらく彼にご無沙汰していた埋め合わせに、なにか特別なメニューにしようと決める。カニのシーズンは終わったが、今年初めに冷凍しておいた分がある。冷凍庫から出しておけば、解凍にそれほど時間はかからないだろう。白と茶のカニの肉。それをソフトチーズであえてパテを作り、ドレッシングをかけてオードブルにする。そのあとは、レモンジュースとオリーヴオイルとニンニク、ドリーン・クラーク手作りのスグリのゼリーを少量加えた浸け汁でマリネした、ラムのケバブ。それに、ライスとグリーンサラダを添える。じっさいはさほどでもないが、いかにも手をかけたように見えるはずだ。ローズは料理に専念すれば、ともすれば脳裏に浮上してこようとする思考を抑えこんでおけることを、経験上、よく知っていた。気持を平静に保っていれば、いずれ論理的な思考を組立てることができるようになるはずだ。

小型のソースパンの中でゆっくりと溶けているスグリのゼリーの甘酸っぱい香りがただようなかに、つぶしたニンニクの独特の匂いが広がる。ローズは料理を楽しみ、慣れた手順に従っててきぱきとキッチンをとびまわっているうちに、気持がおちついてきた。空には夜の雲が集まりはじめ、じきに外には暗い帳《とばり》がおりるだろう。テーブルセッティングをすませ、銘々皿に盛ったパテと、あとは火を通すだけというラムとを冷蔵庫にしまうと、ローズは着替えようと二階にあがった。

静かにすわって音楽を聞いていると、バリーがやってきた。歓迎されるかどうか心もとない、といったふうに、バリーは勝手口からひょいと顔だけのぞかせた。ローズはバリーの頬にキスして、持参のワインを受けとると、栓を抜いてくれとバリーにたのんだ。

「ちょっと顔色が悪いね。なにか気がかりなことでもあるのかい？」

「いいえ、そんなことないわ」

バリーは腕を組み、ローズの顔をじっとみつめた。「ローズ、なにがあったか話してくれないか」それは質問ではなかった。

ローズははっと顔をあげた。頭のなかで考えていたことをうっかり声にだしていってしまったのだろうか？　それとも、バリーはテレパシストなのか？

「なにか事件に巻きこまれたんだね、ローズ。ぼくにはわかる」

「そうじゃない。事件に巻きこまれたわけじゃないの。ばかばかしいことなのよ」

「またあそこに行ったんじゃないだろうな？」

「行かなくちゃならなかったのよ、バリー。いい絵なの。自分でもそれがわかってる。じっさい、これまでで最高の出来になると確信してる。自然の音響のいたずらごときで、あれを仕上げないなんて、そんなことできない」

バリーは肩をすくめ、ワインの栓を抜いた。「意識というのは、奇妙な作用をするものだよ」

「そうね。あなたのいうとおりだわ。たぶん、わたしには休暇が必要なんでしょうね」

「ぼくならなんとかなる」

バリーのほのめかしにふいを突かれ、ローズはバリーに背を向けて串に刺したラムとパプリカをグリルに入れた。「焼きあがるまで、そんなに時間はかからないわ」

食事もなかばまで進んだ。バリーはしきりに客の話をあれこれ披露したり、ローズの料理の腕をほめて場を盛りあげたが、ローズはろくに料理が喉を通らないようすだった。なにかあったことはわかっていたが、ローズが自分を信用して話してくれないことに、バリーは傷ついていた。しかし、しつこく問いただすのは息のむだで、そんなまねをすればローズがますますかたくなになるのは、よく承知している。彼にできることは、必要ならいつでも力になると申し出ることだけだ。「ローズ?」

ローズは顔をあげ、微笑しようとした。バリーはつつしみのある人間で、堅実で信頼できる。ローズはいつも内心で、もっと彼をたよりにすることができればいいのにと思っている。しかし、その一方で、彼は短気で、傲慢で、所有欲が強い……。そんなことを考えていると、電話が鳴り、ローズは思わずとびあがった。急いで居間に行き、受話器を取りあげる。ニックだった。ローズは片手で電話機のコードを引っぱりながら、そっとあとずさりして、靴の踵《かかと》でドアを閉めた。うれしい相手からの電話を喜んではいけないという理由はなにもないのだから、そんな秘密めかしたまねをするのは我ながら愚かしいとローズは思う。とはいえ、バリーの感情は考慮すべきだ。

ニックはローズに元気かと尋ねた。ローズはいったいなぜニックがまた電話をしてきたのだろうと不審に思った。忙しいと宣言したのは、つい昨日のことなのに。ニックはノーという返事を受け容れられないほど自尊心の肥大した男なのだろうか？　もしそうなら、彼との未来はない。それはローズの望む関係ではありえないからだ。ふと、脳裏をもっとまがまがしい思いがよぎった。ニックは今日ローズが廃鉱に出かけることを知っていた――そこでなにが起こったか承知のうえで、ローズの反応を知りたくて電話してきたのではないか？

「いいえ」ニックにジェニーと会わなかったかと訊かれ、ローズはけげんに思いながらそう答えた。「ステラのところで会ったきりよ。どうして？　なにかあったの？」

「たぶん、なんでもないと思う。あのあと、彼女、ぼくの家に来たんだ。ローズ、もっと早く話しておくべきだったけど、じつはぼくたち……」

「ええ、そうだと思ってた。説明する必要なんかないわよ、ニック」ローズは本気でそういった。少なくともニックは正直であろうとしているのだ。

「そう。とにかく、さっきもいったように、ジェニーはやりなおしたいといいたくて、うちに来た。だけど、半年も前に終わったことだし、ぼくがうんというわけもない。過去をふり返ると、やさしい気持にはなれなくてね。ジェニーはちょっと興奮状態で帰ったよ。そのあとマディから電話があって、ジェニーが泣きながら通りを走っていくのを見たといってた」

ローズには話の先が見えなかった。

「どうもあと味が悪くてね。なんといっても、一度は愛した相手だから。あなた、彼女が空き家を不法占拠してたって、知ってた?」

「いいえ、ぜんぜん」

「そうか、ぼくも今日まで知らなかった。それで、そこに行ってみたんだ。空き家で同居しているひとたちは、きのうの朝から彼女を見てないっていうんだ。うちを出たときは元気だった。それははっきりしている。たぶん、ぼくが無用の心配をしてるだけなんだろう。ジェニーは自力でなんとかできる女性だし。もしそれほど動転してたのなら、同居している仲間にそんな顔を見せたくなかったのかもしれない」

「でも、なぜ、わたしが彼女と会ったんじゃないかなんて思ったの?」

「いやいや。ちょっとそう思っただけだよ。彼女、ぼくとあなたのことでつまらないことをいってたから。飲みすぎて、頭が混乱してたんだろう。それで、あなたのところに押しかけて、ぼくのことをあきらめてくれとか、会わないでくれとか、そんなことをいったんじゃないかと思ったんだ。それに、あなたはよく外歩きをしてるから、どこかで偶然、彼女と出くわしたかもしれないと思って」

「ニック、あいにくだけど、彼女はうちには来なかったし、偶然出くわしてもいないわ。ステラのギャラリーで見かけたきりよ」

「わかった。どうもありがとう。彼女なりに考えが整理できたら、ひょっこり姿を現わすんじゃないかと思う。あなたの邪魔をしたんでなければいいけど」最後のことばは質問だった。

ローズはためらったが正直にいった。「お客さまを夕食にお招きしてるところ」

いいえ、あなたはわかっていない、とローズは思ったが、説明する気もなかった。

「ローズ、来週の土曜日に会えるかな？　いっしょにトゥルーローに出かけて、ショッピングして食事をするっていうのはどう？」

我ながら驚いたことに、ローズはためらいもせずに同意した。「楽しみにしてるわ」

「わかった」

この返事にニックも大いに元気づいたことだろう。もしニックがいっときはいっしょに暮らし、そののちジェニーが自分ひとりの住まいをみつけたのに、いまだに彼女のことをまだ心配しているとしても、それはローズには関係のない話だ。ローズ自身、亡くなった夫のデイヴィッドをいまだに愛しているし、これからも愛しつづけるだろう。もはやともに暮らせないとしても、相手のことを心配する気持まで抑える必要などない。ローズはそれを忘れないようにしようと心に決めている。

明るい笑みをうかべて、ローズがキッチンにもどると、バリーがいとも無頓着なようすで、テーブルクロスの端っこでメガネを磨いていた。電話の相手の声は聞こえないものの、受け答えをしているローズの話を盗み聞きしないように努めていたようだ。

ローズは急に疲れを覚え、バリーが明朝、仕事相手の画家に会わなければならないのでもう帰る、といいだしたときはほっとした。

そのあと、ベッドに入る時間になると、ローズの思考に反応したように、天気も荒れてきた。バリーが帰ったころは茂みを軽く揺らす程度の風だったのに、いまは勢いが増し、暖炉の煙突をひゅうひゅう音をたてて吹きぬけている。風が激しくなるにつれ、窓ががたがた鳴りだした。家の正面にまともに突風が吹きつけてくる。しかし、ローズはこの家が破損することはないと思っている。長年にわたって、数えきれないほど何度も、これよりひどい嵐にあっても耐えぬいてきた家だし、二年前にスレート板が数枚はがれて庭に落下したときに、屋根を葺《ふ》きかえてある。

けっきょく、ローズはバリーにはなにもいわなかった。かつてのジャック・ピアースなら、ちゃんと話を聞いてくれただろう。いまは彼がなつかしい。おそらく、ジャックがローズのいっぷう変わった友人たちとは対極にいる人間だからだろう。

ジェニーが男の気を惹くためにわざと行方をくらます、というたぐいの芝居をする女だとは、ローズにはとても思えないが、確実にそうだといいきれるほどジェニーをよく知っているわけでもない。心地よい姿勢をとろうと寝返りを打ちながら、ローズはジェニーが自分を嫉妬する理由など少しもないのにと思った。反対ならありうることだ。なにしろ、ジェニーは若く、美しく、しなやかな肢体と、まれに見る容貌の持ち主なのだから。

目がさめると、風は西向きに変わっていたが、激しさは少しも弱まっていないうえに、雨を伴っていた。ローズがシャワーをあび、服を着るころになっても、空は明るくならず、九時半ごろには、この荒れた天候が一日つづくことがはっきりした。ローズが愛してやまない景色も雨にぼんやりかすんでいる。セント・マイケルズ・マウントは雨の帳に隠れてしまい、そんな島は存在していないかのようだ。家の中を陽気にしようと、ローズは暖炉に火を焚いた。最初は煙突の吸いこみが悪く、煙がいぶったが、三十分もたつと、炎が陽気に揺らめきだした。今日は外に出る必要はない。冷蔵庫は満杯だし、屋根裏部屋の天井の明かりを、陽光に準じる照明に変えてあるので、描きかけの絵を仕上げることができる。

油絵を描くという選択をしたものの、ローズはまだ、写真を撮る仕事もしていた。ローラにいわせると、それはローズの自信のなさの表われだそうだ。

「わたしらしいタッチを失いたくないのよ」ローズは反駁《はんばく》したものだ。

「早くいえば、あんたは失敗するのが怖くて、逃げもどれる場を必要としてる、ってことさ」ローラは容赦なくそういった。

そうなのだろうか？　ローズは悩みながらコーヒーをついだマグを手に、まだ未処理のフィルム一巻を現像しようと屋根裏部屋にあがっていった。作業は二度、中断された。一度は、ジェニーが雲隠れしてしまった話を聞いたばかりのステラからの電話だったが、用件はジェニーのことではなかった。十二月二十三日にパーティを開くから来ないかという誘いだった。「クリスマスらしいことはそれしかしないの」ステラはいった。「友人たちはみんな出たり入ったり。そのあとはわたしたちだけで閉じこもって、クリスマスは無視するの。子どもがいれば、またちがってたでしょうけどね。ね、いらっしゃいよ」

「ぜひ行きたいわ。お誘い、ありがとう」ローズは頭のなかで覚え書きのメモをくり、考えもせずにこういった。「よかったら、あなたがたに大晦日《おおみそか》のパーティに来ていただきたいわ」

「ダニエルに訊いてみるけど、わたしの返事は〝行きます〟よ。考えてみると、わたしたち、ずいぶん長いこと大晦日をそれらしくすごしたことってないわねえ」

わたしもそうだった、とローズは思った。そんな気になれなかったからだ。パーティ？ 結婚当初をべつにすれば、ずいぶん長いことパーティなんか開いていない。パーティを開くと考えただけでわくわくしてきた。

「きのうは絵を描いた？ わたしはなんとか一時間ぐらい外に出て、二日酔いを乗り切ったわ」

「わたしも」ローズはそう答え、ステラの反応を待ったが、彼女はそれ以上なにもいわなかった。ローズは初めて、この新しい友人の関心はどの程度純粋なものなのだろうかと疑問に思った。

電話を切り、屋根裏部屋にもどりかけて、ローズは日にちがあまりないことに気づいた。本気でパーティを開くつもりなら、みんながほかの予定を入れてしまわないうちに、早めに招待したほうがいい。

二度目の電話はバリーからだった。ローズの描いた野生の花シリーズのカードが売り切れたという知らせと、再版する許可がほしいという依頼だった。ローズはイエスと答えた。いつも同意するのだからわざわざ許可を求める必要はないのに、バリーはそれを彼女と話をする口実にして電話をかけてくるのだ。大晦日のパーティのことをいうと、バリーは口ごもりながら招待を受けた。ローズがパーティを開く気になったことに驚いたようだ。

現像したフィルムを乾かす段階まで作業を終えると、ローズはほとんど完成している油絵をみつめた。その絵から、どうしてもあの悲鳴のことを連想してしまうために、心が乱れる。これほどいい出来でなければ、その絵を破棄してしまうところだ。だが、いい絵だった。とてもいい。それにしても、たとえ他人の目にはばかげて見えるにしても、昨日のことを誰かに話すべきだろうか？　自問しながら、ローズは絵に最後の手を加えるために、絵の具を混ぜあわせはじめた。

夕方、ローズが絵筆を洗っていると、階下でなにか音がした。じっと耳をすます。三階にあたる屋根裏部屋にいると、風の音なのか、勝手口のドアをノックする音なのか、よくわからない。ローズはボロ布で手を拭き、階下に降りた。ずぶ濡れで勝手口のわき柱に寄りかかっていたのは、ジャック・ピアースだった。ローズはくちびるを嚙んだ。なんの用だろう？　いまになっても、どうしてこうしょっちゅう邪魔をするのだろう？　しかし、遅まきながら、ローズは彼がひとりではないことに気づいた。

「入ってもいいかな？」

「どうぞ」ローズはうしろにさがり、ドアを支えてふたりを入れると、雨が吹きこむので、急いでドアを閉めた。薄暗さを追い払うために、蛍光灯をつけながら、これは社交的な訪問ではないと思った。

「いくつか質問したいことがあるんです」ジャックは以前に聞いたことのある事務的な口調を、さらに強調した口ぶりでいった。

「とにかく掛けて」

ジャックは椅子を引き寄せ、連れの若い男をグリーン部長刑事だと紹介した。ジャックが質問にまわり、グリーン部長刑事がメモをとった。「三日前、あなたは古い坑道の近く、あるいはその内部から悲鳴が聞こえたと思い、電話で警察に緊急出動を要請した」

ローズは話のつづきを待った。もしこれがローズに恥の上塗りをさせるゲームなら、然《しか》るべき筋に異議申し立てをすると威嚇《いかく》してやるつもりだ。それに、昨日のことは誰にもいっていない。

「どうしてそこに誰かがいるとお思いになったんですか？」

「ちょっと、ジャック、あなたとゲームをするより、もっとやらなきゃいけないことがたくさんあるのよ。わたしがまちがってたことは認めます。わたしは悲鳴が聞こえたと思ったけど、あとになって、そんなはずはなかったと証明されたんですものね」ローズがピアース警部をジャックと呼んだとき、グリーン部長刑事の片方の眉がぴくりと吊りあがった。

ジャックはローズが顔を赤らめたのを見逃しはしなかった。「そういうことではないんです。何者かが、なにかをする目的で、あの場所を使っていたと信じられる理由はありませんか？ドラッグとか、らんちきパーティとか、あなたのように写生をするとか。あるいは黒魔術にふけるとか」

ローズは笑いだした。「ぜんぜん。あそこはふだんからひとけのないところよ」

「ありがとう。もうひとつだけ。ジェニファー・マンダーズを最後に見たのはいつです？」

「一昨日の夜。ステラ・ジャクスンの個展のオープニングパーティで。ジェニーも来てたの」

「それ以降は会っていない？」

「ええ」警察が乗りだしてきたところをみると、ニックのちょっとした不安はそれを通り越したものになったようだ。

「彼女がどこにいるか、なにか心あたりはありませんか？」

「ジャック、わたしは彼女のことをほとんど知らないのよ。会ったのは十回もないぐらい。顔を合わせたのは、ほとんどステラのところ。一回は通りで会ったんだけど、彼女、おとうさんといっしょだった。たがいに打ち明け話をするような段階には至ってなかったわ」

ローズの話が気に入らないとばかりに、今度はジャックが片方の眉を吊りあげた。ローズの懸念は次のジャックの質問で確実となった。「それはちょっとめずらしいですね。たいていのひとは初対面であなたに信頼感をもつようなのに」

「彼女がどこにいるか、わたしは知りません」ローズはきっぱりといった。「それに、なぜ彼女が失踪したのか、わたしには見当もつきません」

これは失敗だった。ローズはうっかりそのことばを使ってしまって、すぐに失敗に気づいた。

「彼女が失踪したとはいってませんが」

「なら、なぜあれこれ質問するの？　セント・アイヴスには彼女の友だちがたくさんいるから、わたしなんかよりそっちのほうがずっとお役に立つんじゃない？」ジャックの黒い目がじっと顔をみつめているのを感じ、ローズは内心で悪態をついた。おそらくジャックはローズが口にしたことよりももっと多くのことを知っていて、なにか隠しだてをしていることを察知しているのだ。実情はそのとおりなので、ローズはおちつかない気持になった。

「なにかお聞きになったら、わたしたちに連絡してくれませんか」これは丁重な依頼というより、むしろ命令だった。

「彼女のおとうさん」ローズはアレク・マンダーズの頑固そうな、興味深い顔を思い出しながらそういった。「彼にあたってみた？　彼女、おとうさんのところにいるかも」

ジャックは答えなかった。黙って立ちあがり、ひとことも口をきかなかった相棒にうなずいてみせると、ドアに向かった。「お邪魔してすみませんでした、ミセス・トレヴェリアン」

ローズはなにもいわずにドアをぴしゃんと閉めた。礼儀を無視した態度だったし、そんなまねはすべきではなかった。別れても友だちでいる、という約束だったが、ジャックにはその気がないようだ。ローズはなにか食べようと、冷蔵庫をのぞきながら考えた。ジェニー・マンダーズはほんの二日間、いや、一日とちょっと、姿が見えないだけではないか。だのに失踪騒ぎになっているのは、なんだかおかしい。とにかくじきにみつかるだろう。ローズは肩をすくめた。彼女はなにも知らないが、ジェニーが失踪するにはそれなりの理由があったのだろう。巻きこまれて、ジャックに介入されるのは避けたいところだ。

「でも、もう巻きこまれてしまってる」声にだしてそういうと、恐ろしい思いが脳裏をよぎった。自分が聞いたのがジェニーの悲鳴だったという可能性はあるだろうか？　いや、それはない。最初に悲鳴を聞いた翌日の夜に、ジェニーはステラのパーティに出席していた。ローズは頭を振った。ともあれ、あの絵はほとんど完成している。もう二度とあの廃鉱に行かなくていい。

4

キャンボーン署にもどる車の中で、ジャック・ピアースは考えこんでいた。ローズに会うとどういう行動をとってしまうか自信がなかったため、わざと部下を連れていくことにしたのだ。ローズにふられた痛手はまだ癒えていない。それに公式の訪問なら、部下を同行するのが通例だった。ローズはそう簡単にパニックに駆られる性質《たち》ではない。最初はジャックも腹を立てたが、ローズが電話で緊急出動の要請をしてきたのには、それ相当の理由があったにちがいないと考えるようになった。そして今度のジェニファー・マンダーズの失踪。ローズはこの女を知っている。今日びではなんというのか知らないが、女の失踪は単なる〈恋人同士のいさかい〉ではないように思える。ジェニーはすねて身を隠したのかもしれないし、単身で、あるいは男といっしょに、どこかに行ってしまったのかもしれないが、これまでに判明したかぎりでは、彼女がコーンウォールを離れることはありそうもない。

マデリン・デューク、ステラ・ジャクスン、ステラの連れあいのダニエル・ライト、そしてジェニーの父親とその妻に関しては、すでに全員から話を聞いた。誰もがジェニーが遠くに行くわけがないという意見だった。ローズが容疑者の範疇に入りこんでくるのでなければ、ジャックとしては、ニック・パスコウの電話にそれほど注意は払わなかっただろう。たとえニックの電話の声が、心の底から心配そうだったという事実があっても。

ジェニーが不法占拠している家には、彼女のほかに三人が同居しているが、この三人はまったく役に立たなかった。三人とも警察を恨んでいるうえに、ジェニーのことをよく知らず、彼女の身になにが起ころうと知ったことではないばかりか、気にもしていなかった。三人からかろうじて聞きだせたのは、この二日ばかりジェニーを見ていないということだけだった。このさい、もう一度ニック・パスコウを訪ねてみる必要があるかもしれない。

「セント・アイヴスに行く先変更だ」ジャックは車を運転しているグリーン部長刑事に命じた。

ニック・パスコウによると、ジェニファー・マンダーズはよりをもどしたがったが、彼はそれを受け容《い》れず、彼女を追い返したという。彼がジェニーを永久にお払い箱にしたのだろうか？　おやおや、空想にまどわされてるのはいったい誰だ？　ジャックは自問した。もしニックがジェニーを永久にお払い箱にしたのなら、その事実に注意を惹くようなまねはしないだろう。

ニックは来《きた》る六人展にそなえ、作品を保管するのに使っている階上の部屋で、出展する作品を選んでいた。十点のうち、最後の二点を決めかねているときに、ドアノッカーの音が聞こえた。

「入ってください」訪問者が誰だかわかると、ニックは顔をしかめた。グリーン部長刑事は車の中で待機するようにいわれたようだ。

ジャックは目の粗いドアマットで靴底をぬぐい、中に入った。入ってすぐの部屋は、天井の低い住居エリアだ。この近辺の他の家々同様、この家も窓が小さく、晴れた日であっても内部は薄暗い。ましていまは冬の雨模様の夕方なので、テーブルスタンドがふたつ灯っていてさえ、かなり暗い。部屋は寒いが、湿っぽくはなかった。ニック・パスコウはなかなか頑健な男のようだ。サッシ窓が六インチも開いている。すぐ目の前に木の階段があり、その横にドアがあるが、それも開いていて、キッチンが見える。ジャックの右手には、スプリングのへこんだソファが背を向けて置いてあり、窓ぎわの壁に沿ってテーブルと四脚の椅子が並んでいる。テーブルにはひとり分の食器が出ていた。本棚はない。本やカセットテープはプレイヤーのわきの床に山積みにされている。テレビもない。テレビを置くだけのスペースがないせいか、あるいはベッドルームに置いてあるのかもしれない。

ジャックはすばやく部屋の中を見まわしたあと、その家の主に視線を向けた。そしてローズがなぜこの男に惹かれているのか、それを理解した。ニックは芸術家だというだけではなく、粗削りな容貌の持ち主であり、この世界をらくらくと泳いでいく手腕ももっていることがわかる。

デニムのジャケットのポケットに両手を突っこみ、ニックはなにかニュースがあるのかと訊いた。

「いいえ、ありません」自分に取って代わった男を正面きってののしってやりたい誘惑と闘いながら、ジャックはもう一度ジェニーが来た夜の話を聞かせてほしいとたのんだ。ここでライバルを責めるのは簡単だし、うまくすれば排除することができるかもしれない。とはいえ、いったいなにを責めるのか？

「いいですよ」ニックはスエードのブーツの爪先で椅子を引き寄せ、腰をおろした。ジャックはソファを選んだが、座席に低く沈みこんでしまったため、自分も椅子を選ぶべきだったと悔やむことになった。

「ジェニーはステラの個展に来てました。ぼくより前に来ていた。ぼくは行けるかどうか予定がはっきりしなくて」

「彼女は招待されたんですか？」

「ジェニーが？　ええ、まちがいなく。パーティが始まる前に、内輪だけで飲みものを飲んでたし。ギャラリーには客が大勢いたので、彼女の姿はあまり見かけませんでしたが、それでも、二、三、ことばをかわしましたよ。ぼくは彼女より先にギャラリーを出て、まっすぐ帰宅しました。それから四十五分ぐらいたってから、彼女がドアをノックしたんで、入れてやりました。ぼくはちょうどローズ・トレヴェリアンと電話で話をしてたところでした」

ジャックはたじろいだ。ニックを殴ってやることもできたが、ニックがその夜の話をつづけるのをひとことも聞きもらさないよう、耳をすました。

「それだけです。前に電話でお話ししたとおりです。ああ、そうだ、そのあとマディから電話があったんだ。マデリン・デュークから」

「なにか特別な用でも？」

「ジェニーのことを心配してました。最近でもこういういいかたをするとすれば、マディはジェニーがちょっとばかり神経過敏になることを知ってるんで。それから、翌日の夕食に誘ってくれましたよ」

ジャックはうなずいた。この男は引く手あまただ。ローズはこのことを知っているのだろうか？　しかしジャックは、その招待を受けたのかと訊いて、自分の品位をさげるようなまねはしなかった。「では、きのうの朝は？」

「きのうの朝になると、マディから聞いたことが気になりだして。ジェニーは衝動的な女で、注目されるためにはばかなまねをしかねない。だが、ぼくは彼女がどこに住んでいるのか、知らなかった。訊きまわってみると、あの三人——ええっと、なんていうんですか、ルームメイトかな——がずっと彼女の姿を見てないといったんで、警察に連絡しようと決めたんです」

「ご自分でも捜しにいかれた？」

「当然です。ぼくがみつければ、あなたがたの時間をむだにせずにすみますからね」ニックはジェニーの失踪を警察に届けたのは正しい行為だと思っていたが、警察がまともに取りあげてくれるとは期待していなかったのだ。そしていま、なぜ警部が出ばってきたのか不思議に思った。気になる。

「誰にお訊きになりましたか？」

「あの個展に来ていた全員に。ぼくの知ってるひとばかりなので」

「ミセス・トレヴェリアンも？」返事はわかっていたが、ジャックはこの質問をしないわけにはいかなかった。

「はい」

「なぜです？」

ニックのしかめっつらがいっそうひどくなったが、だからといって容貌がそこなわれることはなかった。「万一にでも、彼女がジェニーを見かけていたらと思って」

「ミセス・トレヴェリアンはニューリンに住んでます。その彼女がどうしてジェニファー・マンダーズを見かけたのではないかと思ったんですか？」

「べつに理由はありませんよ、警部。彼女もパーティに来ていたし、それに、そう、ぼくと彼女が会っていることをジェニーも知ってたんで」

「でも、あなたとジェニファー・マンダーズの仲は終わってたんでしょう？　だったら、あなたが誰と会っていようと、どうしてミス・マンダーズが気にするんです？」

「そんなこと、ぼくにはわかりませんよ。前にお話ししたとおり、ジェニーはここにもどってきたがった。それで、もしかしたらジェニーが嫉妬のあまり、修羅場を演じにローズの家に行ったかもしれないと思ったんです。もちろん、ぼくは読心術師じゃありませんから、推測にすぎませんがね」

ニックが立ちあがり、長い髪をいらいらと振り乱しながら、部屋の中を大股で行ったり来たりしはじめると、ジャックはニックがかんしゃくを起こしたことを察知した。それにしても、どうしてニックはジェニーがローズに会いにいったと思ったのだろう？　できることがあまりに少ないことがわかり、ジャックはため息をついた。帰ろうとして立ちあがったが、もう一度だけついてみようと決めた。「つい先日、ミセス・トレヴェリアンが警察に電話したことをごぞんじですか？」

「古いエンジンハウスに行ったときのことですか？　はい、知ってます」

「あの日、彼女があそこに行くことを知っていたひとがいますか？」

「そんなこと、ぼくは知りませんよ」ニックは立ちどまった。絵筆を一本取りあげ、手のひらに打ちつける。「でも、考えてみると、けっこうたくさんのひとが知ってたと思う。手始めにあそこはどうだと薦めたのはステラだったし。ある夜、みんなで集まってたときに、その話題が出たんです」

「それはどういうことですか？」

「ローズはしばらく離れていた油絵を、また描くことにしたんです。ぼく自身、彼女の作品はまだ一枚しか見ていない。ステラは風景画を描くことが、ローズにとってテストになると考えたんです。そういうタイプの風景画は多くの画家が描いているが、もしローズがその分野でいい絵を描けば、彼女は並みの画家ではないことが証明される。ステラはそれがローズの自信につながると思ったんですよ」

「よろしければ、その夜集まっていたお仲間の名前を教えていただきたいんですが」

ニックに名前を聞いてから、ジャックは来たときよりもさらに多くの謎をかかえて辞去した。ジェニーの失踪のほうがあとだとはいえ、ローズが聞いたという悲鳴はジェニーとなにか関係があるのだろうか？　ジャックにはその悩みを解決する手段がひとつある。たいした出費もせずにその手配ができるだろう。数年前になるが、とある人間がジャックに恩に着ると深く感謝した出来事があった。このさい、その借りを返してもらおう、とジャックは決めた。これは私的な仕事だ。表だって動かなければ、もしなにも成果がなくても、ローズのようにばかなまねをしたと笑いものになることもないだろう。

コーンウォールの友人たちのなかで、マディことマデリン・デュークの過去を知っている者はほとんどいない。同時にそれが、マディが期待したほど彼らに受け容れられない理由のひとつになっている。ステラの個展のオープニングパーティのときのように、必ずといっていいほど招待状は送ってもらえるし、彼女の店や階上の住まいを訪れる者もひきもきらないが、自分がまだよそ者あつかいを受けている感じは否めない。しかし、マディは良きにしろ悪しきにしろ、ここでは過去などはなんの関係もないことにうすうす気づきはじめている。問題なのは、過去を語りたがらない、というマディの態度なのだ。もしおおっぴらに過去を語っていれば、もっと暖かく受け容れられたはずなのだが、それを理解していなかったのが、マディの失敗だった。コーンウォールっ子が知りたがりやなのは、ただ単に好奇心を満足させたいからにほかならない。たとえ過去を知られても、マディが非難されることはなかったはずだ。

じつはマディには娘がひとりいる。未婚だったために、それが罪であるという理由で、両親はマディと縁を切った。マディが妊娠に気づいたときはもう手遅れで、中絶は論外だった。出産した娘は養子にだした。それから十数年たったが、マディはいまだにそれを後悔していて、苦痛だけが残っている。もしじっくり考える時間さえあったなら、いま、このコーンウォールで、娘は幸福に暮らしていたことだろう。しかし、もう遅い。マディ自身、ひとりっ子だったので、両親の愛を一身に受けて育った。そのあげく、両親を絶望の淵に追いやってしまうとは、なんと残酷なことをするといわれたものだ。養子にだした娘をマディはひそかにアニーと名づけたが、そのアニーさえ手放せば、両親との絆を取りもどせると信じていたのに、決してそうはならなかった。両親はマディとの係わりをいっさい拒絶したのだ。マディは娘を手放したが、それはなんの解決にもならなかった。

マディはブライトンに移り、両親の嫌う連中の仲間入りをしたが、やがて、その連中もまたマディ同様負け犬にすぎないことに気づいた。それでブライトンを出て、町から町へと南海岸をさまよったが、ここここそ自分のいるべき土地だという場所はみつけられなかった。そして最後にコーンウォールにたどりつき、カフェやパブで掃除や給仕の仕事をつづけ、心身をすりへらして二年間をすごし、こつこつと金を貯めていたときに、ひそかにマディの肩をもっていた祖母が亡くなり、マディに小金を遺《のこ》してくれた。その遺産と貯金とで、セント・アイヴスに小さな一軒家を借りることができた。階下を小さな店に、階上を住まいにして、おちついて暮らせるようになった。手の空いた時間に、マディは工芸品を作り、店に並べた。最初のうちは自作の品は少なかったけれども、せっせと品数を増やしていき、必要とあらば、よそから購入した品も店に置いた。

一年ほど前、特別に売れゆきのよかった夏が終わると、マディは家主にかけあった。家を買いたいと申し出ると、家主は承諾したのだ。その結果、ローンを背負うことになったが、娘を養子にだして人生がひっくり返った、あのとき以来、初めてマディは安心感を得ることができるようになった。暮らしは質素だったが、マディは満足していた。たったひとつ気になるのは、娘の行方だ。だがそれは優先事項ではない。まずは法的な回り道をしなければならないからだ。幸福な結末を迎えられるように、まずは巣作りをしているところなのだ。

自分でも異様だと思えるほど、マディは必死になって地域にとけこみたがった。ほかの女、たとえばローズ・トレヴェリアンはすんなりと土地になじみ、どこでも受け容れられているように見える。たぶん、受け容れられることに躍起にならない、というのがコツなのだろう。ローズ・トレヴェリアンもよそ者だが、コーンウォールっ子と結婚して、二十五年以上もこの地に住みついているのだ。

マディが客足の絶えた時間を利用して、棚の品々を整理していると、警官がやってきて、ジェニー・マンダーズのことをあれこれ質問された。マディはいつになく寡黙になり、ジェニーが泣きながら家の前の通りを歩いていったことは認めたが、彼女がどこに行ったのかさっぱり見当もつかないといったきり、ほとんどなにも語ろうとしなかった。

「もし彼女が動揺してたとすれば、うちの明かりを見たら、立ち寄ったはずです」マディはそうつけ加えた。「それぐらいのつきあいはありましたから」クリスマスのプレゼントを探しに客が入ってきたのを潮に、警官は辞去した。

午後遅く、早めにギャラリーを閉めたステラが、〝ちょっとおしゃべりをするために〟マディの店にやってきた。マディはどういう反応をすればいいかわからなかったが、なんとか気持を隠してステラに応対した。サバの夕食をいっしょにしないかとニックを誘ったのだが、ニックに断られてしまい、その心の痛手がまだ尾を引いていたのだ。

次の朝、断続的な眠りからさめ、マディは店のガラスドアの内側からどしゃぶりの雨を見守った。丸石敷きの道の上までかぶった雨水が港に向かって流れていく。何軒かのギャラリーはオープンしている。クリスマス用のどたんばの買い物客が傘の下で背を丸め、狭い小道を通る車が来ると、水をはねかけられまいととびのき、建物にへばりつく。マディはため息をついた。やったことはやったことだ。変えたくても、いまさらどうにもならない。話をはしょったけれども、警察に嘘をついたわけではない。ニックも厄介な立場に追いこまれるかもしれないところをマディに救われたと知れば、マディの望みどおり、感謝のことばをかけてくれるだろう。ぜひそうなればいい。

ローズは窓の外を眺めていた。日曜日の夜だ。「まだ降ってる」いわずもがなのことばを吐いてしまう。

「天気予報があたったね」床からぎくしゃくと立ちあがりながら、ローラがいった。「クリスマスまで雨がつづくかもしれない」

女ふたりは顔を見あわせ、微笑した。長雨になるという呪文はこの地では生活の一部であり、地元の商店で頻繁にかわされる会話の種だった。たとえ身を切るような寒さが押しよせてきても、それは決して長つづきせず、クリスマス当日は暖かいとはいえないまでも、おだやかな天候に恵まれるのが常なのだ。

ここ、ローズの家の居間で、ふたりはワインを飲みながら、最近灯がともったニューリンのイルミネーションのことを話していた。イルミネーションの点灯はちょっとしたイベントで、男声コーラスの合唱を聞こうと、大勢の見物客が集まり、花火も打ち上げられた。もっとも、イルミネーションの一部は波止場に浮かべられ、一部は丘の上高くに設置されているため、その全景を楽しめるよう、観光客を乗せたバスはマーゾルに直行するのだが。十二月十九日の夜には、一九八一年のこの日、決死の活動中に生命を失った、救命ボート《ソロモン・ブラウン》号の乗組員たちを追悼するために、いっせいにその灯が消されることになっている。ほかの土地とちがい、ニューリンとマーゾルはのんびりしている。他の地域では二カ月も前からイルミネーションが灯るが、このふたつの町では、クリスマスシーズンにふさわしい、十二月のなかばぐらいに灯がともるのだ。

「今夜はニック・パスコウの名前が一度も出てこないね」ローラはふたつのグラスにワインをつぎながら、いたずらっぽくいった。

アームチェアで丸くなっていたローズは肩をすくめた。

「また会うつもりかい？」ローラは手に負えない髪を押さえているヘアバンドを手直ししてから、暖炉の前の床にあぐらをかいてすわった。爪先が湿っているため、ブーツはぬいでしまっている。横縞のライクラ素材のスパッツをはいていても、脚はほっそりして見える。ローズはスカート姿のローラを見たのは、いつだっただろうと思い返してみた。

「ええ。土曜日に」

「なんだか気乗りがしないみたいだね」

「まあね」

「ねえ、ローズ。このローラおばさんに話してごらん」

「うーん、自分でもわからないのよ。わたしは急ぎたくないだけ」

「なんとまあ。あんたはほかの男と出会うのに四年待った。あたしならそれを〝急ぐ〟とはいわないけど。ま、いいわ、あんたとジャックが終わったというのは受け容れる。けど、芸術家であるニックとはすごく相性が――あ、ローズ、ごめん!」ローラはあわてて立ちあがり、太股まである丈長のチュニックの袖口からティッシュを取りだした。「なんかへんなこと、いったかい？　このおしゃべりな口がさ？」

ローズは目をぬぐい、鼻をすすった。「あなたのせいじゃないのよ、ローラ。自分のせい。わたし、自分がなにを望んでいるのか、わからない。新しい男がほしいのかどうかもわからない。男友だちとつきあうのは楽しいけど、わたしが愛してるのはデイヴィッドだけ。わたしが幸運だったのはわかるでしょ。最高の連れあいがいたんだもの。なぜ新しい男が必要なのか、わからないのよ」

「必要なんかないさ」ローラはローズのすわっている椅子の肘にちょんと腰かけて、きっぱりいった。「デイヴィッドの代わりは誰にもできないけど、もしかしたら同じぐらいすばらしい男と出会えるかもしれない、という可能性に心を閉ざしてしまっちゃいけないよ。デイヴィッドとちがうのはあたりまえ。だけど、やっぱりあんたにぴったりな男がいるかもしれない」ローラはくちびるをぎゅっと引き締め、ローズの頭の上をみつめた。「どうもあたしは壁に向かって話してるみたいだよ、ローラ・ペンフォールド」

ローズはかろうじて笑顔を見せた。「あなたがいったこと、心に留めておく。わたし、乗り越えた、と思ってただけなのね。ああ、泣いたの、ひさしぶりだわ」

ローラはローズを軽く抱きしめた。「泣くのは悪いことじゃないさ。また泣くことになるだろうよ。そんな気持になるたびにね。けど、それでも生きていかなきゃいけないんだよ」ローズのグラスを取りあげる。「ほら、こんな調子じゃ酔っぱらえないじゃないか。ところで、ほかに悩みはないのかい？」

「まったく、もう！　わたしは秘密をもてないわけ？」

「あたしがいるかぎり、それは無理だね」

ローズが再度廃鉱に行き、そこでどんな体験をしたか、その話を聞くと、ローラはきっぱりいった。「ジャックに話すべきだね。若い女が行方不明になってるのなら、なおさらだ。なにか関係があるかもしれない」

ローズはローラが正しいと頭では承知していたが、なぜ黙っていたのかとジャックに怒られるのは耐えられない気がする。「わかった。そうする」

テレビで観たい番組があるからと、ローラは帰っていった。ローラを見送ったあと、ローズは風呂にはいるか、本を読むか、それともローラのいった番組を観るか、決めかねた。しかし、そのどれも実現しなかった。十分後にジャックが訪ねてきたからだ。ローズは思わず息をのんだ。すぐにジャックに電話するというローラとの約束を守ったわけではなかったからだ。だがこれで、電話ではなく、じかに話すという修正がきく。

「ローズ、話がある。いや、私的なことではない」ジャックはローズの顔に疑いの表情がうかぶのを見て、急いでそうつけ加えた。「入ってもいいかい?」そう訊きながら、ジャックはローズの顔色が悪く、なにか悩んでいるようだし、だぶだぶの古いセーターを着ているというのに、あいかわらずきれいだなと思った。

「とても疲れてるのよ、ジャック。てっとり早くおねがい」

ジャックはため息をつき、すすめられもしないのに、椅子に腰をおろした。「女性の死体を発見した」あとの話がローズにどういう影響をもたらすか、ジャックは見当がつきかね、いったん口をつぐんだ。ローズは眉をしかめている。「あの廃鉱の坑道で」

「なんですって?」ローズの片手がすっとあがり、口をおおった。そしてくずれるように椅子にすわった。「ジェニーなの?」

「死体といっても、その残骸なんだ」

その意味を悟り、ローズの目が大きくみひらかれた。「骨ってこと? 白骨なの?」

ジャックはうなずいた。

「だったら、それはジェニーではありえないわ。彼女がいなくなってから、まだ数日しかたっローズはひどい疲れを覚えた。感情も消耗してしまい、耳に入ってくる話がどれひとつとしてないんだもの。それに、そんな状態なら、わたしがもう一度聞いた悲鳴とは無関係よ」

「もう一度聞いた悲鳴？」ジャックはぐいと身をのりだし、ローズをにらみつけた。

「説明したほうがよさそうね、ジャック」

「ああ、そのほうがいいね、ローズ」

ジャックの怒りと、自分の話がどれほどそらごとに聞こえるかを意識しながら、ローズは語った。

「どうしてきみはいつも、そんな状況にはまりこむのかなあ？」これは質問ではない。

ローズは眉間を指でつまんだ。「待って。最初のとき、レスキュー隊は廃鉱を調べたわね。どうしてそのときはなにも発見できなかったの？」

「穴の底を見ただけで、その先の坑道を調べたわけじゃなかったからだ」

ローズはジャックの説明を聞いていないようだ。「発見した、っていったわね？　発見したってどういう意味？　誰かがちょっと降りて見てみようという気を起こしたの？」

「いや。おれの友人でロッククライミングをやってるやつがいるんで、そいつにたのんだんだ。気を悪くしないでほしい。ローズ、おれはきみのことを知っている。きみは芝居がかったことをするひとじゃないから、あの廃鉱でなにかあったことは確かなように思えた。きみが聞いたのは本物の悲鳴か、さもなければ、きみを脅すのが目的のあくどいいたずらだったかもしれない。それはともかく、おれたちとしては、この女性の身元を調べなければならないんだ」

て意味をなさない状態だった。ジャックが明快に説明してくれれば、きれいさっぱり忘れることができるだろうに。「身元、わかりそう?」

「いまのところはまだわかっていない。ずいぶん時間がたってるからな。さかのぼって失踪人リストを調べなければならない。法医学者がなにかみつけてくれることを願うばかりだ。このことをきみに知らせておこうと思っただけだよ。きみの話を根も葉もないでっちあげだと、決めつけていたわけではないことを知ってもらいたくてね」ジャックはふたつの点でローズの身を案じていた。ひとつは、彼女が空耳を本物だと錯覚するような妄想家ではないからだ。たとえなにひとつみつからなかったとしても、冷静なローズが理由もないのにパニックに駆られるはずはない。そしてふたつめは、白骨化するほど遠いむかしに死んだ女性が、じつは殺人の被害者だと判明すれば、あの場所に警察の注意を惹くきっかけとなったローズに危険がせまる恐れがあるからだ。

自分が来る前、ローズが泣いていたことに、ジャックはふいに気づいた。彼女が苛酷な一日をすごしたのが見てとれる。ジャックは帰ろうと立ちあがった。勝手口を出て、肩越しにふり返ると、キッチンテーブルについたまま、両手に顔を埋めて身動きもせずにいるローズが見えた。「おやすみ、ローズ」

「おやすみなさい」ローズは顔もあげなかった。

やがてローズは深いため息をついた。疲れきっている。なにか食べたほうがいいのはわかっているが、そんな気にはなれない。立ちあがって、勝手口をロックし、明かりを消して、二階にあがって寝るしたくをした。ベッドに入ると、廃坑にひっそりと横たわっていた見知らぬ女の遺体のことは考えまいとした。コーンウォールは迷信がまかりとおる土地だし、ストーンサークルや古代の聖地もたくさんある。そういう場所の石に手を触れるとパワーを感じる、と主張する人々もいる。これまでローズ自身はそんなパワーを感じたことはないが、もしかすると、今回は超自然的な体験をしたことになるのだろうか。

カモメの鳴き声で目がさめた。窓をたたく雨の音と、餌をめぐって戦うカモメたちのうるさい鳴き声とが、入り乱れて聞こえる。ローズはカーテンを開け、またもや陰鬱な雨の朝を迎え入れた。手早くシャワーをあび、服を着てから、階下に降りてコーヒーをいれる。まったく気が乗らないが、今日はバリーへのクリスマスプレゼントを買いにいき、大晦日《おおみそか》のパーティの計画を立てるつもりだ。二回目の悲鳴を聞いた話にジャックがほとんど気を留めなかったのは不思議だったが、内心ではいいかげんにしろといいたかったのではないかと疑っている。

雨のなか、海岸沿いの道路を車で走っていると、フロントガラスをワイパーが軽快に左右に動き、視界をクリアにしてくれる。外気は暖かく、蒸し暑いぐらいで、バイキンやウィルスが大喜びで繁殖し、風邪やインフルエンザが蔓延しそうな陽気だ。車の窓ガラスも曇っている。ローズはサイドの窓を開けたあとで、この車には曇り取りの装置《デミスター》がついていることを思い出した。

ジュビリー・プールからペンザンス波止場に設置された浮き橋、ロス・スイング・ブリッジに向かう道筋には、イルミネーションのまたたくクリスマスツリーが何本も並んでいた。セント・メアリ島への定期フェリー《シロニアンⅢ号》は、冬のあいだは係留されたままだ。ペンザンス波止場の一部が埋め立てられて、広い駐車場になっている。ローズはその駐車場に車を乗り入れた。ここはつねに駐車スペースに空きがある。

霧雨がやわらかく顔にあたり、髪を湿らせるなか、ローズはマーケット・ジュー通りに向かって歩いていった。坂道になっているその通りを登りつめると、チャペルストリートに曲がり、下《くだ》っていく。ティムとキャサリンが経営する本屋で、自分へのクリスマスプレゼントとして注文しておいた二冊のハードカバーの小説本を受けとりがてら、経営者のふたりと楽しい会話をかわす。バリーになにをプレゼントするか、まだ決めていないが、こちらはもう少し先のばしにしてもかまわない。雨はやんでいたが、ローズはショッピングをつづける気持をなくしていた。突然に、ひとりになりたくなったのだ。

うちに帰り、コーヒーをいれると、ローズはペンとメモ用紙を用意し、友人知人のリストを作りはじめた。とりとめのない思考をうまく整理すれば、パーティの料理と飲みものをどうするか、思いつけるだろう。すでに嚙みあとだらけになっているボールペンの尻をかじりながら考える。ローラとトレヴァー同様、大晦日のパーティに出席するとバリーの同意も取りつけた。ステラからの返事はまだなので、彼女とダニエルがどうするか、電話して確認することをメモする。あとは、マイクとバーバラ、マディ・デュークとニック。ジェニーは？　当日までにジェニーの居場所が判明するかどうかによる。ジェニーを別にすると、客は九人。ローズをいれて十人。多いとはいえない。しかし、一年前なら、もっと名前が少なかっただろう。では、ジャックはどうする？　こういう招待に対してジャックがどういう反応をするか予想がつかず、ローズは頭を振った。その顔に一瞬笑みがうかぶ。ドリーンとシリルのクラーク夫妻は？　ふたりともすてきなひとたちだ。ドリーンはローラと同じ歳なのに、服装といい、ローズに対する態度といい、まるでローズの母親のようだ。シリルは元鉱夫で、いまは自宅の菜園に全エネルギーをそそぎこんでいる。ローズはクラーク夫妻の名前をリストに加えた。ジャックには直接訊いてみることにする。彼には友人でいてほしいのだ。これで十三人。十三とは不吉な数だが、しかたがない。そう簡単に招待に応じてくれるひとがいるわけではないのだ。

三十分後、ローズはメニューを作りあげた。パーティの計画を立ててしまうと、あと残っている仕事は、次の作品を描く場所を決めることだけだ。セント・マイケルズ・マウントは、ありとあらゆる角度から写真に撮られ、絵画になっている。それだけではない。あらゆる時間帯、あらゆる天候のもとで作品化されているのだ。それほどポピュラーな風景なのだから、同じモチーフの絵画がもう一枚増えても、絵画市場は洟《はな》もひっかけないのではないだろうか。それにそろそろ思いきった試みをしてみる潮時だ。ローズは無骨な風景や荒れた海を描くのが好きだが、もっとおだやかな田園風景も描いてみたい。木々が茂り、川が流れているような風景画――これまで水彩では描いてきたが、油彩で試したことはなかったのだ。

招待客のリストを手に居間にいき、かたっぱしから電話してみる。全員から出席の返事とともに、身元不明の女性の遺体がみつかった件で、山ほどゴシップや推測憶測を聞かされた。電話をかけるのがどうしても億劫《おっくう》になってしまうジャックを除くと、リストの最後はマディだった。ローズはマディに同伴者を連れてきてくれないかと訊いた。

「ピーター・ドースンはどう？」マディはいった。「彼のこと、知ってる？」

「評判は。ぜひお会いしたいわ」

受話器をおろしたとたん、電話が鳴った。ローラだった。「いったい誰と長電話してたんだい？　永遠につながらないんじゃないかと思ったよ。ローズ、ちょっとたのみがあるんだけど。テリーとマリーが元旦のあとまで残る気なんだよ。あの子たちも大晦日のパーティに連れていってもいいかねえ？」

「もちろんよ。ふたりに会えるなんてすてき」ローラの息子なら、顔をだすだけでパーティを盛りあげてくれること請け合いだ。もしジャックが出席するということになれば、客は十六人になる。狭い家で、パーティらしい雰囲気をかもしだすには、充分な人数だ。ローズはぶるっと震えた。彼女を神経質にさせているのはジャック本人のせいではない。ジャックのもうひとつの顔のせいだ。つまり、ピアース警部というジャックのもうひとつの顔が、ローズが悲鳴を聞いたという話を信じ、単独に捜査した結果、女性の白骨体を発見したのだ。そしてローズは、自分がその事件に巻きこまれていることを、あるいは、これから巻きこまれるかもしれないことを、本能的に察知していた。

「ローラ、あの廃坑で、警察が遺体を発見したんだって。誰かはわからないけど、その女性はずいぶん長いこと、そこに置き去りにされてたみたい。昨夜、ジャックが教えてくれたの」

「偶然の一致にしてはあんまりじゃないか。どうして警察は前に発見できなかったのかね?」ローズは知っているかぎりのことを説明した。「ねえ、もしよかったら、今夜いっしょに飲まない?」

「いいよ。《ソードフィッシュ》で七時ごろ」

ローズは受話器を置いた。腕を組み、窓に近づく。水平線から徐々に持ちあがるように、青い帯が上方に広がっていく。空には雲が点々と浮かび、陽光が海面に向かって放射状にのびている。刻々と変化していく風景を眺めながら、ローズは若い女が失踪し、別の女の遺体が発見されるとは奇妙な暗合だと思った。だが、ローズには仕事がある。階上の暗室にはプリントしなければならない現像ずみのフィルムが待っている。ローズはその仕事を片づけることにした。

しばらくして、送り状をタイプし、焼いた写真を箱詰めすると、ローズはそれを玄関ホールのテーブルに置き、届けるのを忘れないように心にメモした。ローラとの約束の時間にはまだ早いので、ローズは『ウエストカントリー・ライブ』を観ることにした。一時間ワイドのローカルニュース番組だ。椅子に浅く腰かけ、リモートコントローラーをテレビ画面に向け、チャンネルを合わせると、ちょうどニュースキャスターが事件を伝えているところだった。

「今朝、ゴッドレヴィ・ポイント近くで女性の死体が発見されました。この女性は、最近行方がわからなくなった、セント・アイヴス在住のジェニファー・マンダーズさんと判明。目下のところ、警察発表がないため、死因はわかっていませんが、警察は木曜日の夜以降、彼女を見かけたひとがいるなら、ぜひ連絡してほしいといっています。電話番号はこちらです」画面の下に電話番号が出た。「この番組のなかで、また番号をお知らせします。さて次は、西部の漁師たちが直面している最近のディレンマについてお伝えします」

しかしローズはもう聞いていなかった。ジェニーが死んだ。とても受け容れられない。電話が鳴った。ローズは無視した。留守電装置が作動するだろう。いまは誰とも話したくなかった。心の準備ができない。かわいそうなジェニー。あんなにきれいで、まだ若いのに。ジェニーを悼みつつも、身勝手ながら、ジェニーが発見されたのがあの廃鉱近辺ではなかったことを、ローズはうれしく思った。もしあの廃鉱で発見されていたなら、やりきれない思いに押しつぶされていただろう。

ニュースがつづいているが、ローズはほとんど注意を払わず、ジェニーの死は自殺だろうか事故だろうかと考えていた。崖から落ちたのかもしれない、それとも、海で溺れたのかもしれない。短いニュースにはなんの手がかりもなかった。また電話が鳴った。留守電装置がふたたび作動する。電話の声は聞こえないようにしてあるので、かけてきたのが前と同じ人物なのか、それとも別人なのか、ローズにはわからない。

暖炉の上に置いてある、真鍮台とガラスのドーム形カバーのついた小さな時計が、鐘の音を鳴らして時刻を告げた。ローラとの約束の時間に遅れそうだ。ローズはレインコートをはおり、バッグをつかむと、家を出て、勝手口のドアをばたんと閉めた。

波止場の海面や、先ほどの短い豪雨《シャワー》に打たれてまだ乾いていない舗道に、街灯の光が映っている。坂道を登ってくる三台の車のうち一台が、激しい音楽を大音量で流していた。また一台、潮風でひどく傷んだ車が、これまた騒音をまきちらし、不完全燃焼による排気ガスをふりまきながら走ってきた。三台目の車の運転手が警笛を鳴らしたが、ローズがその顔を見るまもなく走り去っていった。

ストランド通りに出て、待ち合わせのパブに急ぐ。《ソードフィッシュ》はいまどきめずらしく、バーがふたつに分かれている。狭いほうのバーはラウンジタイプで、カーペットが敷かれ、ゆったりとしていて、よそのうちの客間のような感じだ。もうひとつの細長いバーは一般客用で、木の床といい、ジュークボックスが置いてあることといい、もっとくだけている。ローラは高いスツールにすわり、トレヴァーの友人ふたりと話していた。ローズも顔見知りなので、にっこり笑った。あいさつが終わると、そのふたりはカウンターのほうに行った。

「いつもの?」ローラは財布を取りだしながら訊いた。そしてグラスワインを注文し、代金を払ってから、ローズの顔をしげしげとみつめた。「どうしたんだい? 昨夜のことでまだ動転してるのかい?」

「ちがうの」ローズは予備のスツールを引っぱってきて、ローラの席の近くに置いた。ローズもローラもジーンズとスウェットシャツというかっこうで、湿気のせいで髪がふくらんでいる。

「ジェニーがみつかったわ」

「そりゃあよかった」そういってから、ローラはローズのまなざしに気づいた。「あ、そうか、よくはないか」

「そうじゃないのよ。彼女、死んだの。夕方のニュースでそういってた」

ローラは頭を振った。ヘアバンドで留めた髪も激しく揺れる。「なにがあったんだろう？」

「ニュースではなにもいってなかった。死体がみつかったとしか」

「ジャックはなにかいってきたかい？」

「いいえ」あの電話はセント・アイヴスの誰かからというより、ジャックだった可能性が高い。しばらくのあいだ、ふたりの女は黙って酒をすすっていた。ロックミュージックが鳴り響き、テーブルにはめこまれたサッカーゲームの音も耳につく。「ローラ、あなたさえかまわなかったら、わたし、うちに帰りたいんだけど」

「もちろん、かまわないよ。来なくてもよかったのに。電話をくれればよかったのに」

ふたりは通りで別れ、それぞれ家路についた。ローズには考えなくてはならないことがたくさんあった。たとえば、なぜジャックはあの廃鉱の坑道を重点的に捜査したのか。そこでみつかった女は誰なのか。もしなんらかの関連があるとすれば、その女とジェニーの死にはどんなつながりがあるのだろうか。

なによりも不思議なのは、あの、二度にわたる悲鳴だ。悲鳴をあげたのが何者にしろ、廃坑の奥になにがあるか知らなかったにしろ、どうしてあの場所に注意を惹きたかったのだろう。

5

ピーター・ドースンはマディ・デュークから電話をもらい、ローズ・トレヴェリアンの大晦《おおみそ》日《か》のパーティに同行してくれないかとたのまれた。ピーターは喜んで行くと答えた。そのあと、唐突に十二月二十六日のボクシングデイに自分もパーティを開こうと思いついたマディから、二度目の電話をもらい、そのパーティにも招待された。決して社交的とはいえないピーターは、その招待にも応じてしまい、我ながら驚いてしまったものだ。

変人などめずらしくないコーンウォール人のなかでも、ピーター・ドースンはかなりの変わり者だ。しかし、芸術家としては、はでに目立つほうではない。作品が売れようが売れまいが、いっこうに気にしない。ピーターは絵を描くという創作活動そのものを愛しているのであって、完成した作品が金になるかどうかはどうでもいい。住まいもセント・アイヴスとゼノアの中間あたりにある、海を眺望できる小高い丘の上にぽつんと建っている一軒家だ。ベッドルームがふたつある家にひとりで住んでいる。

彼の描いた抽象画は高く売れるが、一年に一枚か二枚がいいところだ。ピーターは市場には大量に出さないほうがいいことをよく知っている。したがって、完成した作品の多くは人目にさらされることはない。彼がそろそろ次の作品を描こうかというころまでお蔵入りしている。

数件の投資対象があり、そこから充分な生活費を得ているのだ。住む家にしても、ひとり暮らしには広すぎるぐらいの快適な住まいがある。他人と暮らす気はない。反対意見は多いだろうが、彼はひとり暮らしが好きなのだ。ときどき女がほしくなると、よその町に行き、ひと夜かぎりの情事を楽しむ。あとくされのない相手をみつけるのが得意だ。もしマディ・デュークを誘っても、彼女が自分は特別だと思いこんだりしないことはわかっている。だがマディには、ピーターのもっと根源的な本能に訴えかけてくるなにかがある。情熱的な女だとピーターは思う。その情熱を仕事にこめている彼女は、ピーターのほうから申し出ないかぎり、なにも要求しないだろうし、なにも期待しないだろう。

そのことが、パーティの招待を受けたときに、ピーターの頭の片隅にあったようだ。マディは平服でといったが、それはいつものことだ。ごくまれにロンドンに出かけるときしか、ピーターはスーツを着ない。

ピーターの家は花崗岩《かこうがん》造りで、家具調度はシンプルだが、金がかかっていないわけではない。冬には最新式の暖房システムが暖かさを保ち、つねに熱い湯を供給してくれる。うまいものを食べているし、愛用の葉巻はトゥルーローの専門店で購入したものだ。好みのシングルモルト・ウィスキーはペンザンスの酒類販売免許のある店からケースで配達してもらっている。この暮らしにときどき女が加われば、男として、ほかになにを望むというのだ。

ピーターは椅子に立てかけた未完成の最新作を、批評家のようなきびしい目でみつめた。皮肉屋がどう思おうと、キャンヴァスの上に描かれた形も色も、ピーターには完璧に見える。頭をかしげ、あごを片手でつかみ、一見すると無雑作に描かれたように見えるが、明確なパターンがあると確信した。

絵の具とテレピン油のにおいをまとい、葉巻の煙をなびかせながら、ピーターはものうげに窓に近づいた。窓から、波止場にもどってくる漁船の明かりと、星が見える。今夜は寒くなりそうだ。彼は暖かくすごせるが、冷蔵用のコンテナーにおさめられ、死体置き場に安置されているジェニー・マンダーズはそうはいくまい。そのニュースは、キッチンでぶらぶら歩きまわりながら買い出しリストを作っているときに、『ラジオ・コーンウォール』で聞いたのだ。

ときどきジェニーはピーターのベッドで夜をすごした。いまとなっては、彼女がなつかしい。要求の少ない女で、何杯かの酒や簡単な食事、そしてピーターの肉体を受けとるだけで満足していた。ふたりは相性がよく、どちらかが自分の恋人のことを話しても、気まずくなるようなことはなかった。じっさい、あいつとおれとは、みんなに冷や汗をかかせてやれるようなことをたくさん知っていたな、とピーターは思わずにやりとした。

しかしピーターはすぐにため息をつき、短い髪をかきむしった。いまは白髪が増えてきたが、かつては熟れた麦のような色だったこともある。もっとも、金髪なので白髪もそう目立たないけれども。

思い返すと、ジェニーのことがかわいそうでしかたがない。世間からは性的にだらしのない女だと見られていたが、ジェニーがほんとうに愛していたのはニックだけだということを、ピーターは知っているからだ。そして、ピーターはジェニーを理解していた。ニックを愛していても、ジェニーはほかの男と寝ることをやめられなかった。自分に自信がもてないため、次々と男を征服することによって、自信をもちたかったのだ。原因はジェニーにあったとはいえ、男とは長つづきしなかった。男性的要素の強い女だったのだ。彼女にとって愛とセックスは別物だったといえる。男に生まれていればよかったのに——ピーターはそう思いながら酒のボトルを並べたテーブルに近づき、タンブラーに半分ほどシングルモルトをそそいだ。

タンブラーを手に、長年使いこんで体になじんでいる褐色の革のソファにくつろぎ、なにが原因でジェニーは殺されるほどの敵意をもたれることになったのだろうかと、ピーターは考えこんだ。ピーターの頭のなかでは、ジェニーは殺されたのだということが事実として成立していた。ジェニーは人生を愛していたし、決して愚かではなかった。ここで生まれ育ったのだから、危険がどういうものか、身にしみて知っていた。陸から海に吹く風が強いときに、切り立った崖っぷちを歩いたりはしないはずだ。頭に血が昇っていたからうっかりして、ということもありうるが、それならばたいていの人間が崖から落ちてしまうだろう。不倫の報いを受けた？　かつては男と女がささいなことで殺し殺されたものだが、今日びではあまり考えられない。いや、ジェニーは確かにでたらめな女ではあったが、充分に慎重だったし、彼女を強欲だと責める者がいるとも思えない。

最初、ピーターは彼女が脅迫に屈したのかもしれないと考えたが、それは彼女の性格からいってありえないと思いなおした。男がからんでいるとしても、ダニエル・ライトとの軽率な係わりを別にすれば、結婚している男はジェニーの男漁《あさ》りのリストには載らない。その一方で、ステラ・ジャクスンには計り知れないところがある。ステラは経済的に夫にたよってはいないかもしれないし、自分の名声を守りたいというフェミニズム的な強い意志をもっているかもしれないが、不倫に関しては寛大だろうか？ ピーターは頭を振った。ステラが夫の浮気を根にもつとは、とうてい思えない。では、ニック・パスコウは？ いや、彼は思慮分別のある男だし、ジェニーを殺しても、彼にはなにも得るものはない。いや、あるのか？ ジェニーはニックとよりをもどしたがっていた。それで彼女をうっとうしく思ったとか？ ニックの洗練された顔の裏に、ときおり激しい感情が見えはしないか？

ジェニーがいなくなって寂しくなるだろう。彼女の不器用な生きかたもなつかしい。ときどき手に負えなくなったけれども、彼女には自分を笑うことができるだけの度量の広さがあったし、彼を笑わせてくれもした。噂では、ニックはいまニューリンの女と会っているという。ローズ・トレヴェリアンという画家で、ずいぶん長いこと才能が眠ったままだったらしい。ニックとその女のことでジェニーは動揺したかもしれないが、彼女は負けん気が強い。ニックとジェニーの仲が終わって半年ほどたつが、彼女がニックを取りもどそうと決めたのなら、ほかの女のことなど気にしたとは思えない。

あと十日もすれば、二十六日にマディのところで、ピーターもこのローズ・トレヴェリアンという女に会えるはずだ。寡婦か、とピーターはにやりと笑った。「そんなのには会ったことがないなあ」そうひとりごち、ピーターは小指で葉巻の灰を落としながら期待するような笑みをうかべた。

タンブラーをかたわらに置き、ピーターは警察が彼とジェニーの関係を探りだすのにどれぐらい時間がかかるだろうかと思った。そして、おそらく探りだせないだろうと結論づけた。

「死んだ？　まさか、ありえない」ニックは見慣れないものを見るような目で部屋の中を見まわした。あるいは、一時的な狂気に対する答が壁に書いてあるとでもいうような目で。

部屋の中には男が三人いる。ひとりは彼自身。あとのふたりはジャック・ピアース警部と、名前は聞いたが忘れてしまった刑事だ。いましがた聞かされたことで恐怖と怒りを覚えながらも、ニックは警部のいかめしい顔の下に、なんらかの強い感情が隠れていることを見てとっていた。

ジャック・ピアースはニックのショックが本物かどうか確信がもてず、じっとニックを観察していた。ジェニーを知っていた人々は全員、警察の尋問を受けることになるが、彼女の死に不審な点があることにはまだ気づいていない。ジェニーの死体は散歩中のカップルに発見された。死体は波打ちぎわに横たわっていて、衣服も髪もずぶ濡れだったため、最初は溺死したものと推定された。しかし、レドルースから信頼できる警察医が到着すると、溺死という推定はくつがえされることになった。警察医は疑問点をいくつかあげ、詳細な検屍解剖が必要だと指示した。ジャックは医学的な専門用語はよく理解できなかったが、とりあえず初動捜査にかかった。

幸運にも、その日の午後早くに解剖医が確保できて、警察医の疑問が裏づけられた。ジェニーは海水に浸かる前に死んでいたのだ。後頭部への二回の打撃が死因だった。冷たい海水のせいで流血もすぐに止まり、血は洗い流され、見た目には出血があったとはわからなかったのだ。傷口は豊かな髪に隠れて見えなかったし、腫れあがってコブになる間もなく死亡したようだ。肺と胃を調べると、溺死ではないことが歴然とした。

不審死だが、必ずしも殺人とはかぎらないとジャックは思った。足をすべらせて崖下の岩に落ち、いったんは波にさらわれたが、潮が変わって陸に打ちあげられたという可能性も、ないとはいえない。が、それはありそうもない。崖から落ちて死んだのなら、ほかにもっと傷があるはずなのに、それはまったくなかったからだ。ジェニーの体には打ち身もひっかき傷も、いっさいない。また、死後、少なくとも三日はたっていることも判明した。

ニック・パスコウは正式な尋問に応じるよう要請された。ジェニーのいちばん最近の恋人であり、失踪届けを出した本人として、手始めにニックから事情を聞くのは当然のことだった。ジャックは内心で、ジェニーがよりをもどしたがっていたという事実から見ると、この男が第一容疑者だと考えていた。ニックはジェニーとよりをもどす気はなかったらしい。ローズがいるからだろうか？　ジャックは胸の内でそう考えた。

ローズはここの連中を、そしてジェニーを知っていたし、生きているジェニーを最後に見た者のひとりでもある。ローズにも動機があると思うと、ジャックは気分が悪くなった。もしローズがニック・パスコウに夢中だとすれば、若くて魅力的なライバルを排除する必要があると思ったかもしれない。とはいえ、そんなことはとうてい信じられない。ローズは決して短絡的な人間ではない。しかし、ジャックは警察官がどういうものの見かたをするか、よく知っている。ローズをかばうことはできない。彼女もほかの者たちと同じく、警察の事情聴取を受けることになるだろう。

あの悲鳴。あれにはどういう意味があるのだろうか？　ローズは悲鳴を聞いたと警察に通報した。ニックはジェニーの失踪を届け出た。ふたりは共謀しているのだろうか？

涙ぐみそうになっているニックと同じく、ジャックも泣きたい気分で頭をかき、ため息をついた。いまはもう、家に帰ってシャワーをあび、なにか食べたいだけだ。だが、そういう贅沢を味わえるのは、まだまだ何時間も先のことだ。

ステラ・ジャクスンは数週間前にダニエルとローズがかわした会話には、まったく気づいていなかった。ダニエルもとっくにそんなことは忘れている。自分のいったことが問題になったときに、なにをいったかきちんと思い出せるタイプの男ではないからだ。

「それがいちばんいいと思う。そう思わない？　こんな状況のもとではね」ステラは少しばかり嫌味をこめてそういった。

ダニエルはうなずいただけだ。なにもかもめちゃくちゃだ。自分はなんとばかだったことか。ありがたいことに、いまとなれば、知っているのはステラと自分だけだ。

ダニエルは根っからの嘘つきではないし、ステラもそうだが、ここはどうしても嘘をつきとおさなければならない。ふたりは口裏を合わせることにした。ふたりの話は嘘だと指摘できる唯一の人物は死んでしまった。ニュースを聞きながら、ステラとダニエルは警察が来るのも時間の問題だと思っていた。

ローズは明かりのついたキッチンに入り、レインコートをぬぐと、昨夜ローラと空けきれなかったワインが半分残っているボトルに手をのばした。きのうのことが一週間も前のことのように思える。ワインをグラスにつぎ、たばこに火をつける。これで武装完了だ。留守電のメッセージを確認しようと居間に行く。チンツのカーテンと明度を落とした明かりに気持が慰められる。留守電の再生ボタンを押す。

「ステラよ。電話してくれる?」

ピーッと電子音がして、ふたつめのメッセージが再生される。「ハーイ、マディよ。あなたがパーティを開くと聞いて、わたしも思いついたの。ボクシングデイの午後に、わたしもパーティを開くわ。ぜひ、いらして。返事を知らせてね。チェリオ」

二件のメッセージを消そうとして、もうひとつメッセージが入っているのに気づく。「ジャックだ。ニュースを聞いたかい? いまはその話はできないが、あとで連絡する」

ジャックの〝あとで〟というのがこの地方独特のいいまわしであることを、ローズはよく知っている。つまり、今夜かもしれないし、来月のいつかかもしれない、ということだ。三件のメッセージに対し、こちらから電話をかけるべきだろうか? しばらく考えてから、ひょっとするとベッドに入っているときに、また連絡がこないともかぎらないと思いつく。かつての静かな夜が恋しい。最近はどうしてこうも疲れる夜がつづくのか、どうしても理解できない。

電話機のそばをうろついていたかのように、二度目の呼び出し音でステラが応じた。

「留守電のメッセージを聞いたわ」ローズはいった。

「もう知ってる?」

「ジェニーのこと? ええ」

「恐ろしいわね。いったいどうしてこんなことになったのかしら?」

ステラが憶測をしゃべりちらしたいだけなら、電話をしてくれなければよかったのに、とローズはつくづく思った。

「それに、かわいそうなマディ。生きてる彼女を見た最後の人物なんだって。ここを出たときはとても元気そうだったのにねえ」最後の話はジェニーのことだろう、とローズは見当をつけた。「わたしたちがベッドでぬくぬくしてるあいだに、あんなことが起こるなんて、とても考えられない」

「何時ごろ亡くなったのか、ニュースではいわなかったわ」

「ええ。でもね、論理的に考えれば、そうなるのよ。木曜日の夜以降、彼女の姿を見た者がいないのはなぜ、ってことでしょ。とにかく、あなた、仕事に影響させないようにね。まだまだ先は長いんだから」

ローズは口実をもうけて電話を切った。三つのことが起こったのは事実だ――悲鳴、廃坑で発見された身元不明の女の死体、そしてジェニーの死。ジェニーは確かにステラのパーティで酒を飲みすぎていた。そんなジェニーが崖沿いの小道を歩いていて、足がよろけた、ということはありうるだろう。特に狭くぬかるんだ小道なら。だが、あの夜、雨は降っていなかった。そこまで考えて、ローズは自分を押しとどめた――あなたとは関係ないでしょ。だが、ステラのことばが頭のなかでぐるぐる回っている。〝わたしたちがベッドでぬくぬくしてるあいだに〟

以前にローズはダニエルに聞いた。ステラは個展のオープニングの前は神経が高ぶりすぎて、終わったあとは興奮しきって、眠れなくなるために、オープニングの日はいつも、寝る前に長い散歩に出るのだと。ローズは頭を振った。ローズにとってステラは良き助言者であり、知性も才能もある女性だ。その彼女がなぜ罪もない若い女に危害を加えたりする？ ばかげている、とローズは思った。だいたい自分は、ジェニーの死因すら知らないではないか。

猛然と空腹を覚えた。もう九時だ。食事のことを考えてもいい時間だ。食器棚を開けながら、ローズはこれが初めての、ひとりぼっちのクリスマスになるという実感がわいてきた。ひとりきりのクリスマスは享楽的にすごそうと決めている。少しばかり贅沢をしよう、と。そのときまで、買ってある新刊小説は取っておくつもりだ。

体に力が入らず、足も重い感じがするため、ローズはスクランブルエッグぐらいがちょうどいいと思った。が、それもまたおあずけとなった。電話が鳴ったからだ。ジャックだった。少なくとも直接訪ねてはこなかった。ジャックもまた疲れきった声で、ローズが事情聴取されることになると警告するために電話した、といった。

「ええ、そういうことになるだろうと思ってたわ。ジャック、それって、わたしが考えてること一致するってことなのかしらね？」

「ローズ、おれが話せないのはわかって……」

「ごめんなさい。訊くべきじゃなかったわね」

ほんの一瞬、ためらった気配がしたあと、ジャックはいった。「きみにはおれが尋問するよう手配できるかもしれない。きみは関係者全員を知ってるんだし」

「わたしより、みんなのほうがおたがいをよく知ってるわ」

「だけど、みんなはきみみたいに物事を把握するコツを知らない」

これはお世辞ではない。ローズは人々のふるまいだけではなく、しゃべったことも、細部まできちんと記憶できる能力をもっている。それにジャックが担当してくれるほうが、一般的な事情聴取よりももっと率直に語れる気がする。

「いつ？」ローズは訊いた。

「じきに。また知らせる」

ローズはおやすみをいって電話を切り、キッチンにもどった。たまごを割っているさなかに、ジャックはことばにしてはいわなかったが、ジェニーは殺されたのだと暗に教えてくれたことに気づいた。たまごの殻をゴミ入れに捨てながら、ローズはジャックをパーティに招待するのをまた忘れたことを思い出した。そして、恐ろしいニュースを知ったばかりなのに、どうしてそういうことが考えられるのか、自分で自分を不思議に思った。

「あんた、しっかりして」アンジェラ・チョークは、ペンザンスの登記所でひっそりと結婚して以来、マンダーズの姓を名のることになった。いまアンジェラは夫のそばにすわり、その肩に腕をまわして慰めていた。アンジェラは大の男が泣くのを見るのは嫌いだった。ことにアレクのようにいかにもタフな見かけの男が泣く姿など見たくもなかった。アレクは筋肉質のたくましい体をしているし、顔には性格がはっきり表われている。アンジェラは子どもをもったことがないので、アレクがどういう気持なのか、想像できなかった。アンジェラは子どもがほしくなかった。最初の結婚がうまくいかなかったのも、それが一因だ。彼女は子どもを産むのが怖かったし、体型が損なわれるのもいやだったが、それを認めるのはもっといやだった。

アレクの肩をやさしくたたくと、アンジェラは立ちあがり、サイドボードの中を探って、不本意ながらもブランディのボトルを取りだした。アレクはめったに飲まないし、彼の母親は家の中にアルコールを置くことをぜったいに許さなかった。かつて、アレクはそういっていた。ふたりが秘密裡につきあっていたころ（ふたりが思っていたほど世間にばれていないわけではなかったが）のことだ。おそらくブランディは医療的な目的のために備えてあったのだろう。たとえアレクがいらないといっても、アンジェラにはブランディが必要だった。

アレクが現代風に改装中のキッチンに行き、アンジェラはグラスをふたつ用意して、たっぷりとブランディをついだ。そして居間にもどる前に、自分のグラスからひとくちすすった。

アレクは目をぬぐい、大きな音をたてて洟《はな》をかむと、涙目でアンジェラに笑いかけた。意外な洞察力で、アンジェラはアレクが罪の意識のまじった悲しみに困惑していることを見抜いた。

それというのも、彼はもう何年も実の娘を無視してきたからだ。その原因はほとんどアレクの母親にあった。彼女は息子をエプロンの紐に縛りつけるどころか、それよりももっと強く束縛し、息子が結婚生活を楽しんだり、娘のジェニーを愛したりするのを、徹底的に邪魔していたのだ。

ジェニーは健全な娘だった。アンジェラはジェニーのことをほとんど知らなかったが、その乏しい情報からいっても、家族からかえりみられなかったにもかかわらず、ジェニーはたくましく生き抜くことのできる人間だったとわかる。

何年もたってしまったいま、アレクとの秘密の情事がどういうぐあいに始まったのか、アンジェラはもう思い出せない。当時アンジェラが住んでいた古い家に、アレクが新しい流し《シンク》を据えにやってきたあの日から、アンジェラは彼に魅かれた。お茶をいれてやったとき、タイトなジーンズに強調されたアンジェラの体の線から、アレクが躍起になって目をそらそうとしているのに気づいたのだ。夏だったので、Tシャツ一枚のアンジェラの、体のわりに大きな乳房が、胸まわりをつんと押しあげていた。美人というより、なんとなく人目を惹くタイプだ。自分でも顔だちは平凡だが、体つきは成人向きの棚に並べられる雑誌でポーズをとっているモデルにひけをとらないと知っていたし、長くまっすぐな赤い髪が他人をふり向かせることも知っていた。生まれつきの赤毛も色褪せてきたため、いまでは染めているのだが、そのことは誰にも知られたくなかった。

現在四十一歳で、アレクとは十歳以上の開きがあるアンジェラは、いまだに人生に対し楽観的なところがある。だが、彼女がほんとうに人生を楽しみだしたのは、最初の結婚が終わってからのことだ。家事や、最初の夫のジョンのおもしろくもない友人たちや、彼らの退屈きわまりない妻たち（ジョンがこういう連中とつきあうのは、彼らがジョン自身の魅力や生気をひき立ててくれるからではないかと、アンジェラは邪推したものだ）とのつきあいにうんざりしきっていた日々から解放され、アンジェラはいくつもの計画を実施してみたが、どれも長つづきはしなかった。そしてけっきょく、パン屋でパートタイムの仕事をみつけ、いまでもそこで働いている。家事は最小限しかせず、午後は友人たちとすごし、夏場は浜辺でぶらぶらしている。

アンジェラはアレクがほしかった。父親と母親と恋人を兼ねた相手として。彼は料理ができるし、アンジェラよりも整理整頓好きだし、手先が器用で、それはつまり家の中の改装や修理もお手のものということだ。堅苦しい性格で、女とのつきあいが少なかったのに、恋人としては上等だった。

アレクが涙を抑えようと必死になっているのを見ているうちに、アンジェラは一瞬、強い嫌悪感に駆られた。アレクには男らしさを求めているため、いまのアレクが弱く見えたからだ。アレクがアンジェラの容貌に魅かれたのではなく、母親のアグネスに似ているから魅かれたのだということは、彼女本人はまったく知らない。本人は自覚していないが、この家を取り仕切り、つねに自分の流儀を押しとおしているのは、アレクではなく、アンジェラのほうだった。

警察がジェニーが死んだと知らせてきたが、アレクがその事実を受け容《い》れるだけの時間をおいたら、また来るだろう。警察には訊く必要のある質問がたくさんあるはずだ。アンジェラは義理の娘が夜間に崖っぷちを歩くような大ばか者だとは思えないが、もしかすると彼女は酔っていたのかもしれない。もしかすると母親の轍《てつ》を踏んだのかもしれない。

アレクはほとんどブランディを口にしなかったが、アンジェラのグラスはもう空《から》になっていた。キッチンに行き、夫が気づかないことを願いながら、もう一杯つぐ。

自分のためにアレクが作ってくれたカップボードのなめらかな木肌を指でなでながら、アンジェラはこの部屋が現代風に改装されてしまえば、あの女がこの家を何十年も支配してきた痕跡はじきにきれいになくなると考えていた。

アンジェラはふと眉をひそめた。アレクの最初の妻、レナータ・マンダーズは酒飲みだった。だが、なにが原因だったのだろう。アンジェラが聞き知っているアグネス・マンダーズの噂が真実だったのなら、レナータが酒に溺れたのもうなずける。しかし、いまのあたしはどうだ？アンジェラはグラスの中の琥珀色の液体をみつめながら、そう自問した。アレクには、女が酒に溺れたくなるようななにかがあるのではないか？　いや、これはジェニーが死んだという知らせを聞いて、ショックのあまりのらちもない考えだ。とは思ったものの、まだ片づいていないキッチンにひとりたたずみ、アンジェラは考えこんだ——ふたりがともに独身だったときに、アレクはなぜ何年もふたりの関係を秘密にしておきたがったのだろうか。自立した女にとって、それはいかにもおかしな関係だった。関係を隠してまでつきあっていたのは、それほど彼の魅力が強いから？　アンジェラは小声で自問してみた。答はイエスだ。アンジェラはアレクのたくましい肉体に飽いたことはないし、寡黙でなにを考えているかわからない男だが、そんな彼に嫌気がさしたこともない。彼は異様なほど力が強いが、それをコントロールしているのはアンジェラのほうだというのも、他人には信じられないことかもしれない。

とにかく、アンジェラはアレクの妻であり、その事実はなにをもってしても変えられない。それに、アレクの妻になったことを悔やんだことは一度もない。警察が引きあげ、葬儀がすめば、もとどおりの平穏な生活にもどれるだろう。なにも心配することはない。

アレクは知的な人間ではなく、本能で行動し、なにかしてしまったあとで、そのことを考えるタイプだ。彼はいま、自分がなぜ泣いているのかわからずにいる。ただ泣いているだけだ。たったひとりの子どもが死んだのはほんとうだが、その娘のことをじっさいにはなにも知らないも同然だったのだから、愛していたわけではない。おかしなことに、彼は実の母親が死んだときにはまったく泣かなかった。だが、母親も彼に泣いてほしくなかったはずだ。

これまで警察と係わり合いになったことがなかったので、アレクは警察の捜査のしかたなど、見当もつかなかった。ジェニーのことで質問されれば、答えられることはわずかだろうが、ちゃんと答えるつもりだ。あの日、友だちとトゥルーローに映画を観にいっていたアンジェラは、ジェニーが最後にここに来たことを知らない。誰も知らないはずだし、わざわざ教えてやる理由もない。父親と娘がどんな話をしたか、それは当事者たちだけの問題だし、この件に巻きこまれている第三者とはなんの関係もないことだ。

アレクはブランディをがぶりと飲んだ。喉と胃が不快に焼けついたが、気分はよくなった。キッチンからアンジェラがもどってきた。顔が少し赤らみ、妙に目がぎらついている。アンジェラはアレクのそばにすわると、両手で彼の片手を取った。

「もうだいじょうぶだ」アレクはいった。「これから洗濯機の配管修理をしよう」

その日の夜、服をぬぎかけていたアンジェラはふいにアレクに抱きすくめられ、セックスにもつれこんだことに驚き、息をのんだほどだ。まるで、アンジェラなどそこに存在しないかのようなセックスだった。ふだんなら、アグネスのすりきれた毛布を処分したかわりにベッドに掛けてある羽根ぶとんの下で愛しあうのに。セックスが終わると、アレクはそのほとんど暴力的な行為で娘の死を心から追い出したとでもいうように、おだやかさを取りもどした。


「こんばんは、警部さん。どうぞお入りください」ステラ・ジャクスンは閉め切ってあったギャラリーのガラスドアを開けて押さえ、訪問者を招じ入れた。警部のそばにいる部長刑事のことは無視する。外では、雨のなかでクリスマス・イルミネーションがきらきらと光り、それに呼応するかのように、ギャラリーの窓の隅に飾ってあるミニチュアのツリーの豆電球が、ちかちかまたたいている。ミニチュアのツリーはクリスマスシーズンに妥協したものにすぎず、ステラが入念にアレンジして展示してある彼女の作品を損なわないような位置に置いてある。

「二階に行きますか？　階上《うえ》のほうがいごこちがいいわ」暖房は五時半に切ってしまったので、ギャラリーの内部は冷えきっている。

ジャックと部長刑事は、今夜は黒一色のみの装いのほっそりした女のあとにしたがって、らせん階段を昇っていった。ステラを見ていると、ジャックはしなやかなネコを連想してしまう。

それも山ネコを。なぜ山ネコが頭にうかんできたのか、自分でもよくわからなかったが、ジャックはそう思った。ステラの連れあいであるダニエル・ライトが居間のドア口に出てきた。居間に入ったとたん、そのユニークな飾りつけに、ジャックは度肝を抜かれた。そしてダニエルが体をずらしたときに、縞模様のソファにすわっている小柄な女性が目にはいり、さらに驚いた。

「こちらはマディ・デューク」ステラが紹介した。「マディ、ピアース警部と、ええっと……」

「グリーン部長刑事です」ジャックはそういいながら、この連中は一石二鳥を狙っているのかと思った。犯人を別にすれば、マデリン・デュークはジェニファー・マンダーズを最後に目撃した人物だ。もちろん、現在のところわかっているかぎりの話だが。テレビやラジオで情報を寄せてくれるよう呼びかけたが、放送後は、時間だけがむなしくすぎている。

「ミス・マンダーズが失踪したのがいつごろか、みなさんもお聞きになっていると思いますが、あなたがたが最後に彼女を見かけた時刻を調べる必要がありましてね。みなさん、ニュースはもうごぞんじですよね？」ジャックは訊いた。

三人の証人が同席していれば、おたがいに記憶を刺激しあえるかもしれない。ささいな事実でも、忘れていた会話の切れ端でも、大きな結果をもたらすことができるのだ。

「もちろん、知ってます。この狭いコミニュティでは……」ステラは両手を広げた。あとのことばをつづける必要はない。「おねがいだからすわってよ、ダニエル」

ジャックはそうと悟られない態度で観察をつづけた。どうやら隠れた流れがあるようだ――

妻と夫のあいだに意見の相違があったのだろうか？　なにかトラブルをかかえているのだろうか？　しかしマディ・デュークはおちついているから、夫婦のあいだで激しいいさかいがあったとしても、それは彼らが到着する直前に起こったことではないようだ。

ギャラリーの上の居間ですごした三十分は、けっきょく時間のむだに終わった。ジェニファー・マンダーズの三人の友人は、ジェニーが失踪したときと同じ応答をくり返すだけだった。ステラとダニエルはジェニーが最後まで居残った客のなかにいたことを認めた。ジェニーはひとりで帰ったが、彼女がどっちの方角に向かったかまでは、ふたりとも注意していなかった。それ以降、彼女の姿は見ていない。疲れきっていたステラはすぐにベッドに入り、ダニエルは気のりがしないまままちょっと片づけようとしたが、十五分後には彼もベッドに入った。

マディは早めに家に帰った。ジェニーがニックの家の方角に向かうのは見ていないが、その後、彼女が意気消沈したようすで坂道を駆けおりてくるのは見た。ニックの家のほうから来たと察しをつけ、だいじょうぶかどうか確かめるためにニックに電話した。ジェニーを見たのはそれが最後だった。しかし、口にはしなかったが、マディは、その後ニックがジェニーと同じ方向に歩いていくのを見ている。

ジャックはなぜマディが顔を赤らめたのか不審に思った。ニック・パスコウの名前が出たからか？　マディがニックを翌日の夕食に招待したといっていたことを、ジャックは思い出した。ニックは女たらしなのか？　もしそうならローズがかわいそうだ。話を聞き終えると、ジャックは三人に時間をとらせた礼をいった。彼が辞去するとわかったとき、三人が一様にほっとした顔になったのを、ジャックは見逃さなかった。だが、彼は満足などしていなかった。三人のうちひとりが、あるいは三人全員が、なにかを隠している。

火曜日の午前九時ちょっとすぎに、グリーン部長刑事と女性警官がローズの家を訪れた。ローズはドアベルの音を聞き、顔をしかめた。玄関ドアのベルが鳴るということはすなわち、親しくない客が来たということだ。ローズはあまり使わないためにスムースに開かないドアと格闘し、爪を折ってしまった。そして訪問客が誰だかわかると、仕事着でなければよかったのにと悔やんだ。すりきれたジーンズに、絵の具が飛び散ったセーターでは、いい印象をもってもらうのはむずかしい。警官ふたりはコーヒーを断ったが、ローズは彼らにおかまいなく自分用に一杯ついでから、ふたりを招じ入れた居間に行った。

ジェニーとはどれぐらい長く、どれぐらい深くつきあっていたかという質問に、ローズは知り合ってからほんの数カ月しかたっていない、彼女のことはほとんど知らないという答を返した。

「ミセス・トレヴェリアン、あなたはニコラス・パスコウとよく会っていらっしゃいますね。彼がミス・マンダーズと長いあいだ関係があったことをごぞんじでしたか？」

「ええ」

「では、つい最近、彼女が彼とよりをもどしたがっていたことはごぞんじでしたか？」

「ええ」

「なるほど。あなたはどうお思いになりましたか？」

「ほんとうのところ、そのことを深く考えたことはありません。ニックはもう終わったことだといっていたし、よりをもどす気もなかったと」

「あなたはそれを信じた？」

「信じない理由はありません。それに、あなたがおっしゃったように、わたしは彼と会っていますけど、彼は友人にすぎませんよ」ローズは警官たちが彼女のことばを信じていないのが感じとれた。

「失礼ですが、あなたはミス・マンダーズに嫉妬していた？」

ローズは目を丸くして部長刑事をみつめた。そして思わず笑いだしたが、すぐにそれを後悔した。軽率すぎる。「もちろん、そんなことはありません。わたしは彼女が好きでしたし。とにかく、わたしは彼らの関係は終わっていたことを知ってました。ほかのひとたちもそれを認めてましたよ」

「ほかのひとたちの確認が必要だった？」

ローズは不愉快になった。グリーン部長刑事はばかではないが、わざとそう見せようとしている。「いいえ、わたしが直接尋ねたわけじゃありません。話のはしばしにそういう話題が出てきただけです。なんなら、ゴシップといってくださってもいいわ」

「ミス・ジャクスンの個展のオープニングの夜、ミス・マンダーズもミスター・パスコウといっしょに出席していて、その後、彼女はミスター・パスコウの家に寄っています。まちがいなく、ふたりはまだ親しいようですね。」ローズが返事をする間もなく、部長刑事はことばを継いだ。「あなたはギャラリーを出たあと、どこに行きましたか？」

「まっすぐうちに帰ってきました」

「そのあとミスター・パスコウから電話があった。そのとき、彼の家にミス・マンダーズがいたのをごぞんじでしたか？」

「いいえ。そのときは知りませんでした」ローズは口をつぐんだ。そのときは知らなかった？そう、ぜんぜん知らなかった。ニックはなにもいわなかった。だが、電話越しにドアをノックする音が聞こえ、なんとなくジェニーが来たのだと思った憶えがある。だが、なぜそう思ったのか？ローズは眉根を寄せて考えこんだ。たぶん、ギャラリーでジェニーとマディの話を聞いてしまったせいだろう。

グリーン部長刑事は容赦なく質問をつづけた。「セント・アイヴスを出たあと、あなたは誰かに会いましたか？」

「いいえ。さっきもいったように、まっすぐ帰宅しましたから」

「では、あの夜、あなたは電話を受けたあと、どこにも行かなかった――そうおっしゃるわけですね」それは質問ではなく断定だった。

「そうです、わたしの話を信じていただくしかありません」ローズはあきらめたような口調でいった。

グリーン部長刑事は椅子の背にもたれた。今度は同行の女性警官の番だ。サンダースン警官は仮面のような表情という形容にふさわしい、完璧な顔の持ち主だった。古典的な面立ちだが、じつに冷たい。「ミス・マンダーズは若くて美人でした――強敵、といえますね」

ローズはぽかんと口を開けた。絶句してしまう。ローズの場合、若いとか美人とかいう形容が頭にうかぶことはないのだ。むしろそれよりは知的に見えるほうがいい。確かに、それほど知的とはいえないかもしれないが。

「それでは、ミセス・トレヴェリアン、あなたが聞いたと主張なさっている悲鳴の件に移りましょう。あなたはあの廃鉱でなにをなさっていたんですか?」

「絵を描いてました」ローズは自分がなにをいおうが、けっきょくは疑われるのだと悟った。

「ピアース警部はミス・マンダーズの死と坑道で発見された死体とのあいだに、関連があるかもしれないと考えています。そして、どういうわけか、あなたはその両方の女性に関係があるように思えます」

「ありえません。あそこに死体があるなんてまったく知らなかったんですから。どうしてわたしにわかるっていうの?」

「おそらく、悲鳴はあなたの想像の産物なんでしょう。警察に捜査させたいという、あなたの願望だったんじゃないですか」

「じつにばかばかしい屁理屈ね」ローズはすっかり腹を立てていた。よくもジャックはこんな状況に追いこんでくれたものだ。尋問はジャック自身が担当するといっていたではないか。

サンダースン警官は小ばかにしたように眉を吊りあげた。ローズは独善的でいやなやつだと思った。

「あそこでなにがあったか知っている者がいたとすれば、わたしを追い払うためにわざと悲鳴を聞かせたのかもしれない。いいですか、警察があそこで誰も発見できなかったのはなぜなのか、わたしには説明できませんけど、わたしはまちがいなく悲鳴を聞いたんです。録音テープかなにかだったってことはないの？」ローズは不信感もあらわに訊いた。

しかしローズの質問は無視された。「この土地に来られたのはいつごろですか？」

ローズはぶるっと身震いした。「二十八年ほど前です」

サンダースン警官は立ちあがり、身ぶりでグリーン部長刑事にも立つようにうながした。ネコのような笑みがサンダースン警官の思いをはっきりと表わしている——坑道で女が死んだとき、ローズはそこにいた、と。

「ありがとうございました、ミセス・トレヴェリアン。今日のところはこれで」グリーン部長刑事はあいさつがわりにうなずき、サンダースン警官を従えて居間を出ていった。ローズは部長刑事が玄関ドアと格闘するがままに放っておいた。

「もういい！　仕事、仕事！」きっぱりと自分にそういいきかせ、家を出ようとしたが、その矢先にニックから電話がかかってきた。

「ああ、ローズ、めちゃくちゃだ。どうやらぼくは容疑者らしい」

「あなただけが特別だと思う必要はないわ。わたしもそうだから」

「あなたが？」ニックは笑いだしたが、すぐになぜローズが容疑者あつかいされるか、その理由に思いあたったらしい。

「年上の、嫉妬にかられた中年女が、自分の幸福のために障害物を排除した」ローズは苦々しい口調でいった。

ニックはローズのことばの裏が読めなかった。彼女は態度で表わすよりも深く彼のことを思っている、ということだろうか？　自分をそれほど強く思っているということなのか？「まさか警察は……」

「まさか、じゃないわ。ニック、あの夜、ジェニーは正確には何時にお宅に来たの？」ローズはふいに、自分が知っていることは嘘ではないにしろ、大幅に省略された事実だということに気づいたのだ。ニックと電話で話しているさなかにジェニーが来たと思いこんでいたが、それはローズの勝手な推測にすぎない。

「オープニングパーティのあとだよ。そういっただろう」

「わたしに電話をかけてくる前、それとも、あと？」

「おいおい、どういうことだい？　ぼくたちが話をしているさいちゅうだったよ。ぼくは彼女が来るとは思ってもいなかった。なぜ、そんなことを知りたいんだい？」

「べつに理由はないわ。ただの好奇心」

「ところで、あなたが忙しいのは承知してるけど、もしよかったら……」

「だめよ、ニック。約束したとおり、土曜日まではお会いできないわ」

「わかった。ボスはあなただ。ではそのときに」

ニックは失望もあらわな声でそういったが、ローズにはしなければならないことがあるのだ。まず、仕事。そしてこの数日のあいだに起こったことをじっくり考える時間も必要だった。

車に乗りこんだローズは、ふと気づくと、セント・アイヴスに向かっていた。ジェニーがニックの家を出たあと、彼女を追っていくチャンスが確実にあったのは、ニックそのひとにほかならない、という考えをどうしても頭から追い払えない。それともステラか。いや、ステラではない。ステラはほんとうにまっすぐベッドに入ったのかもしれない。とても疲れていたようすだったから。

今日はいい天気だが、寒い。車から降りると、結んでいない髪が風に乱れた。ジーンズとシャツとスウェットシャツ、それに防水加工《ワックスド》をしたジャケットという、定番のいでたちをしたローズは、〈島〉と呼ばれている地域に向かって歩きだした。〈島〉といっても、本土とつながっているのだが。そこへ行く途中にステラのギャラリーがある。

ステラはカウンターのうしろにいて、なにやら書類を広げていた。ズボンにシャツにネクタイ、ジャケットというあらたまったかっこうのダニエルは電話をかけていた。ふたりともよく眠れなかったかのように、顔色が悪い。

「まあ、ローズ。会えてうれしいわ」ドアが開いたのに気づき、顔をあげたステラがいった。視線がローズの肩からさがっているキャンヴァス地のバッグに移る。「仕事に来たの？」

「ええ」

「あなたはもっと冒険心のあるひとだと思ってた。セント・アイヴスはもう描きつくされてるわよ」

ローズはそのことばを無視した。「警察が来た？」

「ええ。きのうの夜。わたしたち、あんまり役に立たなかったんじゃないかしらね。ねえ、警察は彼女が殺されたと考えてるんだと思う？　たぶん、恋人に。彼女、男のこととなると、無防備なところがあったから」

ジェニーが死んでまだそれほど日もたたないのに、思いやりのかけらもないステラのコメントにショックを受けはしたものの、ローズはステラとダニエルが奇妙なまなざしをかわしあったのを見逃しはしなかった。ダニエルの高い頬骨に、語るに落ちる赤みが広がっていくのを見て、ローズは自分の疑いがあたっていたことを知った。ジェニーはダニエル・ライトと寝たことがあるのだ。このことをジャックは知っているのだろうか？　いや、それを突き止めるのはジャックにまかせておくことにしよう、とローズは思った。そうでなくとも、ローズ自身、手に余るほどトラブルをかかえているのだから。それにしても、ジャックはステラがオープニングの夜に散歩に出たのを知っているのだろうか？　両人ともに動機があることから、もしあの夜、このふたりがいっしょにいなかったとすれば、どちらかの犯行だと疑われることになる。ふたりともそれを心配しているのはまちがいない。動機――ステラは嫉妬から、ダニエルは不倫が発覚するのを恐れて。友だちを疑うとは、狂気の沙汰かもしれないが、自分が警察に疑われていることを思えば、たいしたちがいはない。

「ローズ？　コーヒーはいかがって訊いたんだけど」

「ああ、いいえ、けっこうよ、ステラ。魔法瓶を持ってきてるから。どうもありがとう。ちょっと寄ってみただけだし」

ギャラリーを出て、ローズは自分はいったいどうしたのだろうと思った。まるで誰ひとり信用していないみたいではないか。ローズは殺人事件のせいだと思った。人を殺すとはむごい行為だ。それが反響してさざ波が立ち、不審と疑惑の輪が広がっていく。

〈島〉に着くと、ローズは仕事にかかった。天候がどうすべきか決めてくれるのを待ち、片目を空から離さずにいる。海のほうから灰色の雲が流れてきて、それが消えたかと思うと、雨が降りだした。頭上で散った雲のスピードがそれほど速かったということだ。

仕事用の指なし手袋をはめていても、手が冷たくこわばってきた。ローズは作品の出来に満足できず、これはよくないとあきらめたが、いたずらに意気消沈することはなかった。手直しできる点がすでに見えていたからだ。

けたたましいカモメの群れが飛びかうなか、ローズはすべりやすい坂道を帰途についた。高く突き出た岩の上に、セグロカモメが止まっている。くびをのばし、するどいくちばしを開けて、かん高い鳴き声をあげている。眼下に、シーズンには車や観光客であふれかえるセント・アイヴスが、いまは冬の平穏なたたずまいを見せている。波止場の壁にセグロカモメがずらりと並び、風に顔を向けている。羽毛はそよぎもしない。カモメたちは小首をかしげて通りすぎていくローズをみつめた。彼女が危険かどうか見定めるようにきらきら光る目で見ているが、どのカモメもほんの二歩ほど横に移動しただけで飛び立ちはしなかった。この残飯漁りたちは人間に馴れているのだ。

ローズは自分がなにをするつもりなのか、迷いはなかったが、いまになって初めて、自分のためにするのだということを自覚した。だが、はたして適切な行為だろうか？　なんだか出しゃばりな気もする。ローズは思わずにやりと笑った。バリー・ロウなら、きっとそう思うだろう。ジャケットの襟の下にたくしこんでいた髪の毛を引っぱりだし、ローズはずんずん歩いた。なんといっても、バリーはいまここにいないのだ。

ジェニーに聞いたことがあるので、アレク・マンダーズが住んでいる通りの名前は知っていたが、番地まではわからない。ジェニーの子ども時代の話をしてくれたのはマディだった。ローズは母親が必要な年齢の子どもを置き去りにするような女はいったいどういう人間なのか、どうしても想像できなかった。ローズ自身はおおむね平穏無事に育った。そのせいで、デイヴィッドの死に強く打ちのめされたのかもしれない――平穏無事ということを重視していたせいで。いや、そうではない。ローズはその考えを打ち消した。夫の死がこたえたのは、デイヴィッドをほかの誰よりも深く愛していたからだ。そう思うと、ニックを疑うやましさが少し薄れた。彼に対する好意はそれほど強いものではない。

ほかの通りと同じく、その通りも車が一台通るのがやっとというぐらいの幅しかなかった。波止場から箱詰めのニシンなどの魚を馬や荷車で運びあげていた時代の道だからだ。勾配のきつい通り沿いの家々の戸口は直接、道に面している。

女がふたり、立ち話をしていたが、ローズが近づくと、話をやめ、好奇心にあふれた目を向けた。

「アレク・マンダーズさんのお宅をごぞんじですか？」ローズはにこやかに訊いた。

「そこだよ」頭をきっちりとスカーフでつつんだ女が、通りのなな め向かいの家を指さした。態度も表情も好奇心丸だしといったところだ。

「植木鉢のある家ですか？」ローズは確認した。

「ん、そうだ」もうひとりの女が力をこめてうなずいた。「なんの用かね？」

「ありがとうございました」ローズはまたにっこり笑った。女たちの失望と背中にあびせられている視線とを意識しながら、その場をあとにする。

植木鉢は家の横手の石段に積み重ねてあった。中身は枯れはてている。ローズがノックすると、ローズより若い中年女が微笑をうかべてドアを開けた。ローズが用向きをいうと、女はいった。「ええ、アレクはいますよ」

家の中に入ると、木の香と塗りたてのペンキのにおいがした。

マディ・デュークには気持を集中できる仕事がある。クリスマスを前に、店は繁盛していた。だが、マディは不安だった。ステラはなにか隠しているし、ニックはなにかとはぐらかす。そろそろみんなと腹を割って話をするべきときだ。とはいえ、マディはジェニーが死んだことを悼む気持にはなれない。ニックの家の方角から、取り乱し、走ってきたジェニーを見て、マディはなにがあったか推測がついた。ジェニーはニックを籠絡しようとしたのだ。その夜、ステラのパーティの席上で、ローズ・トレヴェリアンに関するジェニーの言動は、なおざりにはできない感があったが、マディには自分にはなにもできないとわかっていた。少なくとも、いまだにできることはない。我が道を行こうとするかぎり、なにもできることはない。

マディはジェニーもローズも好きだったから、よけいに気持が落ちこむ。友だちが好きであると同時に羨望も感じるという、自分のどっちつかずの性格が自分でもいやになる。たとえばニックのことだが、マディは彼がほしい。しかし、同時に、アニーを捜すためになにものにも縛られない自由もほしい。ピーター・ドースンにエスコートをたのんだのは、ニックの嫉妬心をあおることを期待してのことだった。だが、いまは不安でならない。あの夜、ニックはなにをしていたのだろう？　いや、それよりもさらに問題なのは、マディがひとけのない通りを急いでいたのを、誰かに見られなかったかどうかだ。自分が他人の目を用心したかどうかも疑問だった。

過去の事情や、子どもを手放したことで、マディの人生は決まってしまったのかもしれない。心からほしいものが、どうしても手に入れられない、と。来年、娘の十八歳の誕生日がくる前に、娘と連絡がつけば、マディの祈りは聞きとどけられることになるが、娘があかんぼうだったころや、子どものころの年月は、永久に取りもどすことはできないのだ。それを償うことはできない。

店を閉めると、マディは二階にあがった。セリフはすでに頭に入っていたが、もう一度、クリスマス劇の台本を読みなおす。新しい友人をつくる自信がないのをなんとか克服しようと、演劇グループに加わったのだ。最初、オーディションはすべて落ちてしまい、衣装や大道具の手伝いに甘んじなければならなかったが、こっそりとテープを持ちこみ、劇団仲間の口調や発声を勉強した結果、ものまねがうまくなった。そしていまでは、本来の平板なしゃべりかたではなく、いろいろな口調でしゃべることができるようになり、なかなかいい役をもらえるようになった。

舞台の上では、マディはまったくの別人になれるが、その演技力をどこまで現実の生活にもちこんでいるか、それを知る者はいない。また、マディが友人たちとの会話をこっそりテープに録音していることも、ちょっとしたテープ・コレクションを持っていることも、誰も知らない。

6

「たいした進展はないな」ジャック・ピアース警部はズボンのポケットに親指を引っかけ、大柄な体をオフィスの窓枠にもたせかけた。これまでのところ、廃坑で発見された女性の白骨の検屍結果として、白人、身長・体格ともに平均、年齢は二十一歳から三十五歳のあいだということが判明した。貴金属類なし、バッグの残骸なし、身元を示すもの、いっさいなし。遺留品がないことから、殺人である可能性が高い。

ジャックはデスクにもどり、すでに知っていることを再確認するかのように、向こうむきに置いてある書類の束に目をやった。いちばん上の書類をとんとんと指でたたく。「おれたちに必要だったのは、これだけだ」

オフィスの中には、ほかにごましお頭の警官がひとりいるだけだ。従順な態度とおだやかな表情の警官だが、見かけによらず頭は切れる。警官にはジャックが歯の報告書のことをいっているのだと察しがついた。被害者の女性の歯は全部自前で、詰めものをした痕跡もない。二十五年から三十五年のあいだ廃坑に横たわっていた被害者が誰であれ、失踪人の情報が入っているコンピュータ・ファイルには、このおそまつな報告に該当する者は、ひとりもいなかった。条件がほぼ一致する者すら数少ないが、その者たちでさえ、ふたたび姿を現わすか、あるいは生死どちらかの状態でみつかっている。ジャックが法医学的には限界ぎりぎりの、さらに五年前にさかのぼる書類をチェックするというめんどうな作業に突入したことも、警官は知っていた。

ジャックは困惑していた。たとえ単独にせよ、被害者がよその土地からコーンウォールに休暇をすごしにきた者なら、必ずなんらかの足跡を残すはずだ。安かろうが高かろうが、宿泊先の請求書が発行され、未払いならばその報告があるはずだ。その一方で、被害者が地元の人間だという可能性もある。突然に人生を断ち切られた被害者が、その生死を誰にも気にかけてもらえないような、孤独な人間でなければいいのだが。ひっそりと死を迎えようと、わざわざこの地域にやってきた人間でなければいいのだが。もしそういうケースなら、白骨死体の身元は永久にわからないままだろう。しかしジャックは被害者の身元を知ることがきわめて重大だという感触をもっていた。

いまのところ、ジェニファー・マンダーズの件のほうが重要だ。被害者の父親に会って、もう一度話を聞く必要がある。彼女が死んでからまだ数日しかたっていないから、犯人を逮捕するチャンスはまだある。もうひとりの女は、事故死という可能性もあるが、その死を知られるまで、二十数年も待っていたのだ。もう少し待ってもらってもいいだろう。

ジャックは車に向かいながらローズのことを思った。いったい、なんだってきみは、こんな事件に巻きこまれなきゃいけないんだ？　とはいえ、彼女が巻きこまれていなければ、身元不明の女の白骨死体はみつからなかっただろう。ジャックはアレク・マンダーズが待っているセント・アイヴスに車を走らせながら、ローズがみずから、さらに厄介なことに足を踏みこまないことを祈った。

ローズは髪の毛の先を嚙みながら、ジャックと同じことを考えていた。髪の毛を嚙むのは子どものころからの癖だ。母親は矯正されたと思っているが、いまだに考えごとをしていると、いつのまにか髪の毛を嚙んでいる。ローズは話し相手がほしかった。自分の疑問を声にして話してきかせる相手がほしい。もっとも望ましいのはジャックだが、彼は仕事で手いっぱいなので、時間をさいてもらうのはむずかしい。それに、ローズのほうからそうしてくれとたのむわけにはいかない。

時計に目をやると、六時半だった。とにかく彼の自宅に電話してみると、驚いたことに、ジャック当人が出た。

「ちょうど帰ってきたところなんだ」ジャックは疲れていたし、アレク・マンダーズに聞きこみをしても収穫がなく、気落ちしていた。

モラブロードのジャックのフラットをローズが訪ねたのは、ずいぶん前のことだったが、ローズはフラットのようすをはっきりと思い描くことができた。改装された、しっかりした造りの建物の一階部分だ。ジャックの別れた妻がふたりの息子を連れてリーズにもどったあと、ジャックはそこに引っ越した。いまはもうおとなになった息子たちは、定期的にジャックに会いにくる。離婚はすでに過去のものとなっていた。

地元から離れて経験を積みたいと思ったジャックは、ウェストヨークシャーに異動し、そこで結婚した。息子たちが小さいころに、たとえ長い年月、故郷から遠く離れても、たいていのコーンウォール人がルーツに引き寄せられるように、ジャックも故郷にもどってきた。妻はどうしてもこの地になじめなかった。妥協の余地はなかった。妻はこの地にとどまることを拒否し、ジャックは離れることを拒否したのだ。

「大晦日《おおみそか》にパーティを開くことにしたの」「あなたも来ない、ジャック?」

ローズに名前を呼ばれるたびに、ジャックはいまでも胃のあたりに奇妙なうずきを覚える。パーティの誘いを吟味してから、ジャックは苦い笑みをうかべた。「真夜中にキスしてもいいかな?」

「とってもお行儀がよかったらね」ローズはひとこと、警告しておくことにした。「セント・アイヴスのひとたちが数人来るわ。ニックとか」

「ふーん」

「それにドリーンとシリルのクラーク夫妻。このふたりのこと、憶えてる? それからローラと家族、もちろん、バリーも」

「当然だろうね。忠実なミスター・ロウは招待されなかったら、手首を切るんじゃないか」

ローズは体をこわばらせた。ジャックは嫌味をいっているのか、それともさりげなく嘲《あざけ》っているのか? ジャックの顔が見えたら、ローズにも後者だということがわかっただろう。しかし、ジャックのいうとおりだ。ローズがよほど強固な意志をもっていなかったら、バリーはローズを独占していたことだろう。しかし、ローズがときどき暗黙のうちにバリーをたしなめるので、そういう羽目にはならずにすんでいるが、基本的にローズは友だちをたいせつにするため、誰であれ友人が悪くいわれるのを許す気はない。

「バリーはやさしくて、りっぱなひとよ、ジャック。それにとてもいい友人だわ」

「悪かった、ローズ。おれもそれはわかってる。それに彼は試したりせずにうまくやっているしな」

ジャックがなにをいいたいのか、ローズにはよくわからなかったが、ジャックがパーティに来るのかどうか、なによりもそれを知りたかった。「まだ返事をもらってないわ。来てくれるの？」

「行けるかもしれないってところでどうだろう？　わかってると思うけど、そのとき次第なんでね」

「そうよね」ローズはふいに理解した。パーティの客のほぼ全員に、ジャックは尋問をするはずだから、パーティの席上で顔を合わせるのは、両者にとって気まずいことになるかもしれない。それに、そのころまでには、客の誰かを逮捕している可能性もあるのだ。

「誘ってくれてありがとう」

ローズはもっと話したかったが、彼が電話を切りたがっているのが感じとれた。それでさよならといって、肩をすくめながら受話器を置いた。アマチュアの探偵仕事は延期するしかない。

「ミセス・トレヴェリアン、ほんとにしかたがないわねえ」ローズはひとりごとをいった。「もうすぐ七時だというのに、ワインも開けてない」

ワインに癒されて、ローズはキャセロールを温めなおそうとオーヴンに入れると、キッチンの椅子にすわり、メモ用紙になにげなくいたずら書きを始めた。そして、しばらくして、自分が書いたものをじっとみつめた。そこにはニック・パスコウ、ステラ・ジャクスン、ダニエル・ライト、マディ・デュークの名が、その順で書かれていた。マディ？ あの夜、マディとジェニーのあいだに流れる反感には気づいていたが、これまでマディがジェニーを殺したかもしれないなどとは考えたこともなかった。そして、自分とニックのことで嫌味な発言があったことを思い出した。あのとき、いったいなにが起こっていたのだろう？ それに、オープニングパーティのあと、ジェニーがニックの家に行ったのを確認するために、マディはそそくさとニックに電話した。

「ああ、まさか」ふいにローズにも合点がいった。マディはニックがほしいのだ。とすると、彼をものにするために、どんなことをするだろう？ いままでわからなかったとは、わたしの目も節穴だ、とローズは思った。しかもマディは女優だ。彼女が廃鉱にいて、声を変えて悲鳴をあげたとすれば？ だが、なんのために？ そんなまねをした理由は、廃坑でみつかった白骨死体やジェニーの死と、直接の関係があるのだろうか？

リストの続きに、ローズはアレク・マンダーズの名を書きこんだ。容疑者だと思うからではなく、名前を書くことで親近感がもてるような気がしたからだ。ローズが訪ねていったとき、アレクはいらだったり動揺したりはせずに、むしろ、感動していた。そしてローズのほうからいいだきなくても、ジェニーといっしょに会った日のことも、ローズが画家であることもちゃんと憶えていた。アレクにお悔やみのことばを述べて弔意を表わすことができてよかったと思う。経験上、時間がたてば、友人はもちろん、それほど親しくなくても、周囲のひとたちからのやさしいことばが慰めになることを知っていたからだ。そういうことばを口にすることがいかにむずかしいか、それを悟るのにずいぶん時間がかかったものだ。月並みなことばが意外に気持を表わしてくれるものなのだ。ほかにどんなことばで、遺族に弔意を表わせるというのだ？　苦しんでいるひとを無視するほうが、どれほど簡単なことか。

それに、少なくとも、アレクにはアンジェラがいる。不釣り合いなカップルだとしても、ふたりは仲がよさそうだし、相性もいいみたいだ。アレクのことはジェニーやマディから少し聞いただけだが、アレクはひとつ屋根の下に同居する者には服従を求めるタイプらしい。しかしアンジェラはアレクのほうを柔順にしておけるようだし、多少なりとも彼女の意思を通せるぐらいの支配力はありそうだ。

ローズの期待以上に、アレクは心を開いてくれた。彼にとって、ローズはまったく知らない人間に等しいのだが、それだからこそ、話しやすかったのかもしれない。ふだんは寡黙でむだなことはいわない男にしては、口数が多かった。しかしローズは気づかなかったが、そのときのアレクは慣れないブランディで舌がほぐれていたのだ。

ローズはアレクとの話を思い出しながら、窓を開けっぱなしにしておいたせいで、風で乱れた髪をなでつけた。オーヴンからかすかに肉と野菜の焼ける匂いがしてきて、思わず口中に唾がわいたが、キャセロールにはまだ完全には火が通っていないはずだ。

冷蔵庫の低いうなりと、蛍光灯のジージーいう音だけを相棒に、ローズはワインをすすり、また記憶をたどった。

レナータ・トレヴァスキス、あるいはマンダーズ、あるいはいまはなんと名のっているにせよ、彼女は置き去りにした娘が死んだことを知っているのだろうか？　この問いに対して、アレクは、ローズがマディから聞いた話とたいして変わらないことしかいわなかった。レナータは酒に溺れ、ほかの男たちと浮気し、あげくのはてに、そのうちの誰かと駆け落ちした。アレクはレナータからの手紙を一通だけ受けとったが、それでわかったのは住所ぐらいだった。

「あいつが気にするとは思えないね」アレクはいった。「手紙は一通しかこなかったし、それには子どものことなんかまったく書いてなかった。おかげで、離婚のときはたいへんだった。こっちの弁護士には、あいつの住所が必要だったんだ。あいつにも弁護士を雇うよう助言するために」

けっきょく六年がたち、両者が法廷に出廷しなくても離婚が成立することになった。双方に異論はなく、レナータは慰謝料を請求することもなかった。しかも彼女はその間一度も婚家に足を踏みいれなかったこと、同棲相手がいることを認めたという。

アレクは過去の話ができることを喜んでいるかのように、自分から進んで、そういう話をローズに打ち明けた。もっともそれは、アンジェラが席をはずしたときに限られていたが。

ローズがジェニーの葬儀に母親は出席するだろうかと訊くと、アレクの顔がこわばった。レナータはジェニーの死を知らないのだ、とローズは思った。しかし、レナータが家を出た直後に手紙をよこしたとしても、それからもうずいぶん歳月がすぎたために、アレクには彼女のいまの居所を突き止めることができなかったのかもしれない。

ふと気づくと、キッチンがいやに暑くなっていた。ローズはガスを消し、耐熱ミトンをはめると、オーヴンの扉を開け、膝を曲げて、ぶつぶつと熱気を発している耐熱ガラス皿を取りだした。

ローズはひどく空腹なことに気づいた。それはいい兆候だ。デザートにドリーン・クラークお手製のサフランケーキを食べる楽しみもある。色あざやかで、フルーツがみっしり入ったサフランケーキに、たっぷりとバターをつけて食べるつもりだった。

ニック・パスコウは、友人たちが気づいている以上に、不安にさいなまれていた。ジェニーが失踪してから、いらいらしっぱなしで、それが世間にいい印象を与えないこともわかっていた。しかも、警察にもローズにも嘘をついてしまった。警察の捜査では、生きているジェニーを最後に見たのはマディということになっているが、ニックはもっと別のことを知っているのだ。いずれにせよ、ジェニーと最後に話をしたのはニックだということは、警察にもわかっている。しかも、口論になったことをニックは隠さなかった。

ニックに対するローズの気持は冷めてきているようだが、それはジェニーの死によってローズが動揺しているせいなのか、よくわからない。もしかすると、あの夜、ジェニーが家に押しかけてきたことで気を悪くしているだけなのかもしれない。しかし、少なくともローズはニックを避けているわけではない。ローズの過去は、幸福な結婚をしていたということぐらいしか知らないが、ジャック・ピアースという名前がしばしばあがったため、ニックはそこから正確な結論を引き出したものだ。ローズへの評価が正鵠を得ているとすれば、彼女は信頼できる、心の広い、感情のこまやかな女性だ。ジェニーのようにわざとらしい演技をしたりすることは決してない。だがニックは、いまだにローズに打ち明けて話すことができずにいる。

水曜日、どうしても精神の集中ができず、ニックはベッドルームの中をうろうろと歩きまわった。雨が長くつづくときは、ベッドルームをアトリエに使っているのだ。完成した作品のなかから、六人展に出品する十枚のうち、残りの二点をようやく選びだしたところだった。窓の下に張り出した、一階に増築したバスルームのトタン板の屋根を、雨が激しくたたいている。三十年ほど前、ここいらの家には、台所に水しか出ない石の流しがひとつあるだけだった。それぞれの家の狭い裏庭の隅に屋外便所があったが、街並みの近代化にともない、屋外便所は物置小屋に変わっている。

ふだんなら、雨の音に心が癒されるのだが、今日のニックには、断続的な雨音が神経にさわり、ともすると、とびあがりそうになる。電話の受話器は静かに架台におさまっている。もっとも、たいていの友人はニックが仕事中にはめったに電話に出ないことを知っているので、午後六時をすぎないとかけてこないのだが。いまのニックは社交的なつきあいすら歓迎する気分だった。両手が震えて、自分の手のような気がしない。

ニックは腹だちまぎれに革のジャケットをはおると、家を出て、坂道をくだり、波止場のほうに向かった。潮は退いていた。小さな舟が何艘《そう》か、波の上で的確な角度を保ち、潮待ちをしている。でこぼこした硬い岩棚の上に濡れた砂が積もり、その上に、活発に歩きまわっているセグロカモメが足跡をつけている。沖合いに向かって、トロール漁船が舳先《へさき》で白い泡を立てながら進んでいる。沖に出れば、さぞ荒波に翻弄されることだろう。潮のにおいや濡れた防水シートのタールの臭いにまじって、カフェからオニオンフライの匂いが流れてくる。ポケットに両手を突っこみ、そうすればとっちらかった頭のなかを整理できるとでもいうように、ニックは深い呼吸をくりかえしながら、灯台に向かって歩きはじめた。しかし、思っていたよりも雨足が強い。濡れたジーンズが脚にへばりつく。もう帰ったほうがいい――ニックはそう思った。

家にもどり、乾いた服に着替えたニックは、電話のそばに立ち、ローズのナンバーをダイアルしようかどうしようか、さんざん迷った。ローズは仕事をしているだろうし、その邪魔をするのはしのびない。それに週末まで会う気はないとはっきりいわれている。ニックは三度受話器を取ってはもどし、けっきょく、ローズに電話するのはやめた。

自分はいったいどうしたのだろう？　ニックは我ながら不思議だった。ジェニーのことや天気のことだけが原因ではなく、まるですねた子どものようなまねをしている。体はおとなで心はガキ。そう思うと、ニックはショックだった。彼はこれまで、自己中心的な流れに堰《せき》を設けようなどと考えたことはなかった。それに、想像したこともない深い恐怖を感じている。そのために、殻に閉じこもり、好意をもっている人々に対してひどい態度をとっている。

それにしても、生きているうちに才能を評価され、生きのびていけることが確実だとわかったのは幸運だった。とはいえ、どちらが不幸だろうか？　無名のまま死に、死んだのちに有名になることか？　それとも、一度はもてはやされても、のちに忘れ去られてしまうのを恐れることか？

ニックはこみあげてくる狂暴な感情を抑えようと努力しているが、他の芸術家たちも交互に押しよせる爆発的な幸福感と、疑心暗鬼の自信喪失の波とを、必死で耐えているのではないだろうか。ローズ・トレヴェリアンはニックの気まぐれな波長に合わせられるだろうか？　いや、それより重要なのは、ニックがローズに合わせられるかどうかだ。彼はローズの確固とした自主独立の精神や率直な生きかたに慣れていない。ほしいものがあれば、即、それを手に入れないと気のすまない人間がいるが、その逆の人間もいる。ニックはなんらかの欲望を感じたとしても、即座にそれを抑えこむことができる。ジェニーはその逆で、柔軟なところなどまったくなかったが、思い返してみると、ニックは彼女の裏の裏を探ることで、自分の気持を安定させていたようだ。

ニックは自分自身が謎だった。人生が豊かだから不満なのか、それとも人生が貧しいから不満なのか、自分でもわからない。現在のところ、女に関するかぎり、満足からはほど遠い状態にあると思う。今朝、マディがいきなり訪ねてきたとき、ニックは気持をかき乱されたし、ジェニーが最後に訪ねてきたときのことを思い出してしまった。自分がそういう反応をしてしまうのはなぜか、それは謎だ。マディ・デュークは明らかに自分に気があり、ジェニーを深く嫉《ねた》んでいた。これまでその点に気づかなかったとは、おかしなものだ。それに、マディのせいで、さらなる不安に取りつかれてしまった。マディはジェニーが死んだ夜にニックを目撃したという。そして、もしニックが彼女の想いを拒否するなら、そのことを警察に話すといったのだ。

マディは夜明けのずっと前、早い時間に起きだしていた。寝返りばかり打って眠れぬ夜をすごしたあと、心を決めたのだ。彼女はニックが不眠症だということを知っていたので、彼もまた、すでに起きている可能性があると思った。十時までは店を開けても意味がない。朝早くからファンシーグッズを買おうなどと思う人間はほとんどいないからだ。とはいえ、マディはときどき二、三時間店を離れたいときに手伝ってくれる若い女の子、サリーに電話をかけて、とりあえず店を開けておいてくれとたのんだ。サリーは快く承知してくれた。彼女はスペアキーを持っている。マディはようやく他人を信用できるようになれたのだ。サリーの場合、まだ信用を裏切られたことはない。週に六日(忙しいシーズンには七日)手伝ってもらうが、たとえ純益にひびくとしても、信頼できるアシスタントがいるのはありがたい。

まだ暗い通りを歩いていると、何人かのひととすれちがったが、知らない顔ばかりだった。この数日、ニックを見かけていない。それればかりか、ジェニーが死んでから、知り合いたちは誰も、いつものような行き来はしていないようだ。それはひどく残念なことだが、幼いアニーを失うことにくらべれば、なんということはない。いや、アニーはもう幼くはない、とマディはひとりごちた。いまは若い娘になっている。マディはつねに胸に苦い思いをいだいているが、この先もずっとそうなのだろうかと疑問に思った。ステラはマディがひとりでよくやっていると褒めてくれるが、彼女が〝あなたのちょっとしたお仕事〟というとき、そこには侮辱的な響きがこもっている。

だが、仕事に成功するだけでは充分ではない。たいていの人々とはちがい、マディは自分を愛してくれるひとが、しかも、彼女自身も愛せるひとがほしかった。ときどき、自分をその他大勢のひとりとして受けとめ、平凡な人間だと認めることができそうな気もする。しかし、心の奥底では、そんなことはできないとわかっている。それはマディがコーンウォール人ではないことや芸術家ではないことが原因なのではなく、彼女と他者とのあいだに壁があるせいだ。マディ自身が築きあげた壁が。

何枚も重ね着しているために、なんだか変装しているようなかっこうで、マディは坂道を登っていった。ニックに会い、声を聞けば、みじめな気持が癒されるはずだ——こんなみじめったらしい考えを呪文のようにくりかえすのはやめようとしたものの、どうしてもやめられなかった。

マディが見たかぎりでは、ニックはローズ・トレヴェリアンとそれほど親しくなっていないようだ。これはうれしいことだった。それにジェニーがいなくなったいま、マディは自分がどれほど彼のためになれるか、ニックをくどきおとせる自信があった。わたしは彼を幸福にできる、できるのはわかっている——マディは自分にそういいきかせた。

ニックの家に至る勾配の急な坂道を登るために、マディはペースを落とした。ニックの家の窓には明かりが見え、玄関ドアは少し開いている。ニックが一年じゅう新鮮な空気をほしがるからだ。風雨にさらされてなめらかさを失った木のドアを軽くノックし、ニックの名を呼ぶ。

「入って、マディ。キッチンにいる」ニックが応《こた》えた。

歓迎しているような声の調子に、早くもうきうきした気持になり、マディは家の中に入った。あちこちに本や新聞や額縁が散らかった、雑然とした部屋の中を縫うように歩いていく。流しの前にいるニックの顔を見たとたん、睡眠不足の弊害が表われているのがわかった。目の下には打ち身のような隈《くま》ができているし、しわも前より深くなっている。

「だいじょうぶなの、ニック?」マディは思わず尋ねた。

「ああ。眠れないだけさ。そのうち、なんとかなるだろう」

「心配することなんか、なにもないんでしょう?」ニックの不眠の原因がローズ・トレヴェリアンではないことを願いつつ、マディはできるだけ明るい声で訊いた。

「うん、ジェニーのことは別として、心配することなんかなにもない。もっとも、あの事件はまだぼくたちの頭上に重くのしかかっているけどね」

「よかったら、朝食を作りましょうか?」マディは申し出た。

「店はいいのかい?」

「サリーが代わりに開けてくれるわ。わたしとしては、一、二時間ぐらい、店から解放されたい気分なのよ。忙しいのはありがたいんだけどね。で、朝食はどうする?」マディはきれいに並んだ白い歯を見せて、にっこり笑った。

「そうだな、食事をするというのはいい考えかもしれない。きみがいっしょに食べてくれる、というならだけど」

どこになにがあるかわからず、ありとあらゆる扉やら引き出しやらを開けてみなければならなかったが、マディはニックのキッチンを自由に使わせてもらえるのがうれしかった。ニックはマディがいても気にしていないようで、心はどこかに飛んでいる。マディはやかんを火にかけ、がらんとした冷蔵庫にかろうじて残っていたたまごでポーチドエッグをこしらえながら、わたしなら毎日こうしてあげるのにと思っていた。自分がニックといっしょに暮らし、周囲にもカップルとして受け容《い》れられている空想にふけってしまう。

ニックがあれほど心痛で疲れているのは不当だ。彼のくびったまにかじりついていたジェニーがいなくなったいま、彼の悩みは解消して然《しか》るべきなのに。ニックのほうはジェニーとの関係はとっくに終わったものとしてとらえていたのに、ジェニーはちがった。マディに向かって、ジェニーはニックとは終わったわけではないとほのめかし、必ずニックとよりをもどしてみせると自信たっぷりな口調でいった。なにかほかのこともいっていたが、そっちのほうは、マディにはどうしても思い出せない。〝あたしは彼のムードに合わせられるの〟ジェニーは笑いながらそういった。〝まあね、しょっちゅう、気をつかってないといけないけど。あのひとは自分がなにをほしがってるか、自分でわかってない。そこが問題なのよ。それをわからせてやるのが女の役目。見てなさいよ、じきに、あたし、彼のとこにもどるから〟

あのとき、それはどうだろうと、マディは懐疑的だった。だが、いまになって思うと、ジェニーはある意味で真実を突いていたのかもしれない。なにせ、ジェニーはニックのことをよく知っていたのだ。いまこそ、ニックになにがほしいのかわからせてやるのは、彼女の役目なのだ。彼女、すなわち、マディ・デュークの。ただし、問題がある。マディとニックは友人としてつきあっているのであって、ニックはマディのことを魅力ある女として見ているわけではない、ということだ。

「用意できたわ」マディは温かい皿を散らかったキッチンテーブルに運び、テーブルのまん中に塩とコショーの容器を置いた。それぞれにポーチドエッグが二個と、厚切りのバタートースト。皿の横に湯気のたつ紅茶のマグ。

ニックは飢えていたかのようにガツガツと食べた。マディはニックがちゃんとした暮らしをしているのかどうか心配になった。

「気分がよくなったよ。他人《ひと》がこしらえてくれた料理は、いつだってひと味ちがうね」

マディの顔が輝いた。こういうことばを聞きたかったのだ。「わたし、料理が好きなの。今夜、夕食に来ない？　午前中に特別な材料をみつけとくわ」

「ありがとう、マディ。だけど、たぶん、早めに帰ることになると思う。すごく疲れてるんだ」

マディはうつむいたが、失望した顔はぜったいに見せまいと心に決めた。ニックに必要なのは、疲れを知らない、陽気な連れあいなのだ。マディはふと、彼をリラックスさせる方法を思いついた。ゆっくりとテーブルを片づけ、古い石造りの流しで皿を洗う。「もう一杯、お茶はいかが?」できるだけ長くいたくて、マディは手管もなにもない質問をした。

「ああ、たのむよ。ありがとう」

「おねがいだから、倒れないうちにすわってちょうだい、ニック」ジェニーのいったとおりだ、とマディは思った。ニックはこうしなさい、ああしなさいといわれる必要がある。紅茶のマグを持って居間に行くと、いったとおり、ニックがソファにすわっているのを見てうれしくなり、彼の隣に腰をおろした。紅茶を飲みながら、マディはニックに仕事のことを尋ね、いまはどんな作品を描いているのかと訊いた。マグが空《から》っぽになると、マディはほんの少しニックににじりより、手をのばして、ニックの荒れた指をやさしくなでさすった。手を払いのけられることもなかったので、今度は左手を彼の胸にのばす。マディの手がセーターの下にもぐりこみ、シャツのボタンをはずしだすまで、ニックはマディの意図に気づかなかった。

「マディ、だめだ」

「どうして? きっと気に入るわよ」

「たのむから、ぼくを放っておいてくれ」ニックはぱっと立ちあがると、大股でキッチンに向かった。

マディもついていく。「わたしはただ、あなたの力になりたかっただけよ、ニック。約束するわ、ちゃんとお世話するって。おねがい、信じて」マディはやけくそになっていた。「そうよ、わたしを信じるしかないのよ。なんといっても、わたし、見たことを警察にはいわなかったんだから」

「なんだって?」ニックはくるっとふり向いた。「なんの話だ?」

「ジェニーがいなくなった夜のことよ。わたしはあなたを見た。彼女のあとを追っていったあなたを」

「見まちがいだよ。きみからの電話に出ていたぼくが、どうして彼女のあとを追っていけるんだ?」

「すぐあとってことじゃない。でも、それほどあとってわけでもなかった」

「ぼくじゃない!」ニックは叫んだ。「ぼくじゃない、このばか女め!」ニックは勝手口からとびだして、ドアをばたんと閉めた。

マディの目に涙がこみあげてきた。恥ずかしさと屈辱で顔が熱い。逃げ出して隠れてしまいたかったが、ニックにいいたいことがあった。自分のどこが悪くて、触れられることすら耐えられないのか、訊きたかった。

ニックがもどってこなかったので、数分後、マディは静かに家を出て、のろのろと坂道をくだっていった。坂道のふもとまで来ると、左に曲がった。抑えていた怒りがふつふつと煮えたぎりはじめ、マディは走りだした。ローズのせいだ、とマディは思った。若い女のような容姿と、いまいましい才能とをもちあわせている、ローズ・トレヴェリアンのせいだ。

まだ九時半にもなっていない。マディは鬱屈を晴らすには店にもどって仕事に励み、努めて客を喜ばせるしかないと思った。店にもどると、サリーに電話して、早めに来る必要のないことを告げると、涙が涸れはて、もう一滴もこぼれなくなるまで泣きに泣いた。

ランチタイム近くにローズ・トレヴェリアンが店に姿を見せたとき、マディはいつもの彼女にもどっていた。胸の痛みは消えることなく疼《うず》いているが、ニックの気持をこちらに向けさせるようなふるまいではなかったことは自分でも認めていた。そして、あの夜、ニックはほんとうはなにをしていたのだろうかと、不審に思う時間もたっぷりあった。

ローズは自分が疑われているのがいやでたまらなかったし、ジェニーの死に関するすべてのことが、事件に対するみんなの態度が、いやでたまらなかったが、少なくとも自分が次にどうするかは考えていた。バリー・ロウへのクリスマスプレゼントを買いにきたという口実で、マディに会いにいくつもりだ。午後にはステラと会う予定なので、寄り道といってもたいしたことはない。雨が降っていなかったら、ステラと散歩に出てもいい。ステラは大の雨ぎらいなのだ。ローズは最大限にチャンスを活用して、ステラに個展を開くうえでのアドバイスをしてもらうつもりだった。もし運がよければ、ステラを説得して、彼女のギャラリーで個展を開いてもらえることになるかもしれない。

空は灰色に曇っているが、ローズは訪問先の女主人に敬意を表して、きちんとした身なりをすることにした。オリーヴグリーンのスカートに、クリーム色のラムズウールのセーター姿で、のんびりと朝食をすませると、新聞の一面を二度ほど読んでから、家をあとにした。

セント・アイヴスはにぎわっていた。誰もが買い物熱に浮かされているが、たいていは徒労に終わる。この時季にはトゥルーローやプリマス、エクセターという街は年間で最大の利益をあげるのだが、セント・アイヴスの狭い通りも人でごったがえしている。しかも、ペンザンスのはずれのスーパーは別として、このあたりには大きな商店はない。ローズは会議室のテーブルを囲んでいる顔のないビジネスマンたちが経営している大型店舗より、個人経営の小さな店で買い物をするほうが好きだ。

坂道をくだり、ウィンドウを眺めながらのろのろと歩いている買い物客たちをよけながら進み、ようやく舗装《ほそう》してある狭い通りから離れた。店からこぼれる明るい光のせいで、空がますます暗くなってきたように見える。パン屋のそばを通るたびに、できたてのパースティの芳《かぐわ》しい匂いがただよい、口の中に唾がわく。クリスマス・イルミネーションがきらきらと光り、ローズもなんとなく気持が浮きたってきた。

マディの店のドアを押すと、ベルがちりりんと鳴った。三人の先客がいて、あれこれと品定めをしていた。どの棚にも品物が満載だ。女客ふたりと、男客ひとりは、買おうか買うまいか決めかねて、いろいろな品をいじりまわしている。店内のどの棚にも、中央のテーブルにも、マディの才能があふれかえっている。あざやかな色彩の品々がたくさんあって、どれを最初に見ていいか迷うほどだ。カウンターのうしろのファンヒーターの暖気で、頭上のモビールがくるくる回り、銀色のベルがちりりんちりりんと音をたてている。色を塗った木の玩具、抜きかがり刺繍《ドロンワーク》のテーブルクロスやナプキン、陶器や紙張り子《パピエマシェ》の入れ物など、ところせましと並んでいる。

客がいなくなるまで注意を惹きたくないので、ローズはマディが女客のひとりに領収書を書いているカウンターには背を向けて、店内を見まわしていた。ローズと彼女の友人たちは、もう何年もたがいにカードを送るのはやめていた。連絡をたやさないつきあいをしているのだから、カードを出しあう意味がないからだ。したがってローズが投函するカードはほんの数通しかないし、それももう送ってある。しかしローラはしょっちゅうその取り決めを破ったため、数年前にローズは彼女と約束をした。たがいにひとつだけ、安いプレゼントを交換しあうのだ。ほかには両親とバリーにしかプレゼントを買わなくなった。去年は例外で、ジャックに彼の好きなモルトウィスキーを一本と、彼が称賛したローズのスケッチ画を額に入れて贈ったものだ。

棚にペン立てとおぼしいものがあった。難破船の木片といういいつたえが納得できそうな、一片の木材の形をととのえ、中をくりぬいた品だ。外側はざらざらした木目がはっきり浮き出ていておもしろいし、四角くくりぬかれた内部はつるつるに磨いてある。高さは六インチぐらいで、がんじょうな重い底がついている。作者にそんな意図はなかったにせよ、風格がある。ローズは貼りつけてある値札を見た。五ポンド。ローズはそれを買うことにした。

「ありがとうございました」マディの声とともに、ドアベルがちりんと鳴った。「まあ、ローズ、入ってらしたのに気づかなかったわ。なにかお探しですか？」

「ええ、ありがとう。これをいただくつもりなんだけど、ほかのも見てみようと思って」

マディは内反膝の老女の相手にもどった。老女は古ぼけたバスケットをさげ、その中からヨークシャーテリアが顔をのぞかせている。

「忙しくしていられるのはありがたいわ」ようやく客がいなくなると、マディはしみじみそういった。「あなたなら、おまけして四ポンド五十ペンスでいいわよ」ローズがさしだした品物の底に貼ってある値札をチェックして、マディはそういった。値引きするのも、ローズを嫉妬する気持より、ローズに好かれたいという思いのほうがずっと強いからだ。

「まあ、ありがとう。でも、値引きしてもらおうと思って来たわけじゃないのよ」

「友だちでしょ？　ね、コーヒーとサンドイッチはどう？　ランチタイムには店を閉めるから。そうでもしないと、一日、もたないわ」

ローズは時計を見た。ステラに会うまで時間はたっぷりある。「いいわね、わたしもコーヒーを飲みたいし」

ペン立てのほかに買いたいものはみつからなかった。いまはもう必要なものはなんでもあるといいはる両親には、すでに食料品の詰め合わせを送るよう手配してある。コーンウォールの特産品ばかりを詰め合わせたものだ。豚挽肉のプディング、クロテッドクリーム、パースティ、ファッジ、サフランケーキ、ジンジャーフェアリングスにヘヴィケーキ。それに塩漬けの鰯《いわし》の小箱も添えた。カードといっしょに、母親が送ったケーキと同じものを焼く気になった場合にそなえて、クッキングブックも入れた。手紙にはヘヴィケーキの説明も書いておいた。


　ヘヴィケーキは、伝承によると、聖書時代にまでさかのぼるケーキだといわれています。〈ファガン〉という名前でも知られていて、〈見張り《ヒューアー》〉たちが食べていたとか。ヒューアーという呼び名は、その、むかし、眺望のきく崖の上から、魚の群れ、主に鰯の大群をみつけるために雇われた男たちが、群れをみつけると〈ヘヴァ〉と叫んだ、その叫び声からきているようです。それはともかく、どうぞ楽しく味わってください。とても美味ですよ。できれば、温めたほうがずっとおいしくいただけますよ。

マディはドアをロックして、〈クローズド〉の札をかけると、店の奥にローズを案内して、カーペットを敷いていない階段を昇り、二階の住まいに招じた。

「お店の品は全部あなたの手作りなの？」ローズは訊いた。

「ええ、そう。まあ、ほとんどそうだといっていいわね。わたしは作製も販売もなんでもひとりでやる〈なんでも屋〉なの」

「すごいわね。それにしても、いいものがみつかってうれしいわ。バリー・ロウへのプレゼントなんだけど、あなた、彼のこと知ってる？」

「ペンザンスでカードやなんかを売ってるお店の経営者？」

「そう、そのひと。バリーも工房を持ってて、職人さんたちに作らせているのよ。カードの絵柄は、すべて地元の画家たちの作品ばかりを使ってる」

「それはすてきね。会ったことはないの。お店のドアに書いてあるから、名前を知ってるだけで」

ペン立ては散らかし屋の男にはもってこいのプレゼントだと、ローズはつづけるつもりだったが、そんな意図で作られたものではないとすると、マディが気を悪くするかもしれないと思った。それに、バリーの店の奥にある小さなオフィスのデスクには、書類がうずたかく積みあげられ、ペンなど一本も見あたらないのだ。

「どうぞ、すわって」マディはたっぷりと詰めものをした椅子と小型のソファを手で示した。部屋の中は雑然としているが、散らかっているというわけではない。ローズは少しばかり閉所恐怖症の症状を感じた。

「時間はかからないわ。ハムサンドでいい？」

「わたしはコーヒーだけでけっこうよ、マディ、ほんとに」ローズはためらったが、マディがキッチンドアに向かうと、単刀直入に切りだした。「じつはプレゼントを買うためだけに来たんじゃないのよ、マディ。ジェニーのことで、どうしてもあなたにお悔やみをいいたくて。あなたたち、いいお友だちだったんですものね」

マディがうなだれたために、ローズには彼女の涙は見えなかった。今日のマディの服装は少しばかり抑制がきいているが、やはりボヘミアンスタイルだ。しかし、なぜか似合わず、マディ自身を風刺しているように見える。厚い黒のタイツはすきま風の入る店内では暖かいだろうが、濃い紫色のスカートと赤いセーター、それにきらきら光るベストの組み合わせは、いかにもはではでしい。長く細いブロンドの髪は、大きな蝶のついたバレッタで、うしろで片方に寄せてまとめられている。蝶は、銀色の竿からマディの耳の穴めがけて投げ入れられた疑似餌《ぎじえ》のように見える。

「わたしは誰よりも彼女がいなくなったことを寂しく思うでしょうね」マディは静かにそういうと、手をのばしてローズの温かい手に重ねた。「あなたはとてもいいかた。ほかのひとたちは、彼女のことはほとんど口にしないの」マディは内心で、つい先ほどローズに敵意を燃やしていたことを恥じた。

「たぶん、みなさんはわざわざ口にしなくてもいいと思ってるんじゃないかしら。こういう状況ではいいにくいことだし」

「そうね。たぶん、あなたのいうとおりだと思う。あの夜、わたしも彼女を追いかけていけばよかった。ニックが――」ふいにマディは口をつぐむと、そそくさとキッチンに姿を消した。残されたローズはマディはなにをいうつもりだったのだろうと思った。〝そうすべきだったとニックがいったように〟なのか、〝ニックが自分がそうすればよかったといったように〟なのか。さらに考えて、ローズははっとした。〝ニックがそうしたように〟ということなのか。どうやら、あの夜はジェニーを知っている者はだれもかれも、外に出ていたのではないかという気がしてきた。

ローズはかちゃかちゃと陶磁器やカトラリーが触れあう音や、湯が沸きかけている電気ポットの音を聞きながら、部屋の中を見まわした。

家具はすべて旧式だが、この家にはよく合っているし、窓は小さいけれども、カーテンがきちんと引いてあってガラスにかからないようにしてあるため、部屋の中は暗くない。床にはベージュの畝《うね》織りのカーペットが敷いてある。カーペットの上には、審美性というよりは実用性を重んじた、明るい色のラグが二枚、散らしてある。

室内に飾ってある品々は、一貫性のあるコレクションというわけではなく、マディが気に入ったものをあれこれと並べてあるだけのようだ。待っているあいだにそれだけのことを脳裏におさめる時間はたっぷりあった。やがてマディがコーヒーと、チーズとクラッカーを盛った皿をトレイにのせてもどってきた。

「パンを切るのがめんどうになって」マディはいった。

顔を見ると、マディが泣いていたことは歴然としていた。

「午後からステラに会うことになってるの」ローズはなんとか気のおけない会話をしようとつとめた。マディは深刻な悩みごとをかかえている。罪の意識か？　あるいは、なにか罪深いことを知っているのか？　ニックのことで、マディを問いつめるべきだろうか？

マディはちらりと窓のほうを見た。窓ガラスは雨まじりの浜風のせいで、塩でべとついている。「あなたは運がいいわ。このぶんなら、だいじょうぶ。ステラは濡れるのが嫌いなの」クラッカーとナイフを取りあげた手が震えている。「最近、ニックに会った？」そんな質問をする自分がいやで、マディは赤くなった。

「いいえ。まさか、ぐあいが悪いんじゃないでしょうね？」ローズはマディの質問の意図がつかめず、眉をしかめて訊き返した。

「いえ、病気じゃないわ」

「よかった。わたし、とても忙しかったもので、土曜日まで会えないって彼にはいってあるの」

マディはとびあがった。皿が床にがちゃりと落ちる。

ローズははっとした。自分の何気ないことばがこの反応を引き起こしたのだ。

「それじゃ、あなたはまだつまらないゲームをやってるのね？　ジェニーみたいに、彼を手玉にとって」

ローズは自分も立ちあがりたくなる衝動と、すわったままでは不利だという気持とを抑えながら、つとめておだやかさを保ち、目の前の女の怒りの度合いを測ろうとした。「いいえ、わたしはゲームなんかしてないわ」

「いいえ、わたしはゲームなんかしてないわ」マディはローズの口調を正確に模倣した。「彼を自在にあやつってるだけね、気まぐれな芸術家が」

「マディ、わたしは――」

「うるさいわよ！　あんたみたいなひとはよく知ってるんだから。お高くとまって。あんたたちは他人をうまく利用するのよ、ジェニーみたいに！」

とうとうこうなったか、とローズは思った。ニックがローズとジェニーの両方に心を寄せたせいで、マディはジェニーとローズを同じ穴のムジナあつかいしている。ローズはニックがまだ自分に心を寄せているかどうかわからなかったが、マディがそう信じているのなら、どうやらそうらしい。しかもマディは嫉妬に燃えている。それも、なまやさしい嫉妬ではない。狂気に、殺人に、至るような妄執なのか？

意識の片隅をなにかちくちくと刺激するものがあった。この部屋に入ったとき、マディはなにかしようとして、それを途中でやめてしまうようなしぐさをした。だが、ふいに別の考えもうかんだ。あの廃鉱にいたのはマディではなかったのか。マディがそれほど強くニックのことを想っているのなら、ローズを坑道の縦穴に誘いこみ、あわよくば足を踏みはずして転落することを願い、あるいは突き落とそうとしたのではないだろうか。

まばたきするあいだぐらいの時間がすぎた。マディは蒼白な顔で、ぶるぶる震えながら近づいてきた。「あんたなんか死んで当然よ。あんたみたいな性悪女《ビッチ》は」

ローズは立とうとしたが、遅かった。土をこねる陶芸家だけあって、マディはもともと力が強いが、それに怒りによる瞬発的な力が加わり、マディはものすごい力でローズの喉を絞めあげた。ローズは息ができなかった。パニックを起こしては事態が悪くなるだけだ、ということはわかっている。抗《あらが》うべきだ。ローズは踵《かかと》をソファの脚に押しつけ、なんとか立とうとしたが、キャスターつきのソファを後方に押しやるだけに終わった。陶器のこわれる音がした。マディにのしかかられ、ローズは息が詰まってきたが、マディの手から力が抜けてきた。体からも力が抜け、ぐったりしてきた。喉の圧迫がゆるむ。

「マディ」ローズはつぶやいた。「マディ」

「ああ、なんてことを、ごめんなさい」マディはすすり泣きながらローズから手を放すと、ローズの肩に顔を埋めて号泣した。

7

「おかしいわね」ステラは受話器をもどした。来られないのなら断わりの電話をしてこないとは、ローズらしくない。ステラは肩をすくめた。つややかな黒髪が揺れる。まあいい、約束よりもっとだいじなことが出来《しゅったい》したといっても、世界が終わるわけではない。

どちらにしても、午後は空けてあるので、ステラは外出することにした。雨もようやくあがったようだ。階下のギャラリーではアシスタントが見こみのありそうな客と話をしている。ステラは絵を描いた本人の存在が客の買う気を決定づけることを願って、おしゃべりに参加した。そしてにっこり笑って客にあいさつすると、狭くまがりくねった路地に出ていった。あやまちをおかすにしても最小ですむように、ステラは光沢のある黒いレインコートを着こみ、バッグには折りたたみ式の傘を入れてきた。波止場に向かって歩きながら、道々、ウィンドウショッピングを楽しみ、パン屋をのぞきこんでは、空腹かどうか自分に訊いてみたりした。彼女は人間は空腹のときに食べるべきであって、規則的な時間をもうけて食事をするのはまちがっていると信じている。できたてのパースティの匂いは食欲をそそるが、たとえ小さなパースティでも、まるまる一個は食べきれないだろう。この数日、ステラの胃はしくしくと痛んでいるのだ。ローズと同じように、ステラも小さいながらも個性的な店が好きだ。このセント・アイヴスには、どの街でも同じ商品ばかり並べてある無個性なチェーン店は一軒もない。

マディの店の前で、ステラは丸石敷きの道で足をすべらせそうになった。ステラには、マディがどうして成功しているのか、その秘訣がどうしてもわからない。マディが売っている品は、たとえ彼女の手作りだとはいえ、市場は限られているはずだ。カウンターのうしろに誰かいるのが見え、手を振りそうになって初めて、それがマディではないことに気づいた。

救命ボート基地の前で、ステラは立ちどまり、砂浜と海を眺めながら、この美しい風景から引き離されるようなことになっても、自分は耐えられるだろうかと思った。数分後、ステラは新しい展示が始まったテイト美術館に行こうと、道を左にとった。新聞によると、テイト美術館は人々を魅了し、来館者が数百万人に達したという。ステラはテイト美術館が度肝を抜かれる設計であることは認めている。正面入り口から中に入ってすぐの、半円形にデザインされたガラス張りの一方の端に立つと、建築家の意図どおりに、反対側のガラス面に海が映っているのが見える。来館者はよくここで写真を撮るが、ステラは写真でこの建物の全体的な効果をとらえられるかどうか、疑問に思っている。

未知の画家たちの作品を夢中になって見ているうちに、一時間半もたってしまった。ようやく美術館を出ると、ステラは白い大殿堂をふり返った。多くの人々がここに美術館を建ててどうするのだと悲観的な見かたをしていたのだが、その予想はみごとにはずれたのだ。

ステラは道路を渡り、ポースメアービーチの白い砂浜に降りていった。ブーツの低い踵《かかと》が砂にめりこみ、足跡が残る。雨のせいで湿った砂の上の足跡は、本来のサイズよりずっと大きい。

波打ちぎわまで行くと、濡れた砂の上にしるされる足跡は本来の大きさにもどった。微風が海面にさざ波を立てているが、今日の波にはサーファーたちも失望することだろう。波頭はほんの数インチしか立っていない。空気が澄んでいて気持がいいのに、かすかな頭痛がつづいている。昨夜の後遺症だろうか、とステラは思った。昨夜はステラが心をこめて作った料理を、ダニエルといっしょに食べながら、高価なワインを一本空け、おたがいに意見を戦わせたのだ。いうべきことはたくさんあった。ダニエルはジェニーとの情事によって負うことになる傷の深さを、前もって想像できなかった。いうも愚かだが、ジェニーとの関係が終わると、そのことをよそからステラが聞くことになるよりも、いっそ自分のほうから告白したかったのだとダニエルはいった。ジェニーとの情事には細心の注意を払ったが、みんながおたがいのことを熟知している狭いコミュニティでは、秘密が秘密のまま埋もれることなどありえないからだ。

ステラとダニエルは合意に達した。ダニエルの裏切りは水に流すことにしたのだ。だが、ひとつだけ確かなことがある。警察に知られてはならない。ふたりは口裏を合わせることにした――あの夜、最後の客がギャラリーから出ていったあと、ふたりはずっといっしょにいた、と。ふたりのアリバイが崩される可能性はほとんどない。あの夜、外に出たステラは、誰にも出会わなかったし、崖の上には人っ子ひとりいなかったのだから。ステラはにんまりほくそえみ、爪先で湿った砂をぐっと踏みつけると、体の向きを変えて砂浜をもどりはじめた。

ふたりでここを離れたほうがいい、とステラは思った。彼女もダニエルもめったにコーンウォールを離れることはないし、出かける用があるときでも、ふたりいっしょということはない。

商談でロンドンに出る回数は多いが、休暇となるともう何年もご無沙汰だ。問題は、鉱山の多いこの土地が、いまの自分を作りあげていることだ。この土地は独自の呪文を織りなしている。その呪文にからめとられて、ここを離れられない気持になってしまう。ステラはよそ者たちが何度もここにもどってきてしまうのを知っている。そして、たいていの者が老後をこの地方ですごしたいと望むようになるのだ。ここを離れるにしても、行きたい土地があるかどうか。ここより景色のいいところはないだろうし、ここより美しい砂浜があるはずはないし、ここより壮観な海岸線はどこにもあるまい。それに、ほかのどこで、平穏に暮らせるというのだ？ しかし、平穏といえば、いま現在欠けているのがそれで、ステラはなによりもそれを必要としていた。

ステラはふり返り、空の高みで、気流に乗って滑空している白い点のようなカモメたちをみつめた。しばらくカモメたちを見ていたが、やがてまた歩きだす。ゆっくりと満ちてきた潮が砂浜を浸食しはじめ、ステラのブーツの踵を追いかけてきた。

家に帰ったステラは、ローズからの連絡がまだないことを知った。もう一度電話をかけてみたが、留守番電話の陽気な音声が応《こた》えるだけだった。しかし、ステラはローズが約束を忘れるわけがないことを本能的に察知していた。ローズはなにか疑いをいだいていて、こちらと距離をおこうとしているのだろうか。ローズ・トレヴェリアンは自分の良心に忠実な人間だ。彼女がどの程度なにを知っているのか、探りだしたほうがいいかもしれない。ダニエルには自分は車で出かけるつもりだが、何時ごろ帰ってくるかは、よくわからないといった。それを徹底的に何度もいってきかせなくてはならない。いったん彫刻を始めると、ダニエルはステラがいてもいなくても、ほとんど気づかないからだ。だからといって、ステラは腹も立たない。彼女も仕事の邪魔をされたら、ダニエルと同じような反応をする。ふたりの仲は万全だ。地に足がついた堅実な結婚生活なのだ。ステラはこの生活を守るつもりだった。

ジャックと部下たちは、自分たちが捜査の勢いを失ってきたことを感じとっていた。日がたつうちに、人々の舌がほぐれ、自分たちが容疑の対象になっていないことを知ると、口を閉ざしてそっぽを向くこともなくなってきた。事件解決の糸口はみつからなかったが、捜査の結果、多くのひとがジェニファー・マンダーズを嫌っていたことがわかった。彼らが口をそろえて、ジェニーは魅力のない女だったといったわけではない。いや、それどころか、彼女はとてもいい仲間で、いっしょにいて楽しいひとなのだが、モラルの点でいささか問題があったという。

ここにきて、捜査班は、ローズ・トレヴェリアンが鍵を握っているのではないかという結論に達した。彼女はひとつのみならず、ふたつの事件に関係がある。たとえ偶然にしろ、彼女が警察を廃坑の白骨死体のもとに導いたのだ。

水曜日の午後、グリーン部長刑事はローズの家に六回電話をしたが、そのたびに留守番電話が応対した。部長刑事はメッセージを残さなかった。誰にしろ、いてほしいときにいたためしがない、と愚痴をこぼしている部長刑事のひとりごとを、ジャックは聞きつけた。電話機のディスプレイに出ている番号を見る。

「つかまらないのか？」ジャックはデスクに書類を置きながら訊いた。

「昼前からずっと電話してるんですがね」

ジャックは眉をしかめた。「おれにまかせてくれ」

今度は部長刑事が眉をしかめた。ジャックとミセス・トレヴェリアンがかつてはいい仲だった、という噂を聞いていたからだ。彼の目には、いまでもいい仲に見える。

ジャックは壁の大きな丸い掛け時計を見た。四時半。陽ざしはとうに翳《かげ》っている。オフィスにもどると、ジャックはローズの家に電話したが、やはり彼女はいない。やがてジャックはコートに袖を通しながら署を出た。頭のなかでアレク・マンダーズの話を反芻《はんすう》する。何年にもわたって実質的に娘を無視しつづけてきたとは、いったいどういう父親なのか。それに妻にではなく、自分の母親に娘を任せきりだったとは。ジャックはその点を疑問に思った。レナータ・マンダーズは男と駆け落ちしたというのが一般的な説になっている。しかし、結婚証明書と離婚書類とを見せられたとき、ジャックの不審は根拠のないものとなった。

じつをいうと、廃坑で発見された白骨死体はレナータではないかという思いが、ふとジャックの頭にうかんだのだ。もしあれがレナータで、アレク・マンダーズとは正式に結婚したカップルではなく、単に同棲していた男女だったとすれば、アレクがアンジェラと結婚するために、離婚確定判決をもらう必要はなかったはずだ。そのことでアレクが嘘をついているとすれば、それはレナータがどこにも行かなかったからではないか。六年後にアリバイとして使うために、実在しない相手との離婚を企てたのではないだろうか。しかし、れっきとした証拠書類を見せられ、ジャックの仮説はこなごなに粉砕された。

ジェニーのことに関しては、ほとんどなにもわからない。父親が娘のことをほとんど知らなかったのと同じだ。父親と娘はごく近くで暮らしていたのに、顔を合わせることはめったになかった。ジェニーの友人たちはそれを裏づける証言をしている。経済的な理由で不法占拠の空き家暮らしを余儀なくされたとき、なぜジェニーは父親をたよらなかったのか、ジャックはそのわけが知りたかった。アレクはわからないといったが。

白骨死体となった謎の女に関しては、いまのところ、捜査は行き詰まっている。ジェニーの死の捜査に専念して、彼女の友人知人のアリバイをもっと深く探ってみるころあいだろう。そう思うと、ジャックは胃が痛くなってくる。ローズにはアリバイがないし、ニックと電話で話しているあいだ、ジェニーが彼のそばにいたのはわかっていたと認めている。電話を切ったあと、ローズが車に乗ってセント・アイヴスにとって返し、ジェニーがニックの家から出てくるのを待ち伏せした――そんなことはありえない、と証言してくれる者はひとりもいないのだ。

道路が混みだした。テスコのガソリンスタンドそばのラウンドアバウトで、車の列がのろのろとしか進まないため、ジャックは思わず悪態をついた。ようやくローズの家に着いたが、すぐさまジャックは彼女が留守であることを見てとった。ドライブウェイに車がないし、明かりのともった窓がひとつもない。第六感が、ローズは問題を放っておけないのだ、彼女が危険にさらされていると告げている。こんなに長いあいだ、ローズを放っておくべきではなかった。ジャックがもっと努力していれば、ローズも彼を信頼しただろうし、少なくとも彼女の計画を打ち明けてくれただろう。ローラなら知っているかもしれない。そう思いついたジャックは、ローラの家まで車を走らせて時間をむだにするかわりに、携帯電話を使った。

「彼女、一日仕事を休んで、セント・アイヴスに行く予定だといってたよ。ねえ、ジャック、彼女、なにかめんどうに巻きこまれてるのかい?」

「わからない」ローラを心配させたくはない。「正確な行き先は聞いてないかい?」

ジャックの胃がぎゅっとちぢんだ。ローズという人間を知っているから、彼女が質問をしてまわったあげく、人々に反感をもたれ、みずから危機にはまりこんでいく可能性の高いことは明白だった。ローズをみつけなければならない。仕事でもないのに一日出歩くとはローズらしくないし、暗くなれば、ますますみつけにくくなる。

「ありがとう、ローラ」ジャックは電話を切ると、車を発進させ、セント・アイヴスに向かった。だが、まっさきにどこを訪ねるべきだろう?

ステラのギャラリーの明かりは消えているし、ドアには〈クローズド〉の札がかかっているが、窓のコーナーに飾ってある大きな一枚の絵にはスポットライトがあたっていた。ジャックはドアベルを鳴らして待った。ドアの向こうに男のぼんやりした影が近づいてきて、ドアを開けた。注意深いジャックは、ダニエル・ライトの目にすぐに認識の光が宿ったことを見逃さなかった。

「どうぞ、お入りください」

ダニエルのあとについて、ジャックはらせん階段を昇った。窓のそばにたたずみ、ステラは暗闇をみつめていた。窓に映るその姿は、黒一色の服装で、くびに巻かれた真紅と金のスカーフだけが彩りとなっている。黒髪はつややかに輝き、うしろから見ると東洋人かと思える。

「ミズ・ジャクスン?」ジャックは〈ミズ〉という呼びかけは嫌いだが、この場合、ほかに適切な呼びかけを思いつけなかった。「わたしは今日、非公式にこちらにお邪魔しました。ですから、あなたには質問に答えることを拒否する権利があります。じつはローズ・トレヴェリアンを捜しているんですが、あなたなら彼女がどこにいるか、なにかごぞんじではないかと思いまして」

「まあ、へんね。わたしもずっと彼女と連絡をとろうとしてたの」ステラはよく磨かれた木の床を歩いてくると、モデルのようにエレガントなしぐさで椅子に腰をおろした。「今日の午後、うちに来ることになってたのよ。二時にうちで待ち合わせて、それからいっしょに、どこかに出かけるつもりだった」ステラはどうしようもないというふうに両手をあげてみせた。「彼女の気が変わったのかと思ったけど、電話もよこさないのにはとても驚いたわ。三時になっても来なかったので、二度、電話したけど、二度とも留守番電話が応答しただけ。それで三時すぎてから、車で彼女の家まで行ってみたんだけど、やっぱり、誰もいなかった。なにかあったのかしら?」

ステラはなにをいおうとしているのだろう? ジャックは自問した。それにしても、これで、ローズはセント・アイヴスに行くつもりだったというローラの話の裏づけはとれた。では、ローズはいったいどこにいるのだろうか? 今日は自動車事故は起きていない。少なくとも、警察が乗りだすような事故は起きていないから、可能性はひとつ、削除される。それにローズは携帯電話を持っている。ジャックはステラよりもローズのことをよく知っているので、もし彼女が約束を破るようなことがあれば、必ずステラに連絡してくるはずだという確信がある。

「では、彼女がどこにいるか、まったく心あたりはないんですね？」

「ないわ。ねえ、ニック・パスコウにあたってみたらどうかしら。わたしはそれぐらいしか思いつかないわ。ニューリンの彼女の友人たちのことは、なにも知らないし」

ニック・パスコウの名が出ると、ジャックのあごがぎゅっと引き締まった。そんな簡単なことなら、ローズが彼といっしょにいるのなら、強引に押しかけたりすれば、ふたりを気まずい状況に追いつめることになりはしないか？　そんなまねはできない。しかし、ローズをみつけなければならない。彼女が無事でいるかどうか確かめなければならない。

ダニエルが見送ってくれた。にこやかで冗舌になったところを見ると、ダニエルは自分が質問されなかったことに安堵しているのが明らかだ。しかしジャックはその問題はあとで考えることにした。もう二度と、ローズをおせっかいだといって非難したりはすまい、とジャックは決めた。いまはただ、自分の考えに沿って動くだけだ。

プロとしての客観性を取りもどすために、ジャックは二、三分、あてもなく車を走らせた。パスコウの家で見たくもない光景を見る羽目になるかもしれない場合にそなえ、覚悟を決めようとしたのだ。駐車場のそばを通りすぎたとたん、ジャックは無謀にも車を急停止させた。幸い、後続の車はなかった。見まちがいではないか？　ジャックはUターンできる場所をみつけると、駐車場までもどった。ローズの車が所定の位置に、きちんと駐《と》めてある。調べてみると、車のドアはロックされていた。では、ローズはニックといっしょなのだ、とジャックは思った。そのことと、ステラへの気づかいのなさとを考えると怒りがこみあげてきたが、なんとか怒りを抑えて、ジャックはニックの石造りの家に向かった。

窓のカーテンが開いていた。玄関ドアに近づくと、部屋の中を歩きまわっているシャツ姿の男が見えた。ジャックはドアをノックした。ニックがドアを開ける。ひげも剃らず、消耗したようすだ。しゃべりながら、しきりに目をこすっている。息がアルコールくさいが、不快なほどではない。灰皿の葉巻から煙が立ち昇っている。

「どうぞ。散らかってますが」

「だいじょうぶですか、ミスター・パスコウ?」ニックは疲れきっているように見えるが、それは恐怖が原因の肉体的反応かもしれない。

「だいじょうぶなような、そうでないような。病気ではありません。我が生涯の悩みの種、不眠症なんですよ。ほとんどあれに――」とジンのボトルを指さす。「――たよりっぱなしなんですが、グラス二杯でやめることにしてるんです。酒じゃなんの解決にもならないし、朝になったら、もっと気分が悪くなってるだけですからね」

「ミスター・パスコウ、わたしはローズ・トレヴェリアンを捜しているんです。彼女が行きそうなところに心あたりはありませんか?」

「いいえ」ニックは心底、驚いたようだ。「今週は一度も彼女に会っていません。土曜日まで会えないといってました」

　ジャックは無表情だった。内心では、それを聞いてうれしかったのだが、ローズがニックとまた会うつもりであることを知って失望もしたのだ。

「ステラに訊いてみましたか？　ローズはときどきステラのところに行ってるようですよ」

「そのようですね」

　ニックは肩をすくめた。「だったら、ぼくはお役に立てないな。あ、すみません、なにか飲みますか？　よかったら、コーヒーか酒でも？」

「いや、けっこうです、ありがとう」ジャックは辞去することにした。「彼女から連絡があったら、わたしに知らせてもらえませんか？」ニックに名刺を渡す。

「もちろんです。まさか、今度は彼女になにかあったと思ってるんじゃないでしょうね？」

「そうじゃないといいんですがね、ミスター・パスコウ。ほんとうに」この一時間半ほどのあいだに、同じ質問を二度受けた。ステラ、ダニエル、ニック、この三人はなにか知っているのだろうか？　三人はグルなのだろうか？　立ち去ろうとしたジャックはふと足をとめ、もう一度ニックと向きあった。「しょっちゅう睡眠障害に？」

「ええ。もう何年も、断続的に」

「どうやってしのぐんです？」

　ニックは肩をすくめた。「べつに。薬にはたよらないことにしてます。仕事をするか、本を読むか、散歩するか」

「ジェニファー・マンダーズがいなくなった夜は？」

「その話はもうしたでしょう。彼女はうちに来た。ちょっと話をして、彼女は帰った。それ以上のことはなにもなかった」ニックは早口でいった。その声にパニックの響きがこもっているのを、ジャックは聞き逃さなかった。

「ああ、もう！」もはやとぼけてもむだだと悟り、ニックは椅子にどしんとすわりこむと、両手に顔を埋めた。ジャックは待った。

「前に話しておくべきだった。どうして話さなかったのか、自分でもわからない。あの夜、ぼくは外に出た。ジェニーが帰ってから二十分ぐらいたったころです。マディからの電話で、ジェニーがひどく動揺していたと聞き、放っておけないと思ったんです。一度だけ、彼女の姿が見えたような気がしました。それで声をかけたんですけど、遠すぎて、彼女には聞こえなかったようです。そのあとは、姿を見失ってしまった。そういうことです」

「ミスター・パスコウ、いまの話がどれほど重要か、わかってますか？　情報を故意に隠匿した罪で告発されてもしかたがないぐらいだ。電話を使わせてもらえますか？」

ニックはうなずいた。これからなにが起こるか、承知している顔だ。

ジャックはキャンボーン署に連絡して、車をよこすように手配した。あらためて署でニックに供述してもらうことにする。ニックは酒を飲んでいるし、できるならジャックが連れていくべきところだが、ジャックとしては、ローズをみつけることがますます重要に思えてきたのだ。

「署の車が来るまで、ここにいてもらえますね？」

「逃げたりしませんよ」ニックは皮肉な笑い声をあげた。「どこに行くというんです?」

ニックを信頼してもいいという思いと同時に、駐車場に車がある以上、ローズは遠くに行ったわけではないという思いが頭を占めた。しかし、いったいどこを捜せばいいのか。ジャックは車をニックの家のそばに置きっぱなしにして、ウェストピアのほうに向かい、そこからワーフ通りを歩いた。途中で足をとめて満潮の波止場を眺める。海面はおだやかそのものだ。潮が少しずつ退きはじめているのだろう、係留してある小型船舶がかすかに揺れている。ジャックはの右手、スメートンズピアの突端に灯台が見える。あそこまで歩いていこう、とジャックは決めた。そのうち、次はどうすればいいかわかるだろう。いまのところ、次はどうすればいいか、かいもく見当がつかないのだ。

数分後、ジャックは我と我が目を疑い、その場に立ちすくんだ。こちらに向かってくる人影がある。スカートをはいた小柄な人影が歩を進めるにつれ、束ねていない髪が肩のあたりでゆるやかに揺れ、前をはだけたレインコートの裾がはためく。

「ローズ?」ジャックは半信半疑だった。そして次は大声で叫んでいた。「ローズ!」

ローズは立ちどまり、顔をあげて、闇をすかすように見た。ジャックが飛ぶように近づいてくる。

「ありがたい」ジャックは息もつかずにいった。「だいじょうぶかい?」

「ええ、たぶん。震えがとまらないけど、けがはしてないわ。それにわけがわからない」

「なにが?」

ローズはくびを振った。

「なにか飲むかい？　食事はすんだ？」

「いいえ、なにも食べてない」ローズとしては食事のことなど、思い出すのもむずかしい心境だった。

ローズの手を握りしめたい衝動を抑え、ジャックは彼女と並び、彼女をせかさないように歩幅をちぢめて歩きだした。ふたりはフォア通りの小さなパブに入り、地元の客たちの仲間入りをした。梁《はり》が低く、ジャックは頭をさげてその下を通った。暖房のききすぎた店内のカーブしたカウンターにつく。

「顔色が悪い」飲みものを買うと、ジャックはそういった。「すわったほうがいいんじゃないか？」

ジャックは立って飲むほうが好きなのは知っていたが、ローズは脚ががくがくしていたために、異議はとなえなかった。

「なにがどうなっているのか、おれにすべて話したほうがいいと思うよ、ローズ」

「今日、マディ・デュークに会いにいったの。ステラと会う約束があったんだけど、早く着いたんで、バリーへのプレゼントを買うにはいい機会だと思って」これを聞いて、ジャックは身じろぎした。去年は彼もプレゼントをもらったのだ。

「マディはランチタイムに店を閉めると、わたしを二階に招いてくれた。わたしも彼女と話をしたかった。あの夜、ステラのギャラリーでマディがいったことを憶えていたから。わたしとニックのことをジェニーに話していたのよ。昨夜、あれこれ考えていたとき、マディ自身もニックを好きなんじゃないかと気づいたの。それで、もしかするとマディが嫉妬して、廃鉱で悲鳴をあげるいたずらをしたんじゃないかと思った」

「だが、そんなまねをしてなにになるというんだい？」

ローズはくすっと笑った。「わからない。たぶん、わたしが悲鳴のしたほうに行って、穴に落ちればいいと思ったか、それとも、怯《おび》えて絵が描けなくなればいいと思ったのかしらね。前にステラがいってたけど、マディはなにかしら才能のある者には、だれかれ区別なく嫉妬するんだって。わたしにはそうは思えなかったけど、ステラのほうがマディをよく知っているわけだし。とにかく、話をしようとした矢先に、彼女が襲いかかってきたのよ」

「なんだって？」

ローズはうなずき、疲れたしぐさで額をなでた。「そのときは殺されると思った」

「なんてことだ」

「わたしが彼女の計画をだいなしにしたの。ジェニーがいなくなって、マディはニックをゲットするチャンスができたと思ったのよ」

「なるほど」

「ジャック、あなたにわかるとは思えないわ。わたしとニックのあいだにはなにもないって、何度も説明しようとした。そうね、最初はなにかが起こるかもしれないと思ってた。わたし、彼に魅かれていたから。でも、彼が本気でつきあう気がないことや、それでは決してうまくいかないことは、わりあいすぐにわかった」

「どうしてそれじゃだめなんだい？　いや、プライバシーに鼻を突っこむようで悪いが」

ローズはジャックをみつめた。ジャックの両頬に赤みがさし、いかにも傷つきやすい表情に見える。「彼はきっと要求の多いひとよ。才能があるのは確かだけど、とても気まぐれで、わたしが彼に合わせることを要求するはず。わたしはそんなことをする気はないのよ、ジャック」

「それはよくわかってる」

「この週末に、ちゃんと顔を見て、はっきりそういうつもり」

おれのときと同じだなとジャックは思った。そしてにやりと笑った。かわいそうに、あの野郎はどんな女を相手にしてるか知らなかったんだ。

ふたりはしばらく無言でいた。ふたりともたがいのことを考えていた。ジャックはローズとの仲が再燃すればいいと思い、ローズはジャックとの友情がこわれていないことを喜んでいた。

「けど、それだけじゃないだろう」ジャックの口調がきびきびしたものに変わった。「彼女がそんな行動にでたのには、もっとほかの理由があるにちがいない」

「そう。どうやら話せるぐらいにおちつきを取りもどしたとたん、わっと泣きだして、あやまってばかりいた。とてもかわいそうになって。彼女、感情をむきだしにして、みじめな気分だったと思うわ。女が自分に関心をもっていない男のことで、どうしてああもむきになれるのか、わたしには理解できない。マディは今朝、ニックに会いにいったけど、ジェニーと同じように、彼女もニックに拒絶されたのよ」

ローズは話をつづけた。「マディはランチタイムに店を閉めたけど、二階でドラマチックな展開があったから、わたしはもしお手伝いのサリーが店番を引き受けてくれるんなら、そのほうがいいと思った。店にやってきたサリーは驚いてたけど。とにかく、マディはわたしにいっしょにいてほしいといった。ほんとうにひどい状態だった。あとは何度も同じことのくり返しよ。涙と謝罪の。マディをひとりにしておくのはよくないと思った。そのころにはステラとの約束も頭から吹っとんでたし。しばらくして、約束を思い出したけど、マディの店から電話するわけにもいかないでしょう」ローズはひと息入れて話をつづけた。

「気持がおちつくと、マディは自分のしでかしたことにちぢみあがった。そして話をしたいようすがありありと見えた。自分がどれほど孤独か、芸術家たちの仲間に入ろうとどれほど努力したか、マディは打ち明けてくれた。そして若いときに子どもを産んだけど、両親のせいで養子にだしてしまった話もしてくれたわ」

「両親のせいで?」

「ええ。ちょっと複雑な話なんだけど、そういうこと。そのために、マディは両親を、自分自身を許せずにいるのよ。決して誰とも分かちあえない、決して忘れることのできない、罪の意識に苦しんで生きるなんてねえ。あ、それから、ほかにも興味深い話を聞いたわ」ローズはテーブルに肘をつき、こぶしに握った手の上にあごをのせた。「最初、マディのいうことは信用できなかったんだけど、よく考えてみたら、そういうこともありうるし、わたしも気づかないうちに、同じような目にあってるのかもしれないと思った。どういうことかというと、マディはいつもステラに見下されてるといってる」

「どういう意味だい？」

「説明するのはむずかしいわね。でも、ステラは褒めるふりをしてけなすのがうまいの。たとえば、わたしの場合、絵はうまいけど、もっともっと学ぶべきことがある、もしかしたらいつかやりとげられるかもしれない、なんていわれた。マディの場合は、〝彼女のかわいいお店〟に並べられた、マディの〝ちょっとした手作りの品〟を買いたがる客が多いのは驚きだと嘲《あざけ》るわけ。そして、そんなことをいわれたせいでわたしたちが奮起すると困るとでも思うのか、誰もが偉大な芸術家になれるわけじゃないといってとどめを刺すのよ」

「ローズ、ニックをものにするために、マディがジェニーを殺したんじゃないか？」

「それはないわ。彼女、何度もジェニーを絞め殺したくなったと認めた。特に、ジェニーがニックとよりをもどすつもりだといったときには殺意をもったそうよ。そして彼女は……」

「ローズ？」

ローズはあきらめたようにため息をついた。「そして彼女は、あの夜、電話でニックと話したあと、彼が歩いていくのを見たって」

「知ってる」

「え？」

「彼から聞いた。いま、キャンボーン署にいるよ」そうでありますように、とジャックは胸の内でつけ加えた。

ローズはほっとした。ジャックに情報を提供するのが自分の義務だと思ってはいたが、ニックが自分からいったのなら、そのほうがいい。よし、いおう。「ほかにもあるの」ローズはジャックと目が合わせられなかった。なんといっても、友人たちのことなのだ。「ダニエル・ライトは前に、ステラはオープニングの夜はいつも長い散歩に出るといってた。いえ、だからといって、あの夜もそうだったとはいわないわよ」ローズはジャックの苦い顔をちらりと見て、急いでそうつけ加えた。「行かなかったってこともあるんだし」

あの夜はどいつもこいつもセント・アイヴスの通りをうろついていたとみえる――ジャックは憂鬱になった。つまり、振り出しにもどるということだ。「ほかにおれが知っておくべきことは？」

ジャックの皮肉ないいかたには気づいたが、ローズは無視することにした。「そうね、ええ、あるわ」きつく閉じたジャックのあごから、つかのまの満足感をもぎとってやる――ローズはそう思った。「直接関係があるかどうか、それはわからないんだけど。マディはテープをたくさん持ってるの。友人たちの声を録音したテープを」

「なんのためにそんなものを？」

ローズはすぐには答えなかった。マディの行動を思い出していたのだ。いま思うと、あれはローズの声を録音するためだったのだ――二階の部屋に入ったとたんに、マディがなにやら中途半端な動きをしたのは。録音機はうまく隠してあり、マディはちょっと体をかがめてスイッチを入れればいい。おそらく、会話がどう運ぶのかを察知して、録音しておいたほうがいいと思ったのだろう。「うまい女優になるわね、きっと。わたしの口調も完璧にまねしたし」

「ローズ、なんの話なんだ？　録音がなんだって？」

「演技のためによ。わからない？」

「わからない。ちゃんと説明してくれ」ジャックは椅子の背にもたれ、腕を組んだ。ローズ・トレヴェリアンには、ときどき腹の立つ思いをさせられる。

「あのね、何カ月か前、マディはアマチュア劇団に入ったんだけど、素《す》のマディ・デュークがしゃべってるって感じがどうしても抜けなくて、役をもらえなかったの。それで、ほかのひとたちの声をテープに録《と》って、アクセントのつけかたや訛りなんかのまねをする練習をしてたのよ」

「で？」

「で、クリスマス劇の役をもらった」

ジャックは酒をひとくち飲んだ。グラスを置くときに、腕がローズの手に触れた。とたんに気弱になる。「テープの目的はそれだけなのかい？」ジャックはほかの可能性も考えた。脅迫に使うとか、友人の会話を編集して、電話でいたずらに使うとか。

「うーん、そうだと思う。ばかな話に聞こえるかもしれないけど、コーンウォール訛りを習得したら、もっといろいろなことがよくわかるような気がしたんじゃないかしらね」

ジャックは信じられないというようにくびを振った。女の考えることはよくわからない。ジャックはもぞもぞとすわりなおした。ローズのフローラルな香水に心を乱されてしまう。ともあれ、マディ・デュークには医者の治療が必要なように思える。誰に対しても狂気じみた嫉妬を覚え、友人たちの話をこっそり録音し、友人とおぼしい人物に襲いかかり、はるかむかしに失った子どもに強い愛情を寄せているようでは。ジャックはため息をついた。リストにまた新たな容疑者が増えた。「何時にマディの店を出たんだい？」

「あなたに出会う一時間ぐらい前。マディは店にもどって、サリーを帰した。わたしは新鮮な空気を吸いたかった。恐ろしく長い午後だったから。ジャック、なにが気になるの？」

「きみのこと。気をつけてくれ、ローズ。自分がいろいろなことを知っているのを忘れないでくれ。ジェニーを殺した犯人が誰にしろ、それは気にくわないだろうよ。それにおれの部下ふたりは、なぜきみがそれほど事件に関心をもつのか、不思議に思ってる」

「つまり、あなたの部下は、わたしが自分の犯行をくらますためにあれこれ画策してると思ってるのね？」

「皮肉をいわなくてもいいよ、ローズ。たいていのひとは犯罪と名のつくものからは離れていたがるものなんだから」

「でも、わたしは〝たいていのひと〟じゃない。ジャック、もしそうだったら、あなたはここにいないでしょう」

ローズのことばにジャックは傷ついた。「いいかい、こういうことだ――誰かがきみを脅すのではなく、犯罪者に仕立てあげようとしたのかもしれない、と考えなかったか？」

「まさか」ローズはそんなことは考えもしなかった。

「きみはこの地に長く住んでるから、廃坑でみつかった女性が生きていた当時、知っていた可能性がある。それに、罪の意識というやつは、思いもよらない形で表われるものだし」

「幻聴を聞くとか?」

「そうだ。犯罪現場にもどるとか。やがてきみは若い恋人をお払い箱にした男と深い仲になったが、その若い恋人が男とよりをもどしたがっていると知る。きみとふたつの事件とを結びつけるのは、天才である必要はない」

「だけど、廃坑の女性の身元はまだわかってないんでしょ?」

「うん。だが、きみは知っているかもしれない」

ローズは不安になった。いったい誰が自分に罪をきせたがっているのか、また、なぜなのか? ローズはうつむいてしまった。ジャックの手が膝に置かれたが、それは性的なにおいのない、情のこもったしぐさだった。

「ジェニファー・マンダーズは寝物語の相手にはこと欠かなかった。つまり、警察がまだ知らない人物がいるかもしれないんで、おれたちは捜査をつづけている」

ローズはここで自分の疑いを口にするべきだとわかった。誰に遠慮がいるものか。「ジェニーはダニエル・ライトと関係してたみたい」

「どうして知ってるんだ?」ジャックは静かに訊いた。

「知ってるわけじゃない。ただのカン。ねえ、ジャック、やっぱり、こんなのいやだわ。みんな、わたしの友だちなのよ」ローズはほとんど涙ぐまんばかりだった。

「あとひとつだけ。ステラはきみの才能を妬《や》いてると思う」

「ステラが？　ばかなこと、いわないでよ」だが、それはばかなことではないかもしれない。自分の才能がどれほどのものか、まるっきり自覚していなかったローズは、マディに指摘されるまで、ステラの〝褒めるふりをしてけなす〟というやりかたに気づかなかった。それにステラは、とある画商は莫大な手数料を要求するから、彼の画廊には行かないほうがいいとアドバイスしてくれた。あとになって、ローズはこのアドバイスが不当なものであることを知ったが、ステラの勘ちがいだろうと思ったものだ。

それにしても、友人たちが犯人かもしれないと思うのは、思うだけでも耐えがたい。各人とも、いろいろと欠点はあるが、ローズは彼らが好きだ。いや、欠点があるからこそ、好きなのかもしれない。ローズは最近、電話でおしゃべりをしたドリーン・クラークとの会話を思い出した。ペンザンス、ニューリン、それにヘイルはドリーンの情報網の範囲内だ。しかし、ドリーン独特の表現によると、セント・アイヴスの連中とはつきあえないという。あそこの連中はちがう種族なんですよ――ドリーンは謎めいたいいかたをした。そのとき、ローズは内心でほほえんだものだ。ドリーンにとって、彼女の縄張り以外の土地の者は、異星人と同じなのだ。

「ジェニーのおとうさんは事件をどう受けとめてるの？」

ジャックもまた、深いもの思いにふけっていた。どれほどきびしい尋問をしようと、ローズの友人たちは固く結束するだろう。「どうともいえないな。娘のことを気にしてたとは思えない」

「わたしもそんな気がした」

ジャックは目を閉じた。いまのはなんだ？　今度はなにをいっておれを驚かせるつもりだ？

「彼と話したのかい？」

「一カ月かそこいら前に、ちょっとだけ会ったことがあるの。セント・アイヴスに行ったとき、ジェニーとおとうさんにばったり出くわしてね。ジェニーがおとうさんを紹介してくれた。それで、ジェニーのことを知ったときに、わたしにできるのはおとうさんにお悔やみをいうことぐらいだと思って。わたし、以前にはそれができなかったのよ、ジャック。デイヴィッドが亡くなったあと、たくさんのひとがわたしを避けた。わたしにどういっていいかわからず、うっかりしたことをいって、わたしを傷つけるんじゃないかと恐れたんでしょうね。でも、そんなことはない。どんなにぎごちないことばでも、機転のきいた態度でなくても、ほかのひとが気にかけてくれてるとわかるだけで、とても気持が慰められるものなのよ」ジャックは疲れきっているようだ——ローズはそう思った。服はしわだらけだし、表情に深みをもたらしている顔のしわが、疲労といらだちでくっきり目立っている。

「すまない、ローズ。そんなふうに考えたことはなかった」

「バリーなら、あなたはわたしをおせっかいな人間だとみなしてる、というでしょうね」ローズはワインをひとくち飲んだ。「ある意味ではそのとおりだわ。あのね、あなたが廃坑でみつけた白骨死体のことだけど、わたし、あれはジェニーのおかあさんじゃないかと考えてるの」

ジャックはにやりと笑った。たちまち数年分は若返った。「おれもそう考えた」

「それで?」

ジャックはくびを振った。「おしゃべりが過ぎたようだ、ミセス・トレヴェリアン。最重要容疑者相手にね。おいおい、今度はなにを考えてるんだ?」

ローズは眉間に深くしわを寄せていた。「マディがいってたこと。正確には思い出せないけど、ジェニーはニックに帰ってくるなといわれたら、また父親といっしょに住むといった、マディはそんなことをいってた。でも、ジェニーはそうしなかった、そうよね? 彼女の人生は荒々しく断ち切られた。でも、いっしょに住んでも、うまくいかなかったんじゃないかしらね。正直にいうと、ジェニーのおとうさんには好感なんてちっとももてなかった。レナータが娘の葬儀に出席するかどうか疑問だわね」

「葬儀はないよ。少なくともしばらくのあいだは。検屍審問もまだ開かれていないんだ。それはともあれ、なんだってそんなことをいいだしたんだい?」

「じつは……」ローズは単に礼儀的な気持から、アレクに前妻が葬儀に来るのか、と尋ねたわけではなかったため、恥ずかしくて顔が赤くなるのを感じた。そう訊いたのは、ほかの人々と同じく、好奇心から白骨死体の身元を知りたかったし、ジャックと同じく、レナータかもしれないと考えたからだ。「彼ははぐらかしたわ。レナータは娘が死んだことも知らないんじゃないかという気がした」

「手紙を出したといってたよ」ジャックはそれだけしかいわなかった。ローズにあれこれ話すべきではないが、答をひとつ与えれば、ローズがこれ以上深入りするのを阻止できるかもしれないと思ったからだ。アレクの言に関しては、部下たちが裏を取っているところだ。「車の運転、できそうかい？」

「ええ、もうだいじょうぶよ、ありがとう」

「なら、車のところまで送っていこう。まっすぐ家に帰って、おとなしく家にいてほしいよ」

ローズは顔をあげてジャックをみつめ、にやりと笑った。「はい、警部さん。仰《おお》せのとおりにいたしまする」

満足感で暖かい気持に満たされながら、ジャックはローズの車を見送った。最近になく、友好的な別れができたからだ。しかしジャックは、ローズのことばの裏を深読みしないほうがいいことを知っていた。

8

二件連続して検屍審問が開かれるため、プリマスのチャールズ・クロス署から応援要員が派遣されてきた。こういう場合、ジャック・ピアース警部はいつも、必要な処置だと承知していながらも、つい不満をくすぶらせてしまう。

ジャックはある結論に達していたが、目下のところは自分の胸におさめておくことにしている。ひとつには、上司や同僚の同意を得られるかどうか、定かでなかったからだ。しかし、捜査費用も時間もかかるが、最終的にはそうせざるをえないことになるはずだ、とジャックは思っている。さしあたっては、むかしながらの捜査方法――尋問と返答――が功を奏すだろう。

ジャックがぜひとも答えてもらいたい質問は、たったひとつだ。

廃坑で発見された女性は、みずから転落したにせよ、落とされたにせよ、まだ生きていたのなら、なぜ坑道の奥に入りこんでいったのか。落下地点から動かずにいれば、空や太陽も見えるし、大声で助けを求めれば誰かに聞いてもらえるわずかなチャンスすらあったのに。そして、ジェニーの場合は、殺してから死体を海に投げこんだ可能性が高い。ふたつの事件の類似性を話しあっていたとき、同僚たちもジャックの意見に賛同した。ふたつの事件には同じ手口が使われている。法医学的には確定できず、その可能性があるというにとどまっているが、頭蓋骨の損傷程度が、転落によってこうむる傷よりはるかに大きいことに疑問があるのだ。被害者の女性はふたりとも頭を殴られて殺されたあと、死体を隠された。もし死体が発見されても、事故死に見えるように偽装したものと思われる。犯人は同一人物なのだろうか？　それにしても、なんとも手ぎわがいい。鑑識班はジェニーの件ではほとんど出番がなかった。だが、彼女が殺された現場には証拠が残っているだろう。殺害現場は断じて海岸ではない。車や他の移動手段をチェックする捜査班も動きだした。ジェニーを知っていた者全員にふたたび事情聴取が始まった。誰かが死体を移動させたのだが、いったいどうやって、どこから運んだのか？　登録されている船のオーナーたちにも聞きこみがつづいている。潮の満干や潮流を監視している沿岸警備隊は、ジェニーは船で沖合いに運ばれ、海に投げ捨てられたのではないかと示唆している。もしジェニーが、死体が発見された場所の延長線上にある、どこかの崖から落ちたのだとすれば、死体は波に運ばれて、もっと遠い海岸に流れついたはずだ。

ジャックはデスクにつき、目の前に待ちうけている仕事を見るともなく見ていた。犯人は漁師でもなければ、経験を積んだ船員でもないな、とジャックは思った。犯人はジェニーが崖から転落し、溺死したように見せかけようとして、ミスをおかしたのだ。

容疑者たちの車を調べるために必要な書類がととのい、容疑者たちはいやいやながらも協力している。ジャックは科学の進歩に感謝している。どれほど徹底的に車が掃除されていようと、血痕や繊維は検出できるのだ。ふと気づくと、ジャックは一時間半もデスクについていたのに、なにひとつとして仕事は片づいていなかった。

ニック・パスコウは水曜日の夜、すべてを語った。ジェニーだと思った女性を追ったが、けっきょく姿を見失い、あきらめて帰宅するまでの十五分ほどのあいだに、誰かに見られていたとは思わないと供述している。ジャックは眉をしかめた。マディ・デュークは午前一時ごろまで窓辺にすわっていたという。仕事をするときにはいつもそこにすわっているのだ。とすると、彼女はまちがいなくニックに気づいたはずではないだろうか？　夜中のそんな時間に、静かな通りで動きがあれば、たとえ足音が響かないにしても、注意を惹くだろう。あとでもう一度マディに尋問するとき、ジャックはそのことを訊いてみるつもりだった。

帰宅時間になるころには、ジャックのハンサムな顔には色濃く疲労がにじんでいた。問題は、容疑者たちの多くにたいしたアリバイがないうえに、そのどれもが完璧ではないという点だ。ほかの人々と同じように、ローズもまだ容疑者のひとりだった。

週末には、いちおう区切りがついた。最初の検屍審問の興奮も去り、根気づよいくり返し捜査が始まった。ローズと話ができて、彼女の意見が聞ければうれしいのだが、当面は彼女を避けなければならない。マディ・デュークはニックがもどるところは見ていないといいはっている。こうなると、ニックに対する感触が正しいように思えてくる。しかし、ニックを逮捕するための証拠がない。車の検査もそろそろ終わるころだ。ジャックは仮説を裏づけるために、検査結果待ちの状態だった。もうひとりの身元不明の女性に関しては、全国各地に詳細な記録を送ってあるので、まもなく失踪人の記録がぞくぞくと届くだろう。

土曜日の朝、念入りに服装をととのえながら、ローズは前日に電話で聞いた弁護士の話を思い出していた。ローズの顧問弁護士であるチャールズ・キングスマンはデイヴィッドとは古いつきあいで、デイヴィッドがローズと出会うよりも前からの知り合いだった。ローズ自身は、家の購入の件とデイヴィッドの遺言状の検認のときを別として、この数年、チャールズ・キングスマンに仕事を依頼したことはないが、彼のほうはデイヴィッドの死後、残されたローズを見守る義務を感じているらしく、二カ月かそこいらに一度、電話をしてくる。前日にちょうどキングスマン弁護士から連絡があったので、ローズは気になっていたことを訊いたのだ。

とはいえ、ローズにはすでにわかっていたことだったので、教えてもらう必要はなかった。ただ、確認する必要があったのだ。うなじと手首に香水をスプレーすると、ローズはニックとは友人づきあいしか望んでいないことを、できるだけ如才なく伝えるにはどういういいかたをすればいいか考えた。髪をうしろにさばくと、ローズは鏡のなかの自分に笑いかけた。どちらにしろ、ニックがローズに関心をもっていないのなら、如才ないいいかたを考えても、考えるだけ、時間のむだだ。

ニックは約束の時間どおりに家まで迎えにきて、会うなり、ローズにとてもすてきだといったが、ニックの顔にうかんだ驚きの表情を見てしまったので、お世辞だとは思わなかった。ローズだとて、いつもラフなかっこうでいるわけではないのだ。

「ありがとう」ローズはバリーが見本市に出店する旅に同行したさい、ロンドンで買ったシンプルなペールブルーのドレスを見おろした。そしてレインコートを取りあげた。いまのところ雨は降っていないが、ドレスを着たときにはおれるコートは、このレインコートしかない。

「車を買ったの?」ドアを開けて支えてくれているニックにローズは訊いた。

「いや、借りたんだ。ぼくの車はまだ警察が返してくれない」

「ああ」ローズにいえることはなにもない。ニックが最重要容疑者であることは明らかだ。車のことなど訊かなければよかったと悔やんだローズは、もしかするとジェニーを殺した犯人かもしれない男の隣にすわることになる、という考えを頭から追い払い、車に乗りこんだ。トゥルーローに着くまで、ふたりは黙りこくっていた。

「どこか特に行きたいところはある?」大勢の買い物客にまじると、ニックはそう訊いた。

「特にないわ。止まらないで歩いて、みんなに押しつぶされないようにしたほうがいいみたいね」通りは人でごったがえしている。

一時間ほどウィンドウショッピングを楽しみ、路地をうろついたり、市場をのぞいたり、街のどまん中にそびえたち、周囲の低い建物を睥睨《へいげい》している大聖堂を眺めたりした。十二時半ごろになっても、ふたりはまだ買い物の包みひとつ持たず、とりあえず食事をしようということになった。

近くにワインバーがあった。混みはじめる時間にはまだ間があるため、ふたりはいいテーブルにつくことができた。このタイプの店として典型的な造りだ――板張りの床、鉄の脚と大理石のトップのテーブル、紙ナプキンにくるんであるカトラリー。しかし、メニューは豊富で、

「あなたが選んで」ニックはローズにワインリストを渡した。「あなたが空けるようなものだからね」

料理を待っているあいだに、ぞくぞくと客が入ってくる。ローズは夕食にメインを食べるほうが好きなので、ギリシアふうサラダをたのんだ。ニックはフランスパンを添えた、こってりした豚肉とアプリコットのシチュー。

「とても静かなものだったよ」運ばれてきた料理を二、三口食べてから、ニックはいった。

ローズはピタパンをちぎりながら、周囲のさんざめいている客たちを見まわした。「なにが？」

「尋問」

「そのことなら、あまり話せないの。ジャックはみんなにもう一度話を聞くといってたけど」

「そういうこと」ニックはローズをまともに見るのがなぜかはばかられて、ローズの肩の向こうあたりをみつめた。「ぼくたちは全員、キャンボーン署に呼ばれたけど、なにも起こらなかった。つまり、逮捕された者はいないということだ」

ローズはニックが自分からなにか聞きだそうとしているのかと疑った。ローズがピアース警部と友人であるために、彼女が内々に個人的な情報をもらしたと信じているのだろうか。

「警察は車の調査をつづけている。ぼくの車は明日まで返してもらえない」しかしニックの車はいちばん最初に持っていかれたのではなかったか。なにか事件と関連があるのだろうか？

ローズは警察の再尋問の内容を知りたかった。ジャックはダニエルにジェニーとの関係について尋ねただろうか？　マディはあの感情爆発のあと、浄化されて、もっとおだやかな気持になっただろうか？　それに、チャールズ・キングスマン弁護士に確認したことは、ローズが思っていたとおりだという意味にとっていいのだろうか？　いろいろ知りたいことはあるが、いまはニックのことに気持を集中し、自分が彼のことをどう思っているか、適切なことばで伝えなくてはならない。

「もうひとり、別の女性の件があるだろ。警察はまだ身元を確認していないみたいだな」

返答に困り、ローズは勢いをそがれた。店内に流れているクリスマスキャロルがふたりを嘲《あざ》笑《わら》っているように思える。きっぱりと話題を変え、もっと楽しいおしゃべりをするべきだ。手始めにニックの仕事のことを訊こう、とローズは決めた。

「最近はあまり仕事をしてないよ。眠れないし、ひどい天気だからね。いや、正直にいって、ぼくがひどい気分だということじゃない。きみのほうはどう？」

「ぼちぼちってところよ」ローズはフォークでオリーヴを突きさした。

「廃坑の件では、警察は行き詰まってるんじゃないかな。なにかみつかったんだろうか？」

「警察は重要なことはやたらと公表しないみたいね」それは真実ではない。ローズが聞いた悲鳴と、廃坑でみつかった白骨死体とのあいだには、明確な関連がある、とジャックは信じている——そして、ローズはそれを知っている。

ともあれ、ローズは失望した。話題を変えようと努力しても、ニックの話は事件にもどってしまうのだ。今日という日は、ローズの予想とはちがうほうにころがっていくようだ。ふたりはまたもや気まずい沈黙に陥り、そのまま食事を終えた。ローズはニックが楽しい食事にしようとしなかったことに腹を立てていた。そして疑問に思った――どうして来る気になったのか、どうしてニックは誘う気になったのか、ローズは苦々しく思った。いや、それよりも、どうして彼に友人としてつきあおうといわなかったのか。

　ローズはコーヒーはたのまず、ワインを飲みつづけることにして、たばこに火をつけた。

「たばこを吸うとは知らなかった」ニックはいった。いかにも感心しないというその口ぶりが、ローズの怒りをさらにあおった。テーブルには灰皿が出ているのだし、法律違反の行為をしているわけではない。

「ええ、吸うわよ。頻繁には吸わないし、本数も少ないけど、食後の一服は楽しんでる。これを飲んでしまったら、出ましょう」そういってワインが二インチほど残ったグラスを指さした。

「悪かったよ、ローズ、ぼくは自分で自分がわからないんだ。なにかいおうとすると、よくないことばっかりいってしまう。非難する気はなかったんだ」

　いいえ、非難したわよ、とローズは思ったが、口にはしなかった。そのかわり、微笑してみせた。「おいしかったわ。ごちそうさま」最初にニックが食事代をもつといいはったので、ローズはそれを受け容《い》れ、礼をいった。

　ワインバーを出ると、通りはさらに混みあっているようだった。建物のあいだからのぞく空は灰色だ。それは雨を予想させる灰色ではなく、十二月の半ばをすぎた日の午後ならではの空模様だ。

「明日はステラのパーティね。行くの?」

「招待されたからね」

ニックの返事に、ローズは少しあきれながら、足を速めた。どうしてイエスかノーで答えられないのだろう? この男はほんとうに気分屋だ。「ニック、なにか気になることでもあるの?」

「いや。ちゃんと眠れない夜がつづいてるだけだ」

「もう帰りましょうか? 買いたいものはべつにないし」

「それでよければ」

「もちろん、いいわよ」数人の通行人が足をとめてこちらを見ている。ローズは自分が大きな声をだしてしまったことには気づかなかったが、ニックのたよりない口調に、自分の怒りが最高潮に達してしまったことはわかった。

来るときと同じく、帰りの道中も沈黙がつづいた。ローズは腹を立てていた。バリーやローラやジャックといっしょのときはよくそうなるように、気のおけない沈黙なら、話さなくてもどうということはない。しかしこれは不機嫌さゆえの沈黙なのだ。ローズがニックに、よけいな回り道をしなくてすむように、まっすぐセント・アイヴスに向かい、そこで降ろしてくれといおうと思った矢先に、ニックの手が太股にのびてきて、ぎゅっとつかまれた。「ひどい態度だった。許してほしい。ジェニーの死がどれほどこたえてるか、自分でもよくわからなかったんだ。気持がおちつくのに、しばらく時間がかかるだろう。道を歩いていても、角を曲がると、ジェニーに出くわすんじゃないかと、つい思ってしまうんだ」

今度はローズのほうが恥じ入った。どうしてニックが乗り越えなければならない気持を察してやれなかったのか。彼らは三年間も生活をともにしていたし、ジェニーの遺体が発見されて、まだ一週間もたっていない。ニックは悲しみにうちひしがれているのに、ローズはそんな彼に気をつかってもらって当然と思っていたのだ。なによりも、ニックはあの夜、ジェニーを送っていかなかったことで自分を責めているのだろう。

「つらいわよね。そうだ、さっきまでのことはなにもなかったことにして、いまからやりなおしましょう」

「きみはめずらしいタイプだね、ローズ・トレヴェリアン。そういわれたことないかい?」

気分が変わり、ローズはニックの家に行くことに賛成した。ローズは運転しなくていいのだから、もっとワインを飲んで、音楽を楽しむというのはどうだといわれたからだ。

「きみを送っていく必要があるなら、ぼくは飲まない。もし帰らなくてもいいのなら、客室もあるし」

なかなか如才ない誘いかただ、とローズは思った。いろいろな選択肢を残した口説きかただ。

ニックは家に入ると、たいていの人が彼よりも寒さに弱いことを知っているので、ヒーターのスイッチを入れた。ローズをソファにすわらせると、ニックは冷蔵庫からワインを取ってきた。ローズはソファの背にもたれ、ベートーヴェンに聞きいった。

「ありがとう」冷たいワインで曇ったグラスを取りあげ、きりきりに冷えたシャブリをすすった。「おいしい。わたしの好みのタイプだわ」これって古典的な誘惑シーンなんだろうか、とローズは皮肉な気持で考えた。もしそうなら、ニックは失望することになる。石炭に見せかけた電気ヒーターの炎が、本物の石炭が燃えているよりももっとそれらしくちらちらしている。ムード満点というところだ。

先ほどニックが新聞の山をとりのけた、かたわらの小さなテーブルにグラスを置く。もう一度ソファの背にもたれようとしたとき、ローズは尻になにかがあたるのに気づいた。ソファの側面とクッションのあいだを探ると、ハードカバーの本が一冊出てきた。小説だ。それも最近出版されたばかりの新刊本だ。ローズもこの本の書評を読んでいた。ニックは小説は読まないといっていたのに。持ち前の好奇心から、ローズはカバーの袖を読もうと本を開いた。とたんに〝ジェニーへ、先週末のお礼に〟という手書きの献辞が目にとびこんできた。顔がかあっと熱くなり、ローズはあわてて本を閉じたが、ニックにみつかってしまった。

「説明できるよ」ニックはいった。

「そんな必要はないわ。わたしには関係のないことだから」

だがニックはローズが内心では説明を聞きたがっていると思いこんだ。立ちあがり、ジーンズの尻のポケットに片手を突っこむと、ローズのほうを見ないように、背を向けて歩きだした。もう一方の手で髪をかきあげる。

ニックのうなじに髪がかかっている、そのヘアスタイルが好きだとローズは思い、そんな観察をしている自分に驚いた。自分とニックのあいだに、もはやどんなつながりも存在していないことがよくわかったからだ。

「彼女はここに何度か来た。別れてからのことだけど」

「ニック、ほんとに聞きたくないの」

「どういうことはなかったんだよ。彼女は食事を作ってくれたんだ。かつて、ぼくが期待していたのに、そうしなかった埋め合わせをするためにね」

「ニック、もうおいとまするわ。送ってくれなくてだいじょうぶよ。ひとりで帰るから」ニックは嘘をついている、とローズは思った。わたしの目をまっすぐに見て、なおかつ嘘をついている。ジェニーとの関係は終わっていなかったのだ。ジェニーが食事を作るためだけにこの家に来ていたとは、これっぽっちも信じられない。以前は料理などしなかったというのなら、なおさらだ。それに、もしニックがずっとジェニーと会っていたのなら、彼の容疑は濃くなるのか、それとも薄くなるのか？

「帰らないでくれ。楽しくすごせると思ってたのに」

「いえ、帰らなくては。しなくちゃいけないことがあるし」ローズはレインコートを取りあげ、きっぱりした態度でバッグをつかんだ。「ランチをごちそうさま」

「ローズ？」

「さよなら、ニック」ローズはなんとか微笑しようとしたが、顔がこわばっているのがわかった。

急ぎ足で歩きながら、ローズはまだ早い時間、三時を少し過ぎたぐらいの時間だというのはラッキーだと思った。いまなら列車かバスかどちらかで帰れる。どのバス停にも待っている者がひとりもいないので、バス停をどんどん通りすぎて、ローズはマラコフ通りに向かった。そこにはバスステーションがあり、隣には鉄道の駅がある。鉄道は単線で、ペンザンス―セント・アイヴス間を、同じ列車が往復するのだ。遠くに、海岸沿いを走っている列車がこちらに向かってくるのが見えた。ローズは坂道をくだり、駐車場を横切って駅に行った。

列車が到着すると、ローズは乗りこんで、座席にすわり、ほてった顔をガラス窓に押しつけた。ガラス窓が息で曇る。他の乗客はカップルがひと組だけだった。やがて列車はがたごとと動きだした。二十分もたたないうちに、ペンザンスにもどれる。

午前中、トゥルーローでけっこう歩いたのだが、ローズには新鮮な空気が必要だった。ペンザンスの駅から波止場沿いの道路に出て、プロムナードを歩きはじめる。しかし、途中で気が変わり、街の中心部に行ってバリーに会うことにした。彼の正直さ、堅実さが恋しかったからだが、一方で、自分が彼を利用しようとしていることも自覚していた。何年にもわたって、バリーは友人ならではのやりかたで、ローズに自信をもたせようとしてくれてきた。話を聞いてもらいたいときに聞いてくれる友人でもある。いまのローズにはそういう友人が必要だった。

バリーはローズを見て喜んだが、彼女のようすに心配そうな表情も見せた。「なんだかやつれてるんじゃないかい？」

ローズは安心させるようにほほえんでみせた。「あら、元気よ。あのね、いつもの土曜日のように、あなたに飲みものをおごってもらうことにしたの」

「それはどうもご親切に」バリーは親指でメガネを押しあげた。鼻のつけ根の両脇に赤い跡がついていた。

バリーが店を閉め、売り上げをレジにしまうまで、四十分ほどローズは待った。外に出ると、バリーはドアをロックしてから、一度押してロックがかかったどうかを確認し、五、六歩あるいてから、またもどって、ふたたびロックをチェックした。ローズは頭を振ってそれを見ていた。バリーのいつもの儀式なのだ。一度など、夜にローズの家に来たとき、エール錠の下に取りつけてある安全装置つきのチャブ錠をかけたかどうか、どうしても思い出せず、急いでチェックしに帰ったことがあるぐらいだ。

ふたりはコーズウェイヘッド通りの《ロンドン・イン》に行った。奥のバーにおちつくと、ローズはグラスのワインをひと息に飲みほした。顔が赤くなった。外は暗いが、まだ開いている商店もある。曇ったガラス窓越しに、通りを行き来する人々の影が見える。

「わたしって、とてもおめでたい人間みたいな気がしてきた」ローズはいった。

バリーはローズの顔をじっとみつめた。「おめでたい、というのはあたってないと思うけどね、ローズ。タクシーを呼んだほうがいいかい？」

「いいえ」ローズはふいにまじめな顔になった。「まだ帰りたくないわ」あの家に住んできた長い年月のあいだに、帰りたくない気持になったことなど、いまだかつてなかった。あの家には幸福な思い出しか詰まっていないのだ。

バリーはローズの頬をなでた。親類のおじさんのようなしぐさだった。「どうしたんだね、ローズ？」

「ひとつには、わたしが疑われてるから。家にもどったら、また同じ質問に答えなくてはいけない。ジャックはわたしがジェニーともうひとりの女性を殺したと考えてる」

「彼はそんなこと考えちゃいないし、あんただってそれぐらいわかってるはずだ。ほんとうに気にかかってるのはそのことじゃないだろ？」

「そうなの。あなたのいうとおり。わたし、自分がなにに係わってしまったのか、わからなくて。それに、友人たちがあやしいとわかって、胸が痛むのよ。あのなかの誰かがジェニーを殺したのなら、それをいわなくてはいけない気がする」

「警察にわからないのに、どうしてきみにわかるんだい？」

「知ってるから。でも、論理的にではない。それにニックのこともあるし」

「ああ。そうか、ニックね」バリーはしげしげとグラスの中身をみつめ、ニックが少しでも苦しい思いをすればいいのだが、と情け容赦のない希望をいだいた。

「もう終わったわ。どっちにしても、たいしたつきあいじゃなかった。もう二度と彼には会わないつもり」

バリーが思わずうかべた少年のような笑みを見て、彼がいろいろな噂をどう受けとめていたか、ローズには手に取るようにわかった。「次の一杯、わたしにおごらせてね」ローズは自分のグラスを手に立ちあがった。

遅まきながら、バリーはローズのペールブルーのドレスに気づいた。ロンドンでそれを買い、いっしょに夕食に出るときに着ていた。いままた、そのドレスを着て、上気した顔のローズはとてもきれいだ。

「あと一杯飲んだら、帰るんだよ。ここにいるあいだにタクシーを呼んでおくから」

タクシーは二十分後に迎えにきた。それに乗って家に帰ったローズが、勝手口のドアの鍵を開けていると、電話が鳴る音が聞こえた。留守電装置が応答する直前に、ローズは受話器を取った。

「ぼくだ。ニックです。何度か電話をかけたんだけど、メッセージは残したくなかったもので。今日は失礼なまねをしてしまった。許してほしい。ジェニーのことだけど、あれは――」

「やめて、ニック。もうジェニーのことは聞きたくないの」

「明日、会えるかな？」

「いいえ」

「だけど、ステラのパーティには行くんだろう？」

「行かない理由はないわね」あなたと同じように、わたしだってはぐらかせるのよ、とローズは思った。

「よかった。それじゃ明日」

「ニック、もう電話をしてほしくないの。これ以上、人生を複雑にしたくないから。それじゃ、さよなら」ニックに異議をとなえる間も与えず、ローズは受話器を置いた。

次の朝、ローズはキッチンテーブルについてコーヒーをすすりながら、トーストをかじっていた。今日は十二月の二十三日。ステラのパーティの当日だ。コーヒーはなんだか妙な味で、なかなか喉を通らない。午前のなかほどまで、頭がずきずきと痛み、なにをするのも億劫《おっくう》だった。手足が重く、立っているのもやっとで、ローズは断りの電話をいれようと、ステラの番号をダイアルした。パーティに出られる体調ではなかったのだ。アスピリンを二錠のみ、水さしにフルーツジュースをいっぱいに入れ、ローズは湯たんぽとともにベッドにもぐりこんだ。その日は昼も夜も、ローズはベッドですごし、アスピリンのせいで汗をかいていた。体調が悪いといったのをニックが彼を避けるための口実だと思おうが、どうしようが、かまったことではない気分だった。

体が弱り、すわって本を読むぐらいしかできず、ローズは惨憺《さんたん》たるクリスマスイヴをすごした。ローラが電話してきて、そっちに行って元気づけてあげようかといってくれたが、ローズはひとりでいるほうがいいし、家族全員が集まっているときにローラに風邪をうつすわけにはいかない、といって断った。

幸いなことに症状は軽くてすみ、クリスマスの朝には、ずっとぐあいがよくなっていた。ゆっくりと朝食をとったあと、大型のクロスワードの本を相手にのんびりすごしていると、二度、電話がかかってきた。プレゼントのペン立てを喜んでいるバリーと、イヤリングのお礼をいってきたローラからだった。

「そっちはずいぶんにぎやかね」ローラの電話のバックグラウンドに、大勢の笑い声や、男たちの声や、興奮してかん高い声をあげている子どもたちの声がまじっていた。

「そうなんだよ。あ、もう切らなくちゃ。誰かが呼んでるんだ。ありがとうね、ローズ。クリスマスおめでとう！」ローラはそういって電話を切った。

午後になると、ローズはシャンパンの栓を抜き、一時間後にはスモークドサーモンと、調理してあったチキンとサラダでランチにした。ローズの大好きな簡単な食事で、しかも皿を洗う手間もほとんどない。デザートには、豆を挽いてドリップしたコーヒーと、バリーのプレゼントのハンドメイドのチョコレート。この不器用な包みかたの箱はなんだろうと思いながら、開けた中身がそのチョコレートだったのだ。残りのプレゼントはランチのあとのお楽しみにとってある。

母親からは金の糸の縁取りのある赤褐色の美しいショール、父親からはいつものように小切手だ。父親は中年になった娘になにを贈ればいいのかわからず、いつも小切手ですませてしまう。両親から別々にプレゼントが届くのもいつものことだった。

「信じられない」ローズはくびを振った。ローラのプレゼントはやはりイヤリングで、しかも、ローズがローラに贈ったものとてもよく似ていたのだ。琥珀色の石のはまった銀細工で、地元の職人の作品だ。ローズとローラの好みはほんとうによく似ている。

新刊本を一冊と、最後のシャンパン一杯とを手に、ローズはソファにくつろいだ。一日じゅうひとりですごしたが、決して苦痛ではなかった。じっさい、ローズは心からそれを楽しんだのだ。

ボクシングデイの午前中、マディ・デュークは二階にあるキッチンで、忙しくすごしていた。クリスマス休暇もなく仕事に追われているはずの警察のことをちらと考えたが、一年のこの季節では、他人の悲劇など二の次あつかいされるだろうと思った。マディは今日の午後にそなえて前もって準備を進めてきた。まるでジェニー・マンダーズが存在しなかったかのように。準備がととのうと、マディはグリーンのベルベットのドレスに着替えた。チャリティショップでみつけたドレスだ。子どものパーティドレスのようなレースの襟がついているが、それがマディにはよく似合う。髪をほどき、静電気が起こるほど何度もブラッシングしてから、編み上げブーツをはき、そわそわしながら客がやってくるのを待った。

客はいちどきに全員がやってきたような感じがしたが、みんながいろいろな疑惑を一時的に棚上げして、楽しそうにさんざめいているのを見ると、マディはうれしかった。

「来てくれてよかった」マディはローズの頬にキスしてそういった。そのことばを裏づけるように目が輝いている。ローズは、マディが長いあいだ封印してきたさまざまな苦悩をすべて吐きださせてくれたひとだ。「こちらはピーター・ドースン」マディは多少誇らしげに紹介した。「すばらしいお仕事をなさってますね」ローズはいった。そのことばに嘘はないが、ローズ自身はピーターが描く抽象画よりも、具象画のほうが好きだ。

「ありがとう。あなたもなかなかの腕だとうかがってますよ」ローズはなにも期待していなかったが、まさか、五十代なかばの都会風の男からお世辞をいわれるとは思いもしなかった。

「もっとも、わたしはまだあなたの作品を拝見したことはありませんがね」

そのうちに目に留まるでしょうよ、とローズは口にはださなかったが胸の内でつぶやいた。マディはニックが彼女の安定した交際相手にはならないと見切りをつけ、このピーターに乗り換えたのだろうか――それならいいのだが、とローズは思う。

「ジェニーはパーティが大好きだった」マディは思わずそういってしまい、そんなことをいうつもりはなかったために、これまた思わず顔を赤らめてしまった。ジェニーの名前をもちだすのにふさわしい場ではない。

ローズが目をあげると、ちょうどステラとなにか話しながら部屋に入ってきたニックの姿が見えた。

ニックはローズのいるほうに笑顔を向け、ステラになにかいうと、ローズに近づいてきた。

「ぐあいはよくなった?」

「ええ、ありがとう。ゆっくり休養したらよくなったわ」

「そこにいたの、ローズ。とてもきれいね」ステラが割りこんできた。

「ありがとう」ローズはベルベットのスカートとやわらかい生地のブラウスというかっこうだが、着飾りすぎではないといいと思いつつ、この取り合わせを選んだのだ。もちろん、ステラは別だ。彼女にかなう者は誰もいない。今日のステラは黒いサテンのパンツスーツと、細い腰にゆるく巻いたチェーンベルト、そしてたくさんの大きな模造宝石、といういでたちだ。

「いろいろなことがあったんですもの、あなたがダウンしてしまうのも無理はないわね。疲れたんでしょ。それに警察。いまはなにもいってこないの？」ステラは訊いた。

「ええ。なぜほかをあたらないのかしらね」

「正直にいうとね、ローズ、それにはちゃんと理由があるんだと思うわ。だって、あの不運な女性のもとに警察を導いたのは、あなただったじゃない。あら、失礼、あのひとにあいさつしてこなきゃ」

ローズはステラが部屋の奥の、ローズの知らないカップルのほうに向かっていくのを見送った。もう手遅れながらも、ステラは自分がミスをおかしたことに気づき、ローズもまたそれに気づいたことを知ったのだ。

「ニック、廃鉱でわたしがばかみたいな騒ぎを起こしたこと、ステラに話した？」結果的にあの件が知れ渡ることになるのは覚悟していたが、ある考えが頭にうかび、ステラがあの件をいつ知ったのか、ぜひとも確かめたくなった。

「いいや。話す理由もなかったし。なぜだい？」

「ちょっと不思議に思っただけ」

このささやかなやりとりを、マディもまた興味深く見守っていた。彼女自身に絵を描く才能はないが、それでも、芸術全般や、その表現形態には純粋な関心をもっている。ニックとの心のいきちがいに当惑し、そのあとローズとのあいだに起こったことで、マディは愛していると思いこんでいた男を別の光のもとで見直しはじめていた。「エンジンハウスの絵は完成したんですって？　見たいわあ」

「だったら、うちにいらっしゃいな」

「ほんとにいいの？　ありがとう」

ピーター・ドースンは先ほどからその場を動かずにいた。このふたりの女性に魅せられていたのだ。このふたりはなんらかの秘密を共有しあっているように思える。

「もう一枚、同じ絵を描いたら、どんな絵になるのかしらね？」マディは訊いた。

ローズはマディの理解力のなさに眉をひそめた。

「いま描いたら、ってことよ。あんなことがあったあとで。あの件で、あの場所を見る目が変わったんじゃない？　芸術家がある場所を見るとき、そこが現実にはどんなふうに見えているのか、ほかからの刺激がどれぐらい影響するのか、そういうのってどうなのかなあと思って」

おもしろい指摘だ。「そのときの気のもちようが作品に影響するとは思う。二度同じ風景を描いたら、前とはちがう趣《おもむき》が出てくるかもしれない。一枚目は幸福な気持で描き、もう一枚は抑鬱された気持で描いたら、ね。それはなによりも、色づかいになって表われると思うわ」

ローズはいった。

いま、わたしが知っていることを脳裏にうかべながら見たら、あの風景はこの目にどう映るだろう、とローズは考えた。「いいアイディアだわ、マディ。前とはちがう構図になると思うけど、もう一枚描いてみようかしら。明日にでもさっそく試してみる」

この会話を聞いている人々、聞いていない人々のことをしっかり頭に刻みながら、ローズはこれでなにが進行しているのか、突き止められるかもしれないと思った。しかし、それはそれとして、なかなかいいアイディアだ。反対側からの眺め。バックに、空にそびえるエンジンハウスではなく、山々を配して描けば、まったく印象の異なる絵になるだろう。

ジャックの忠告をかえりみることなく、ローズは危険に身をさらすことになるかもしれない考えに夢中になった。自分のことをよく思っていない人物がこの部屋にいるのならば、その人物に自分を永久に排除する絶好のチャンスを与えることになるという可能性も充分、承知のうえで。

パーティがそろそろ下火になりかけたころ、ローズが五時に予約しておいたタクシーがやってきた。料理は食べつくされ、酒も大量に飲みほされ、会話もとどこおりがちになっていた。スタミナがあるのは、ローズのようにクリスマスを静かにすごした数人だけだ。だがローズは社交はもうたくさんだという気になり、帰ることにした。そして、マディにパーティのお礼を述べ、別れのあいさつをした。

運転手と世間話をしたほうが楽しいので、ローズは助手席に乗りこみながら、自分は臆病者だとつくづく思った。ニックとふつうどおりにつきあおうと思いながらも、けっきょく、彼を避けてしまったからだ。

有名な、いやあるいは無名かもしれないが、ピーター・ドースンに会ったことをローズが運転手にいうと、運転手は感銘を受けたようだ。

「なんだか隠者みたいに引っこんで暮らしてるんだってね」運転手はいった。

「確かに世捨て人みたいな暮らしをしてるみたいだけど、ときどき世間に顔をだしてるわよ。わたしが開く大晦日《おおみそか》のパーティにも来てくれることになってる」

「おれたちゃ世間を移動して暮らしてるがね。ところで、まっすぐお宅まで？」

「ええ。そういわなかったっけ？」

「いわなかったんだなあ、これが。あたしゃ読心術は使えないからね。ところで、あの殺された若い女、知ってたんだって？」

「ええ」

「ひどいことだったねえ、ローズ」

それ以後は、ローズの家の前にたどりつくまで会話はなかった。運転手がジェニーの話をもちださなければよかったのにと、ローズはちょっと恨めしく思った。

家は暖かく迎えてくれ、パーティの喧騒のあとでは、静けさがなによりうれしかった。留守番電話のランプはともったままだ。メッセージはひとつもない。

ローズは蹴るようにしてハイヒールをぬぐと、テレビをつけた。一時間ほどテレビを観て、頭をからっぽにするのが好ましく思われたからだ。テレビに目を向け、ソファの端に腰をおろし、脚をあげて横ずわりする。しかし、後日、そのときテレビでどういう番組をやっていたか、ローズは思い出せなかった。思い出せるのは、ジェニーと友人たちのことで頭がいっぱいだった、という事実だけだ。

パーティの席上で、ローズがもう一度廃鉱に行くつもりだといったとき、ステラも、ダニエルも、ニックも、マディも、ピーター・ドースンもそれを聞いていた。もっとも、自分にそんな度胸があるかどうか、それは疑問だ。それ以上に、またセント・アイヴスに行き、胸の奥に巣くっている疑問を口にする度胸があるかどうか？

それにしても、いったいどこから始めればいいのだろう？　セント・アイヴスに住み、地元の住人全員と、彼らの仕事をよく知っていると考えられる人物、ドリーン・クラークに匹敵するような事情通を、残念ながらローズは知らない。こうなれば、すべてを見ているのに、ほとんどなにも語らないマディをたよるしかないようだ。

ジャック・ピアース警部は、上司の主任警部および警視と相談した結果、ジャックの仮説は試してみるだけの価値がある、という結論を得た。法医学的検査はまだ続行中で、あと数日で結果が出るとはとうてい思えない。それにいまはロンドンの首都警察も巻きこんでいる。消去していく作業には、確固とした証拠が重要なため、首都警察が大いに助けになるからだ。

クリスマス休暇の期間、白骨死体担当の鑑識および法医学班は、それぞれの研究室で仕事にかかりきっていた。この作業には時間がかかるのだが、鑑定結果が正確でないと意味がない。

今日は十二月二十七日。ローズのパーティまであと四日しかない。そのころまでには、かかえているふたつの事件のうち、少なくとも一件は解決していて、パーティに出席できるだろうと、いささか楽天的に自分にいいきかせていた。

いまやジャックの望みは法医学的証拠にかかっているのだが、そのためには時間がかかることも承知していた。

すでにいくつかの署から、白骨死体の身元に該当する失踪人は見あたらない、というファクスが届いているが、まだ多くの署で調査がつづいている。容疑者たちを再尋問したものの、成果はほとんどあがらず、ダニエル・ライトがジェニーと関係していたことと、ダニエルの妻はそれを知っていたことぐらいが目新しい事実だった。それぞれに事情を聞いた結果、各人ともそれを認めた。不倫関係はしばらくつづいたという。となると、各人に動機があるのだが、ジャックの見解では、ステラなら嫉妬のあまり正気を失い、即座に行動を起こしたというほうが妥当だし、ダニエル・ライトが不倫の発覚を恐れて犯行におよんだとするなら、わざわざ妻に白状するわけはない。とはいえ、感情というものは、ときとして、胸の奥底でぐつぐつと煮えたぎり、やがてついに爆発するということがあるものだ。

ローズの見解はまちがっていたようだ、とジャックは思う。オープニングパーティのあと、ステラとダニエルはずっといっしょにいたと供述しているからだ。ジャックとしては、このふたりが犯人であってほしくなかった。ニック・パスコウこそ犯人であってほしかった。というのも、彼がもっともあやしいし、また、そう認めるのはやぶさかではないが、ジャックの個人的な理由もあるからだ。それにしても、白骨死体の女性の問題がある。その件までニック・パスコウに結びつけることはできない。ジャックはそれを認め、有力な証拠がないことを呪った。

「よし、やろう」毎朝そうしているように、居間の窓ぎわに立ち、ローズは声にだしてそういった。天気によってその日の行動を決め、四の五のいわずに前に進む。それがローズのやりかただ。だが今回は覚悟しよう、とローズは思った。誰が自分を脅そうとしているか、ほぼ見当がついているし、もし仮説が正しければ、それはジェニーを殺した犯人ではありえない。とすれば、ローズがほんとうに危険なめにあう可能性も低い。

雲ひとつない青い空がかなたまで広がり、マウント湾の海面はきらきらと輝いている。漁師たちが大勢、沖合いに船を出していく。クリスマス直前に上陸していながら、今日のような晴天となると、陸地でぐずぐずしている余裕はないのだ。

揺るぎない決意をもって、ローズは絵の道具を持って家を出た。ジーンズにスウェットシャツ、それに、冷たい空気を遮断する袖なしの防寒着《ボディウォーマー》を着こんでいる。車の後部座席には、いつもワックス加工の防水ジャケットを置いてある。ローズはパレットを高く持ち、体を前にのりだしがちなので、風で前に吹き流されないように、髪はうしろできちっと束ねてある。ローズは誰かが先回りしているだろうかと思いながら、車を廃鉱に向けて走らせた。

車を駐《と》め、外に出る。人っ子ひとり見えないし、なにも変わったところはないようだが、ローズはなんとなく異状を感じた。冬の低い陽ざしをさえぎるために、額に小手をかざしてエンジンハウスの周囲を歩きまわりながら、絵の構図を考える。うしろをちらりとふり向き、必要とあらば急いでもどれるように、車との距離を測っておく。車のドアはロックしていない。あわててキーを出さなくてもいいようにしてあるのだ。

たくさんの岩が奇妙な影を落としているが、影は怖くない。ローズはスケッチブックと芯のやわらかいえんぴつを取りだし、線描を始めた。四十分ほどはなにごともなくすぎた。一度だけ下草がかさこそ音をたてて、ローズの集中力を破ったが、音の度合いからいって、野生生物がたてた音にちがいなかった。ならば、なぜ自分は急に怖くなったのだろう？　ローズは自問した。うなじがそそけだつ。ゆっくりと顔を動かす。

荒野と岩とワラビの茂み、そして空を舞う一羽のカラス以外、なにも見えない。誰かが近づいてくる足音が聞こえたのだろうか？　ローズがここにいることを知っている者は数人いるし、その人々は彼女になにか起こったときに、どこを捜せばいいか知っている。だが、彼らが悪意をもっていれば、もう手遅れだ。ここに来るとは、なんと愚かだったことか。深く息を吹いこみながら、ローズは気持をおちつかせた。危険が迫っているのなら、動揺している場合ではない。覚悟を決めて対処しなければならない。冬の陽ざしはますます低くなり、目を細くせばめなければならなくなった。もう帰ったほうがいい。ローズは立ちあがり、体を伸ばした。思っていたより時間がたっている。もうなにも起こらないだろう。

「ローズ？」声が響き、冷たい空気が揺らいだ。

「うわっ！」ローズは凍りついた。体がこわばり、筋肉という筋肉が緊張した。身動きができず、ローズはヒステリーを起こしそうになった。と、突然に骨や筋肉が鋼《はがね》からブラマンジュに変わったかのように、手足から力が抜けていった。血管をアドレナリンが駆けめぐり、動けと指示をだしてくる。口はからからに乾き、心臓は早鐘を打っている。ローズは持ち物をひっつかむと、車めがけてダッシュした。持ち物をひっつかんだま、両手をやみくもに振りまわしながら。

ざわっと音がして、ローズは腕をつかまれた。思わず悲鳴をあげる。今回はほかならぬローズ自身の悲鳴が響きわたった。

「おいおい、ちょっと！　そんな悲鳴をあげなくたって」

ピーター・ドースンだとわかるまで、数秒かかった。悲鳴に驚いたのか、うしろに跳びすさっていて、いまはローズから一ヤードかそこいら離れたところにいる。まるで狂人を見るような目でローズをみつめている。いや、あの一瞬、確かに自分は狂人だったとローズは内心で認めた。

この男はどうしてここにいるのだ？　しかし、マディのパーティで紹介されるまで、ローズはピーターとは面識がなかったのだから、前にローズを脅そうとしたのは彼ではありえない。あのときまで、ピーターはローズの名さえ知らなかっただろう。ローズはエスコートもなしにひとりでパーティに行ったのは、まったく愚かだったと自覚した。もう一度、深く息を吸う。心臓の鼓動の音がピーターにも聞こえているにちがいない。

「やれやれ、なにがそんなに怖かったのかな？」ピーターは芥子《からし》色のコーデュロイのジャケットを着ていた。腕を組んでいるので、肘のあたりの細い畝《うね》のコーデュロイがすりきれているのがわかる。

ローズはくびを横に振った。恐怖のあまり声もでない。

「気持をおちつかせるために、少し歩くかい？　それともすわったほうがいい？」

「すわるわ」ローズはなんとか声を絞りだした。

「腕を取らせてもらうよ」今度はピーターは最初にそういった。やさしいタッチでローズの腕を軽くつかみ、腰かけるのに適した、表面がなめらかな岩まで彼女を連れていった。「いったいどうしたんだい？　呼びかけたとたん、あなたは悪魔に追われているかのように、猛然と逃げ出した」

「あなたのせいよ。あなたの姿なんてぜんぜん見えなかった。腰が抜けそうになるほど、怖かった」ローズはまだ、頭のてっぺんから爪先まで震えていた。

「まだ話ができる状態じゃないね。パブをみつけて、酒かコーヒーか、あなたが飲みたいものをわたしがおごる、っていうのはどうかな？」

「ありがとう」ピーターの提案はいい考えのように思えた。パブなら、少なくとも周囲に人がいるところにいられる。そう思ったとき、ローズはふいにあることを思いついた。「どうやってここに？　どっちから来たの？」

「もちろん、車で。ほかにどうやってここまで来るというんだい？　あっちに別の道があるんだ」ピーターは指をさして教えた。ローズはその方向を眺めたが、暗い陰しか見えず、ピーターの姿に気づかなかったのも無理はないとわかった。「あなたにここに来るのはやめたほうがいいといおうと思って、まずあなたの家に行ったんだ。わたしは世情にうといほうかもしれないが、それでも、なにが起こっているかは耳に入ってくる。わざわざ危険を冒すなんてばかげてるよ。それであなたに考えなおしてほしかったんだ」

あたりを見まわしているローズの当惑を察して、ピーターは説明した。「車は向こうに駐めてある。道路からエンジンハウスが見えるのは知ってるけど、車でそこまで行ける道があるかどうかは知らなかったんでね。安全を考慮して、柵で囲ってあるんじゃないかと思ってた。とにかく、わたしについてくるといい。ゆっくり行くから。オーケー？」

ピーターはローズを彼女の車まで連れていってから、どこかに駐めてあるという彼の車のほうにもどっていった。ここから離れた場所に駐めたということであれば、ローズに車のエンジン音が聞こえなかった説明もつく。しかし、ローズの本能はずっと鋭敏に働いていた。あの場に誰かがいたのは、本能が教えてくれた。その思いを嚙みしめ、ローズは機械的に運転しながら、ピーターの車のあとをついていった。

セント・アイヴス・ジャンクションにさしかかり、ローズは当然そちらに曲がるものと思ったが、ピーターの車はまっすぐに進んでいった。まあ、いいか、とローズは思った。自宅に近いほうが彼女としては助かる。クリスマスのあと、新年の前、というこの中間期の道路には、ほとんど車が走っていない。対向車線を家畜運搬トラックが走ってきたが、ますます低くなる陽ざしを避けて、運転席のヴァイザーが下げてある。遠くの空には、早くも夕暮れどきを告げる紫色の雲が点々と浮かびはじめている。もう少しスピードがだせるぐらいに気力が回復してきたのはわかっていたが、ローズは前をいくピーターの車との距離をきちんと守った。

ペンザンスに入ると、ピーターは海に面した駐車場で車を駐めた。カップルや家族連れがぞろ歩き、子どもたちが新品の自転車やローラーブレードを乗りまわしている。潮が満ちてきて、岸壁を波がたたきはじめている。波頭のしぶきが手すりを越えて降りかかってくる。ローズは車のドアをロックしてから、胸いっぱいに深呼吸して、まだ残っていた恐怖を追い出した。肺を満たす冷たくて新鮮な空気をありがたく思えるほど気持もおちついた。

「《ネイヴィーズ》が開いてる」ピーターは左右を確認してから、ローズの腕を取って道路を渡った。「わたしはソフトドリンクにするけど、あなたにはもっと強い飲みものが必要だな。車はあそこに置いておけばいい」

風が強くなってきた。ローズはぶるっと身震いし、泣きだしてしまうのではないかと心配になった。やさしくされると泣きたくなってしまうことがときどきあるのだ。角を曲がると、〈週日営業・パブ料理あり〉の看板が見えた。前にジャックと食事をしたことがある。一人前の量がたっぷりしている店だ。

カウンターには顔見知りが何人もいたが、ローズはちょっとしたおしゃべりができる状態にはないため、隅のテーブル席についた。テープの音楽が流れているので、会話を盗み聞きされる心配はない。ローズは、ピーターが彼女に相談もなく注文した、かなり量の多いブランディをありがたく受け容《い》れた。

「もうだいじょうぶだ。ところで、いったいあそこでなにがあったんだい?」

ローズはすべてを話した。これまで何度か同じ話をしているせいで、いささかうんざりしていたが、はしょったりせずに正確に再現して聞かせた。

ピーターはあごをなでながら考えこんでいた。「うーん。同じ話をあちこちで聞いたけど、これほど簡潔ではなかったな。わたしが不思議なのは、警察があそこでなにを発見したか知っていながら、なぜあなたがまた行く気になったかということだ。それにしても、ローズ、身元のわからない被害者を殺した犯人が誰であれ、今日、あそこに犯人がいたはずはないよ、そうだろ？　そりゃあ、あのあたりを嗅ぎまわられたくないかもしれないだろうけど」

「嗅ぎまわったりしてないわ」

「うん。とはいえ、甘く見てたんじゃないかな。犯人はあそこにはぜったい注意を惹きたくなかったはずだ。いや、さっきの話は忘れてくれ。被害者が廃坑の中にいるなんて誰も知らなかったんだし、あなたは絵を描いていただけで、嗅ぎまわったわけじゃない」ピーターはまたもやあごをなでた。「とすると、なにか別の理由があるはずだ」

「警察はそう思ってないけど」

「警察は万能じゃないよ、ローズ。あなたの考えを聞かせてくれないか？」

「わたしも同じことをいいたいわ、ピーター。どうしてあそこに来たのか、正直にいって」

「わたしは正直にいったよ。きのう、マディのパーティであなたがいったことを聞いた。あの場にいた者全員に自分がどこに行くか、それを知らせるのが目的みたいに聞こえた。あなたが帰ってから、わたしはいろいろな話を耳にした。ふたつの不可解な殺人事件の話、悲鳴を聞いた中年の女性――こういってもいいなら、とてもその年齢には見えない女性――がまた同じ場所に行き、危険に身をさらそうとしている話をね。まあ、それはそれとして、わたしは本能的に、この女性とは、マディ・デュークとなにかの秘密を共有しているように思える、あの女性ではないかと思った。つまり、あなたのことだ。わたしはあなたの身が心配になった。そういうことだ。わたしの知っているかぎり、ほかにあなたのことを心配している者はいないようだし。それに、聞くところによると、あなたはトラブルにはまりこむ名人だとか。こんな説明でいいかい？」

「その説明で満足すべきなんでしょうけど、あなたがなにかを気にするなんて、思いもしなかった」そういってしまってから、ローズはくちびるを噛んだ。「ごめんなさい。とても失礼なことをいったわ」

「それこそショックだなあ。だけど失礼だとは思わないよ。確かに率直きわまりないし、好奇心旺盛すぎる感はあるけど、失礼なんてことはない」ピーターはグループフレーツジュースをすすり、顔をしかめた。テーブルに片方の肘をついて、その手にあごをのせ、ローズの横顔をしげしげとみつめる。

ローズはピーターが穿鑿《せんさく》の目でみつめているのに気づき、初めてデートをしている少女のような気分になった。「二杯目はわたしにおごらせてね」ピーターのまなざしと、それによって引き起こされた感情から逃れたくて、ローズはきっぱりとそういった。

「いや、いらない。ほんとうに。でもあなたはどうぞ。わたしは家に帰ってから、本物の飲みものの味を楽しむよ」

「だったら、そろそろ帰るわ。一杯で頭がくらくらしてるみたい」

「歩いて帰るつもりじゃないんなら、送っていくよ」

「ありがとう。助かるわ」

ピーターは廃坑で発見された女性とちょうど同じぐらいの年齢だし、ジェニーと友人以上のつきあいをしていたとしても驚くにはあたらない。ただの印象にすぎないが、ピーター・ドースンは、ローズの父親なら〈もてる男〉といいそうな、なにかがある男だ。カリスマ性と性的魅力を合わせもっている。彼には似合わないかもしれないが、外向きの無頓着な顔の下に、暖かい人柄が隠れているのを感じる。ローズは彼がどんな話をするのか、興味をもっている自分に気づいた。

「あなたとニックは真剣につきあってるのかな?」駐めてある車にもどる途中で、ピーターは訊いた。

「真剣なつきあいといえるような関係はまったくないわ」ローズはむっつりと答えた。

「ほう」

「ほう、とは?」

「おもしろいなと思っただけだ。ローズ、わたしをおせっかいでばかな年寄りだと思わないでほしいが、ニックには気をつけたほうがいい」

「どういう点で?」

「ちょっといいにくいな。わたしは彼とは数年来のつきあいだ。彼には才能がある。一流の才能が。だが、芸術家らしい気まぐれなところもあるんだ」

「よろしくないふるまいをしたときに、よく使われる弁解のことばね」

ふたりは通りを横切ろうと縁石の上で待った。通りは両車線とも車の列がつづいている。

「そうかな? そんなこと、考えもしなかった。たぶん、自分で自分の悪癖を美化したいせいだろうな。わたしがいいたかったのは、彼は決して危険な人物ではない、ただ、おちついた生活ができない男だということなんだ。ジェニーとの仲がいちばん長つづきしたんじゃないかな」

「あなたは結婚してるの？　それともどなたかといっしょに暮らしてるの？」

「どっちもしてない。だけど、わたしは特別なんだ」そういって笑ったピーターは、ローズのシニカルな笑みに気づいた。「もちろん、誰だって自分は特別だと思いたいものだよね。だけど、わたしはわがままな人間でね。悪くとらないでほしいんだが、わたしが出会った女性たちはみんな、短い期間つきあっただけで、わたしに飽きてしまう。それはわたしのせいであって、女性たちのせいではない。わたしは孤独を楽しんでいるし、自分の仕事以外に頭を悩ませることがない暮らしが好きだ。気のおもむくままに、絵を描いたり、歩きまわったり、本を読んだり、食事をしたり、酒を飲んだりするのが好きだ。よほど並みはずれた女性でなければ、わたしのわがままにはつきあえないだろう、うん」まるでたったいま気づいたというように、ピーターは自分のことばにうなずいた。「そういうことだな。わたしは自分を変えられたくないし、他人の思惑で動かされるのは好きじゃない」

車の列が途絶えたので、ようやく道路を渡ることができた。ローズはピーターが失敗を重ねてきたために、ローズのためを思って、先回りして打ち明け話をしたのだろうと推測した。

「このところ、わたしも少しそういうふうになってるわ」

「連れあいを亡くされて、たいへんだったろうね」

「わたしの気持はことばにはできない。わたしたちは幸運だった。結婚生活はとてもうまくいったの。なんていうか、たがいに合ってたのね」

「子どもは？」

「いないけど、それは問題じゃなかったと思う。とにかく、いまは、わたしもひとりで楽しくやってる」ローズはほほえんだ。その微笑はピーターの共犯めいた微笑で報われた。「わたしが男性のことであなたと同じ問題をかかえているのは確かよ。決して多くはないけど、つきあった何人かは、わたしを束縛しようとしたがった。相手を所有したいのね。デイヴィッドはそうじゃなかった。わたしたちはできるかぎり、たがいにたがいの人生を尊重しあった」

「代わりになる相手がみつかるかなあ」

ピーターが車のドアを開け、ふたりは乗りこんだ。「ふつうの意味では、ニックは所有欲が強いわけじゃないよ」ピーターは話をつづけた。「彼はあなたが自由にふるまうことを許すだろうけど、あなたがどんなふうに〝自由〟を満喫しているか、知りたがるだろうね。意味がわかる？」

「ピーター」ローズはおちついたまなざしで彼をみつめた。「彼にジェニーを殺せたと思う？」

「そういう考えもちらと頭にうかんだよ。だけど、警察は彼を逮捕してない」

「警察はわたしのことも疑ってるわ」

「そう聞いてる」

「それが真実だとは思わないの？」

「わたしの判断がいつも絶対だとはかぎらないけどね、ローズ、もしあなたがジェニーを殺した犯人だとすれば、わたしは皇太后だといえるな」

「ありがとう」ローズはまぶたの裏に、安堵の涙がこみあげてくるのを感じた。

「さてと、そろそろ行ったほうがいいな。シートベルトを締めて」

「ニックのことだけど、あれ、どういう意味？　彼にはあまり所有欲がないということは別にして」

「あの男はむら気なんだ。独自の道を行くのが好きなんだよ。彼だけじゃない、人間というのはなんと身勝手なことか。ただし、彼は女が男と同等だということを信じていない。他人が思っていたよりもずっと強かったジェニーは特別だったが。もしあなたが彼の好きなようにさせたら、彼はあなたを感情的に干からびさせてしまうだろう」

「あなたは女と男は同等だと信じてるの？」ローズはニックよりもピーターの人となりに興味をもち、彼のことをもっと知りたくなっていた。

「信じるもなにもない。人間はみんな同等だよ。わたしは〝同等〟ということばを象徴的に使っている。それでなんらかの決断を迫られるようなものではない。わたしはそれを知っている。周囲を見まわしてみればいい。ある状況では、物事を取り仕切っているのは女性だし、他の場合では男が仕切る。わたしの両親は前者の完璧な見本だよ」

ローズはどんなふうに完璧なのか聞きたかったが、すでにニューリンに入り、ピーターは橋の上を通過するのに運転に専念していたので、気をそらしたくなくて黙っていた。ローズは家の前で車から降りた。ピーターはローズに家に招かれたいようなそぶりはこれっぽっちも見せなかった。

「気をつけて、ローズ」開いた窓越しにピーターはいった。そして名刺をローズに渡した。

「お近づきのしるしに」

「ありがとう」

家に入ると、ローズはなにか食べることにした。手早く簡単にできる料理にしようと、食材を調べてみる。ベーコン、トマト、それにガーリックをきかせたソースであえたパスタに決める。タマネギを炒《いた》めていると、その香ばしい匂いに口中に唾がわいてきて、ローズは初めて自分がどれほど空腹かを思い知った。炒めたタマネギを鍋に移しながら、ニックのことを考える。彼が気分屋であることは、すでにわかっていた。それをはっきり彼に思い知らせたら、いったいどういう反応が返ってくるだろう。彼は懸命に隠しているが、短気でもある。

ローズはベッドで横になり、風の音や、家がたてる、おなじみの音に聞きいっていた。階段のきしむ音、冷めていく暖房機の音、じきにワンサイクルが終わる洗濯機の音。

ベッドに入る前にマディと電話で話したおかげで、知りたかった情報を聞けた。それは思考の栄養となった。だが、いまのところは、大晦日《おおみそか》のパーティのことと、比喩ではなく、現実的な栄養となる料理のことを考えるべきだ。

10

「まいったな」ジャック・ピアース警部は壁に向かって顔をしかめた。彼がまいっているのは、ひとつにはローズを失うということであり、もうひとつは彼女とは連絡をとらないと個人的に決めたことにあった。規則書に彼女と話してはいけないなどと書いてあるわけではないが、ジャックの男としての美意識がそうすべきだといっているのだ。彼としては、悩んでいるローズのほうから彼に連絡してきて、肩にもたれかかってきてほしいのだ。しかし彼は、ローズがつむじまがりといってもいいほど頑固になれることを、すっかり忘れていた。

ジェニーの友人たちはそれぞれ彼女を殺す機会もあれば動機もあるといえるが、その動機が弱い。もしローズが関係していなかったなら、ジャックも自分のいつものやりかたで捜査を進めていただろう――それは恥ずかしながら認めざるをえない。なんといっても、そのように訓練されてきたからだ。もしなにか簡単な解決策がありさえすれば。手を焼いている部分をどう捜査すればわかればいいのだが。

鑑識および法医学班は根気づよく検査をつづけているし、それを急《せ》かすことはできない。急かすと、相手を怒らせてしまい、検査をもっと遅らせられてしまうことがままあるからだ。

こちらから連絡しないほうがいいと判断したジャックだったが、考えたあげく、その決意にそむいて、ローズに連絡をとってみることにした。今日は風が冷たいが、よく晴れている。ローズがちょうどよかったとばかりに応じてくるかもしれないので、ジャックはまず電話をかけた。彼女の説を聞いてみたい――彼には不確かな点でも彼女はなんらかの意見があるはずだ――と思ったのだが、けっきょく、留守電にメッセージを残すだけで満足しなければならなかった。

夕方近くに、新たな情報が舞いこんだ。首都警察から、キャンボーン署から事情聴取してほしいと要請のあった女性の件だが、彼女の居所が判明しないために、その女性をみつける努力をつづけるという連絡があったのだ。ジャックは失望よりも安堵感を覚えた。これはつまり、ジャックが正しい道筋を進んでいるという証《あかし》にほかならないからだ。

夜を静かにすごす必要があると思ったジャックが帰宅しようとしているところに、ローズから電話があった。ジャックは心が浮きたったが、それもローズの話を聞くまでの短いあいだだった。

「メッセージを聞いたわ。仕事なの、それとも個人的な用なの？」

「両方。今夜、なにか用事があるかい？」

「ええ。ローラが料理を作る手伝いに来てくれることになってる」

「料理？　ああ、そうか、パーティだね。じゃいい。べつにたいしたことじゃないから」

「ジャック、パーティに来る？」

「逮捕がさしせまっているのかと、遠回しに訊きたいのかい？」

「まあね、そうなの？」

「いや。だが、そう先のことじゃなければいいと願ってるよ」ジャックには、ローズが好奇心を燃やしているのが電話線を通して感じとれたし、彼女がいらだって眉間にしわを寄せている表情も目に見えるようだった。

「あなたもわたしと同じ線で考えているのかしらね？」

「ローズ……？」

「ごめんなさい、ジャック。もう切らなきゃ。ローラが来たの」


受話器を置いたとたん、ローズはニックが最近ジェニーに贈った本のことを思い出した。誰もがあのふたりの仲は終わったと思っていたあとでも、ふたりの関係がつづいていたことを、ジャックは知っているのだろうか？　もしローズがジャックにそれを話せば、ニックはローズが嫉妬のあまり唾棄《だき》すべきふるまいをしたと思うだろう。ローズはよく考えてみた。ニックはもうすでにみずからその話を警察に打ち明けたかもしれない。それならば、ジャックはローズのニックに対する友情とやらに疑いのまなざしを向けているだろう。ローズはもはやニックのことは問題にすべきではないのだろうと思った。

「女ってやつは」電話が切れ、ツーツーという音しか聞こえなくなった。ジャックはさらに悪態をつきながら、受話器を乱暴におろし、ローズはいったいなにを考えているのだろうかと思った。

ピーター・ドースンは、ふたりの刑事が家の中を捜索し、数枚の衣服をビニールの袋に入れるあいだ、まったく気にしないようすでソファにだらしなく寝そべっていた。まだ午前十時半だというのに、シングルモルトのボトルからグラスに酒をついだ。時間帯というものにも、彼はまったく無頓着だった。

「いつも朝っぱらから飲むんですか？」刑事のひとりが訊いた。

「その気になれば」ピーターは男たちの心中を読み、片方の眉を吊りあげて微笑した。

廃鉱に彼が来たことを、ローズが警察にいったのだろうか？　それとも、ジェニーがこの家に来ていたことを警察が知ったのだろうか？　ピーターはどちらだろうかと思ったが、じきに後者であることが判明した。

「なぜ最初からそういわなかったんです？」刑事が訊いた。「ミス・マンダーズがここに来ていたと調べはついているんですよ」

「警察が知りたがったのは、あの夜ジェニーがステラ・ジャクスンのギャラリーを出てから、どこに行ったのかということだったじゃないか。わたしはその前から、数週間ばかり彼女と会っていなかったんで、あなたたちにむだな手間をかけさせまいとしたんだよ」

刑事たちに家じゅうを嗅ぎまわられても、ピーターに異存はない。なにもみつかるわけはないからだ。しかし警察にはうんざりだし、考える時間が必要だった。崖の上を歩きまわり、海を眺め、潮の匂いや踏みしだいた草の刺激的な香りを吹いこめば、気分がよくなるだろうと思った。だが、現実はそうはいかず、ピーターはキャンボーン署まで出向いて供述しなければならなくなった。刑事がふたりもいるのに、なぜこの心地いい自宅で供述してはいけないのか、ピーターにはどうしても理解できないのだが。

刑事のひとりが、ピーターのカセットデッキをうさんくさげにみつめている。

「土にしろなんにしろ、そんなものはみつかりっこありませんよ。廃鉱から帰ったときに、きれいに拭き取りましたからね」

「え?」ふたりの刑事は声をそろえて訊き返した。

ピーターは愉快そうに笑った。「ちょっとした冗談ですよ。どうぞ、つづけて」そういって手を振り、部屋全体をおおざっぱにさし示す。「このソファは持っていかないでくれたら、ありがたいなあ」

刑事たちが帰ってしまうと、ピーターはぐったり疲れてしまった。時間のむだだと、いちおういってみたものの、指紋も採られた。刑事たちに〝確認して除去するために〟と陳腐なことばで押し切られたのだが、家のあちこちにジェニーの指紋が残っているのは、ピーターにも察しがつく。ひとり暮らしの彼は、家もきちんと掃除しているが、指紋を拭いてまわるようなことはしない。ジェニーがときおり訪ねてきたことを認めたのに、刑事たちは徹底的に調べてまわったのだ。ピーターは警察が押収していった品々の預り証をテーブルの上に放った。

その後、酒を飲むのはやめて、代わりにコーヒーを飲んでから、ピーターはキャンボーン署に車で出向き、約束の時間ぴったりに着いた。取り調べは果てしなくつづくように思われた。まず最初にこれからなにがおこなわれるか、彼が理解しているかどうかを確認する形式張った手続きがあり、それから単調で退屈な質問がつづいた。

「ミセス・トレヴェリアンとはどの程度のお知り合いですか？」最後のほうで、そう訊かれた。ローズが同じことを訊かれた可能性があるし、いわない理由もないので、ピーターはローズと廃鉱で出会ったことを話した。そして彼女が心配だったので、送っていったとだけつけ加えた。ふたりの刑事の両方の眉が、あからさまに高々と吊りあがった。

「どうして心配だったんですか、ミスター・ドースン？　確か、彼女のことはあまり知らないとおっしゃったと思いますが」

「わからないな」ピーターは考えこんだ。「ただ、あそこに彼女をひとりで置いておいてはいけない、という感じがしたんだ」

「理由もなくそう考えるとは、おかしな話ですね」

「考えたんじゃない。感じたんだ」

「あなたはミセス・トレヴェリアンと深い仲ですか？」

「とんでもない」その質問に、ピーターはいささか動揺した。正直に答えたのに、相手は信じていないようだ。

「ですが、ニック・パスコウとは深い仲ですよ」これは断定だ。

「いや、そうは思わない。わたしが見たかぎりでは、あのふたりは友人同士にすぎない。本気で知りたいのなら、当の本人に直接訊いてみるべきでしょう」

「現在、どなたかとお会いになっていますか?」

「誰かと会っている?」ピーターは嘲笑をこめた口調で訊き返した。

「恋人、愛人、なんとでも」

「いや。現在は誰もいない」

「ジェニファー・マンダーズのあとは誰もいない?」

ピーターのあごがわずかに引き締まった。「彼女は恋人ではなかった。もっと気軽な仲だった」

「気軽な?」

「前にもいいましたが、彼女がうちに来たのは数えるぐらいです。そちらが知りたいならいいますが、わたしたちはたがいにセックスを楽しんだが、それ以上の関係ではなかった。感情的な絆なしにセックスしたいという欲望以外に、わたしたちにはなにひとつ共通するものはなかったんです」

「しかし、ミスター・ドースン、それはあなたの願望であって、たいていの女性はちがうことを考えるのではありませんか?」

「そうかな? あなたのご経験ではそうかもしれないが、わたしはちがう。彼女と浮気をしたのはわたしひとりではないことぐらい、すぐわかるでしょうよ」

「どういう意味ですか?」

「あちこちでよく訊いてみろといってるんですよ。わたしだって噂を聞いただけで、確かな証拠があるわけじゃありませんが。刑事さんがふたり、我が家を徹底的にひっかきまわし、わたしの所有物を押収し、わたしはわたしでこうして署に出向き、午後の時間をつぶしてしまった。そろそろ帰りたいんですがね」

「どうぞご自由に。あ、もうひとつだけ質問していいですか？　あなたがそれほど女性の自由な感情に対して鋭敏でいらっしゃるなら、もしかすると、あなたが嫌気がさすほどに、ミス・マンダーズの欲求がエスカレートしたということはありませんか？　それで彼女を殺したのではありませんか？」

ピーターはため息をついた。「いや。わたしはジェニファー・マンダーズを殺してはいません」

キャンボーン署を出たとき、ピーターはおちつかない気持になった。いまとなっては崖の上を散歩するなど論外だ。このぶんでは自宅に帰りつく前に暗くなるだろうし、今夜は月もなさそうなので、崖っぷちの細い道をうろつくなど愚の骨頂だ。ひたすら酒を飲んで、ひどい一日を洗い流してしまうほうがいいかもしれない。あるいは、ローズに電話して、たがいの話を照らし合わせるという手もある。家に帰るほうがいいかどうか決める前に、ピーターは電話ボックスに入った。まるで電話を待っていたかのように、二度目の呼び出し音で、ローズが応《こた》えた。しかし、待っていたとしても、ピーターからの電話ではないはずだ。

「ピーター？　どこにいるの？」受話器から騒音が聞こえ、それが車の走る音だと察しをつけたのだろう、ローズはすぐにそういった。

「電話ボックスだ。ちょっとだけ好意が必要でね。警察でさんざんなめにあわされたんだよ。慈悲を乞うて白状するまで、椅子に縛りつけられて、スタンドの光を目にあてられて、タオルでひっぱたかれたんだ」ローズの笑い声が耳に心地いい。「それで、いっしょに一杯飲《や》るか、食事でもできないかな？」我ながら驚いたことに、ピーターはローズの返事を聞くまで、思わず息を詰めていた。

「今夜は無理だわ。大晦日《おおみそか》の準備で手がいっぱいなの」少しためらってから、ローズはつけ加えた。「でも、明日なら空いてるわよ」

「よかった。何時に迎えにいけばいい？」

「えーっと、七時半では？」

車の向きを変えながら、ピーターは明日を心待ちにしている自分に気づいた。ミセス・トレヴェリアンはそんじょそこらのありふれた女とはちがう――ピーターはそう思いながら、自宅に車を走らせた。


ローズは頭がくらくらした。キッチンにもどりながら考える――またもやわたしと会いたがる男の出現？　ローラはにやにや笑うばかりで助けにならない。

「髪に小麦粉がついてるわよ」ローズはローラのにやにや笑いに反発するように冷たくいった。

「あんたも鏡でじっくり自分を見たほうがいいんじゃありませんかね、おじょうさん」ローラはいい返した。

ふたりは手首まで駆使して、フラン用の生地をこねていたところだった。手近に置いてあるワイングラスの底部は粉だらけだし、ステムには脂《あぶら》じみた指紋がべたべたついている。しかし、ローラが相手だと、少なくともジェニー・マンダーズの話題は避けられる。

「男の欠点をビール相手に嘆き、もう二度と係わりあうものかと誓ってた女だってのに、その男たちには、あんたはまさに正反対の印象を与えてるようだね。あたしが来たとき、あんたはジャックと電話で話してたし、それから一時間もたたないうちに、今度はピーターとやらいう男から電話がかかってきた。ニックを抜きにして、男がふたりだ」

「なにいってるのよ、ローラ!」ローズはローラの腕をたたこうとして、小麦粉の袋を倒してしまった。ふたりはもうもうたる小麦粉の雲につつまれてしまい、笑いころげた。

「ローズ?」窓のほうを向いていたローラは、肩越しに顔をしかめてみせた。

ローズはローラのしかめた顔をみつめた。「どうしたの?」

「なんとね、あたしもあんたと同じように頭がおかしくなったのかと思った。外に誰かいるような気がしたんだけど。たぶん、あたしが窓ガラスに映ってただけみたい」

ローズは勝手口を開けてみた。斜面になった庭にも、ドライブウェイにも人影はない。風に吹かれて、葉の落ちた枝が骨の鳴るような音をたてているほかは、なにも異状はない。マウント湾の沖合いで、一列になって進んでいる三艘《そう》のトロール漁船の明かりがまたたいている。ダッ、ダッというエンジンの音がここまではっきりと聞こえてくる。

「誰もいないわ」ドアを閉めながらローズはいった。そしてフラン用のタルトケースが焼きあがるのを待つあいだに、食事のしたくをした。

オムレツにフォークを入れながら、ローラはこっそりとローズを観察していた。「オーケー、話してしまいなよ。なにを悩んでるんだい？　ほんとは外に誰かがいたと思ってるのかい？」

「わからない。今日、わたし、セント・アイヴスに行ったの。みんながみんな、なにかおかしいところがあるみたいなのよ」

「あんたの芸術家仲間のことかい？」

「そう。でも、あのなかのひとりが殺人犯だなんて、とても信じられない」

「信じられないのか、それとも、信じたくないのか、どっちだい？」

「そうね、あなたのいうとおりだわ。信じたくないのね。ずっと考えてたんだけど、誰もがジェニーを殺すことで得をするみたいなの。たいした利益ではないにしても。でも、わたし自身のことに関していえば、わたしがもうひとつの死体の謎とどう関係しているのか、どうしても理解できない。けっきょく、死体の身元を知ってるひとがいるってことでしょう？　わたしはあれはぜったいにレナータ・マンダーズだと思ってたんだけど、どうもちがったみたい」

「誰であったって不思議じゃないさ。いなくなったら心配してくれる人が大勢いるなんて幸運に、誰もが恵まれてるとはかぎらないからね」

「そうね」

「ローズ、バリー・ロウみたいないいかたに聞こえるかもしれないけど、その件はジャックに任せておくことだよ。あんたのそのかわいい頭のなかで、なにかが進行してるのはわかるけどさ。なにか考えがあるんなら、ジャックに話してしまいな。わ、たいへん！」すっかり忘れていたが、タルトケースの焼ける香ばしい匂いがただよってきて、ローラはとびあがった。

耐熱ミトンを両手にはめ、ローズはオーヴンから天板を引き出し、縁ひだつきのタルト型をいくつか持ちあげてみた。手持ちの型だけでは足りないので、ローラから借りたものもまじっている。

「思い出してくれてよかった。どんぴしゃのタイミングよ」

「それから」ローラはタルトの出来映えには目もくれず、話をつづけた。「なにか知ってることがあるんなら、それもジャックに話すべきだよ」

「わかってる」しかしローズは、ジャックのほうが先んじているかどうか疑問だったし、彼がほしいのは決定的な証拠だろうと思った。

「だけど、あんたは全部自分で解決したい。そのにやにや笑いからいって、自分がどんなにお利口さんか、彼に見せつけてやりたくてうずうずしてる」

「そのとおり。さてと、中身を詰めるのを手伝ってくれる？　それとも、満腹になって、ほどよく喉も湿ったところで、おうちに帰る？」

「よりけりだね」

「なにに？」ローズはローラの視線の先をたどった。「わたしの友人の選びかたに問題があるのは確かだわね」ローズはぼやきながら新しいワインボトルとコルクスクリューに手をのばした。

ローラが帰ると、ローズはキッチンをきれいに片づけ、調理台で冷ましている料理を眺めた。たぶん作りすぎだろうが、いざとなれば冷蔵庫に入れておけばいい。

キッチンでの奮闘で肉体的には疲れたが、意識の片隅にもぐりこんできた考えのせいで、精神的にはハイの状態にあるため、ローズはまだベッドに行く気にはなれなかった。ボトルに残っていたワインをグラスにつぎ、居間に行って椅子にすわった。向かい側の椅子には、いつもデイヴィッドがすわっていた。その姿をローズはときどきスケッチしたものだ。その椅子を見ながら、ローズはマディに聞いた話を思い出した。

昨夜、ローズはマディに電話をかけ、レナータの友だちを誰か知らないかと訊いてみた。マディはセント・アイヴスに住みついてからまだそれほど長い年月がたっているわけでないが、まるでスポンジのようにいろいろな情報を吸収しているように見える。それにジェニーとはよく話していた間柄だ。

「ジェニーに誰かの名前を聞いたことがあるわ。彼女、小さかったから、そのひとのこと、あまり憶えてなかった。だけど記憶がおぼろなのは、父親が母親にその女に会うことを禁じていたせいね。その女がレナータに悪い影響を与えるといってたらしいわ。母親がいなくなって数年たつと、早熟だったジェニーは父親とその女のあいだにはなにかがあると、いつも感じてたそうよ」

「そのひとの名前は？」ローズはせっかちに訊いた。
「ジョシー・デヴロー。確か、そうよ。でも、結婚して名字が変わったかもしれない」
ローズはその名前をメモしたが、マディがつけ加えたことばにがっかりした。マディはこういったのだ。「彼女、ずいぶん前に引っ越したらしいわよ」

長かった一日の終わりを静かにすごしながら、ローズはレナータ・マンダーズを心から気の毒に思った。横暴な義母のせいで、レナータは家族から疎外され、たったひとり（かもしれない）の友人に会うことも禁じられていたのだ。

今日の午前中にローズがセント・アイヴスに行ったとき、ジョシー・デヴローが暮らしていた家には、ジョシーの名前さえ聞いたこともないという年配の夫婦が住んでいた。いまになって思えば、たとえあの夫婦がジョシーのことを知っていたとしても、見ず知らずのローズの質問に答えるはずはない。

なぜジョシーのことを知りたいのか、ローズは自分でもよくわからなかったが、すべての話を知るまで満足できない持ち前の好奇心のせいだろう。

レナータとジョシーがずっと連絡をとりあっているのであればいい、とローズは思った。発見された白骨死体がレナータでないのなら、運命はレナータにやさしかった、彼女はいまは幸福なのだ、という話を聞きたいと思った。

頭が痛くなってきた。こめかみが鈍く脈打ち、軽い吐き気がしてきた。ローズは寝《やす》むことにした。

　次の朝。頭痛はもっとひどくなっていた。ローズはローラの望みどおりに二本目のワインを開けたことを後悔した。大気は重苦しい静けさをはらみ、頭痛を軽くする役には立ってくれない。灰色の空が黄色みを帯びてきたかと思うと、黒くなった。頭痛がするのはワインのせいではなく、この天候のせいだ。水仙の香りがきつくなったと思ったとたん、マウント湾の上空に稲妻が閃いた。次の雷で家じゅうが揺れた。突然、激しい雨が降りだした。こういう嵐は、おさまるまでに数時間、湾の周辺を荒れ狂う。ローズはパーティに着るものを買いにペンザンスまで行くつもりだったが、これでは当分、外に出られそうにない。

　十一時ごろになると、ようやく嵐がおさまり、雨も小降りになった。さらに三十分待ってから、ローズは車のキーを手に家を出た。

　道路は混んでいた。ローズもやむをえずのろのろと進む車の列に加わったが、マーケット・ジュー通りでは道路の両側のバス停にバスが停まるため、混雑がいっそうひどくなっていた。そうまでしてペンザンスに買い物に来たのに、成果はなかった。五フィート二インチ、サイズ8のローズは、流行のファッションには困惑するばかりだ。それに、なぜか気が重い。ローズは気持がおちつかないのは、頭痛の後遺症だとみなしていたが、なにかがおかしいという感じはどうしても消えなかった。

　家に帰ると、道路の反対側にバンが一台駐《と》まっていた。運転者は顔をそむけたが、ローズには誰だかわかった。急いで車のドアをロックして家に入り、勝手口のドアもロックする。家にいるときはめったに勝手口のドアに鍵をかけたりはしないのだが。心臓が早鐘を打っている。ひとりでだいじょうぶだろうか？　ローズはすぐにジャックに電話をかけた。電話の途中で、自分が早口でまくしたてていることに気づき、ジャックに話が通じただろうかと不安になった。「そこにいて。家から出ないように」ジャックはいった。「そっちに向かっているところだ」

数分後、勝手口のドアがノックされた。ローズはほっと安心した。ジャックが到着するには早すぎるから、たぶんローラだろう。クリスマス用に用意した紙皿やペーパーナプキンが残っているので、それを持っていくと電話があったからだ。

しかしのぞき窓のガラスの向こうに立っていたのは、アレク・マンダーズだった。顔が雨で濡れている。「開けろ」

ローズは凍りついた。胸のなかでジャックに早く来てと叫ぶ。ローズはアレクの憤怒の形相に恐れをなし、玄関ホールのほうに走った。玄関ドアから出れば、姿を見られずに家の横手に行けるし、ドライブウェイを通れる。そうすればアレクが事態に気づく前に、表の通りに出られるはずだ。

「ああ、どうしよう」声がかすれている。ガラスが割れる音が聞こえたのだ。勝手口の鍵はドアの内側にさしたままだ。鍵を抜き取っておくだけの周到さがあったら、アレクは四枚の板からなる木のドアをぶち破らなければならず、そのぶん、時間が稼げたのに。

玄関ドアにとびつき、ロックをはずす。丸い真鍮のドアノブとエール錠の平たい金属のプレートをつかんだまま、そっとドアを押す。ドアはびくともしない。つい最近、このドアを開けようとして、ローズは爪を折ってしまい、なんとかしようと思っていた矢先だった。雨のせいで、木が水分を含み、膨張しているのだ。いまとなってはなにを思っても手遅れだ。

「ミセス・トレヴェリアン」アレクの声は低く、抑制されているが、それだけによけい恐ろしい。「あんた、なんだって、おれのことを嗅ぎまわってるんだ?」

アレクは話をしたいらしい。もしかすると彼の望みはそれだけのことかもしれない。

「嗅ぎまわったりしてないわ」

「セント・アイヴスのみんなと話したじゃないか。おれんちに来て、お悔やみをいったが、あれはおれのことを嗅ぎまわる口実だったんだな。おれんちの近所の老夫婦のところにも押しかけた。あんたが考えてることはわかってるが、それはちがう。それにそう考えてるのは、あんただけじゃない。けど、おれは女房を殺してない。あいつはおれを捨てて出ていったんだ、わかったか、ばか女め」

アレクのことばにはローズの琴線に触れるものがあった。彼はジェニーを殺してないとはいわなかった。

「なぜうちに押しかけてきたの?」ローズはアレクに話をさせて時間を稼ぐことが必要だと承知していた。

「プライバシーが侵害されるのがどんな気持か、あんたも思い知っただろ。ここの住所は電話帳に載ってたから、みつけだすのはむずかしくなかった。あんた、なんで廃鉱なんかに行ったんだ？」

それを聞いたとき、ローズは自分の考えが正しかったとわかった。たぶんジェニーから聞いて、アレク・マンダーズはローズが廃鉱にいたことを知ったのだ。

「絵を描くためか」アレクはばかにしたようにいいながら、近づいてきた。

ローズは玄関ドアに背中を押しつけた。左手には鉢植えを置いた小さなテーブルがある。その横に古いステッキ立てがある。中には傘が一本入っているだけだ。ローズが手をのばして傘をつかんだとたん、アレクがぐいと近づいてきた。顔に彼の息がかかる。顔をそむけようとすると、髪をつかまれた。アレクのにおいが鼻をつく。

背中に痛みが走る。目を開けてみると、ローズは床に倒れていた。倒れこんだときの痛みのようだ。アレクがのしかかってきて、腹のあたりに片膝をついているため、ローズは動けない。あまりの苦痛にローズは吐きそうになった。

「こんなことはしたくないんだ」遠くからアレクの声が聞こえる。「けど、おれはレナータを殺しちゃいない」

ローズは弱々しく片手を持ちあげると、傘をアレクの頭に振りおろした。生涯で最低といっていいほど、なんのインパクトもない動作だった。傘はアレクの髪の上をすべり、彼を失笑させただけに終わった。

「そうはいかねえよ、ミセス・トレヴェリアン」アレクはローズの腹を膝で押さえたまま彼女の手から傘をもぎとり、放り投げた。

ローズは息ができなくてもがいた。頭上の天井がぐらぐら揺れるのが目にはいる。

「いっしょに来てもらうぜ」アレクはローズを立たせようとした。

ローズはアレクの臑《すね》を蹴ろうとしたが、アレクに片腕をつかまれ、背中にねじまげられた。腕が折れたかと思われた。だが、まだチャンスはある、自分はまだ死んでしまったわけではないとローズは思った。アレクはここで殺すつもりはないようだ。時間稼ぎをして、ジャックが来るのを待つしかない。このままでは自分もあの廃坑に横たわる運命になるのは確実だ。

キッチンの床には、アレクが肘でたたきこわしたのぞき窓のガラスの破片が散らばっていた。ローズのブーツの踵《かかと》の下で、破片がさらに粉々になる。もう少しで勝手口というところで、アレクは急に立ちどまり、ローズをシンクの端に押しつけた。ローズの腕をねじりあげたまま、アレクはもう一方の手で引き出しを開けたが、目当てのものがみつからないらしく、悪態をついた。

アレクはわたしを縛るつもりだ、とローズは思った。外に出てバンを持ってくる前にローズを縛っておく必要がある。紐は二階にあるし、絵を吊るしておくために使う頑丈な紐もひと巻きある。そのことにアレクは気づくだろうか？　二階のことを思いつけば、それがまた時間稼ぎにつながる。ローズを連れて二階に行くしかないだろうから、そのあいだにジャックが来るかもしれない。頭の片隅で車の音に聞き耳をたてているが、どの車も速度を落とさず走っていってしまう。

アレクは気持をコントロールできなくなっている。つかまれた腕をいっそう強くねじられ、ローズは苦痛の悲鳴をあげた。

「二階に紐があるわ」がまんできずにローズは教えてしまった。苦痛がやむのなら、なんでもするつもりだ。

階段でローズはよろけた。もしジャックがこっちに向かっているのではないとしたら？　もしジャックがローズにはうんざりしているとしたら？　もしジャックがローズがまたもやありもしないことで大騒ぎしていると考えたら？　涙があふれて頰を濡らし、洟水《はなみず》が出てきた。もしジャックが来てくれたら、もう二度と彼に邪険なまねはすまい、と心に誓う。

車のドアがばたんと閉まる音が響いた。それにこだまするように、別のドアが閉まる音もつづく。一階が騒然となった。

「彼女を放せ」ジャックが一段おきに階段を駆けあがってきて、アレクをぐいとつかんで自分のほうを向かせた。ローズはその場に倒れこんだが、ジャックがこぶしを振りあげるのが見えた。

「警部！」グリーン部長刑事がアレクの手を両方ともつかみ、その手首に、ポケットから取りだした手錠をかけた。そしてジャックに咎めるような目を向けた。「殴らなくてよかった」

ジャックはうなずいた。ローズ・トレヴェリアンのために我を忘れて規則を破り、あやうく彼自身が拘束されかねないところだったのだ。「車に乗せろ」ぶっきらぼうにそう命じ、ローズに手をのばす。

ローズは顔をしかめ、いやに乱暴に立たせようとするジャックを理解できないという目でみつめていた。感謝の念よりも、失望感のほうが強い。警察に殺人犯を逮捕させるために、ローズは証拠を提供しただけの存在なのだろうか？　そんな気はないのに、なぜ自分はいつも、ジャックの神経を逆なでするようなことをしてしまうのだろう？

一階には制服警官がふたりいた。ひとりがローズにお茶をいれてくれた。

「ありがとう」ローズは震えながらキッチンの椅子にすわった。ローズが手にしたお茶のカップがテーブルにもどされるまで、ジャックはローズを無視していた。

「なにがあったのか話してくれ」ジャックはいった。「きみの仮説やら推測やらは抜きで、今日の出来事に関する事実だけを話してくれ」

ローズは自分が正しかったことをジャックに認めさせるチャンスになればいいと思いながら、事実だけを話した。時間はそれほどかからなかった。

「ありがとう。これは提案だが、もしローラ・ペンフォールドが忙しいようなら、良き友、バリー・ロウに来てもらったらどうかね？」

バリーの名前をだしたときのジャックの口調に、ローズはひるんだ。ジャック・ピアース警部はその気になりさえすれば、とことん不快な態度をとれる男なのだ。

「彼なら喜んで来てくれるでしょうね」つい先ほどの殊勝な誓いも忘れ、ローズは意地悪くいい返した。

「行くぞ」ジャックはお茶をいれてくれた制服警官にもう帰るぞとばかりにうなずいた。「それから業者に電話してやってくれ」勝手口のドアのこわれたのぞき窓を指さしながら、そうつけ加える。「もうもどらなければならない。きみのもうひとりの友人、ミスター・パスコウはすでに逮捕された」

「え?」ローズは驚いた。「ろくでなし!」去っていくジャックに聞こえるように大声でののしる。ジャックが勝手口のドアをぴしゃりと閉めたとき、のぞき窓の枠内に残っていたガラスの破片が床に落ちた。

11

一年の最後の日の朝、ローズはパーティにそなえ、料理や飲みものを並べはじめたが、パーティを開くというのは、もはやいい考えには思えなかった。アレク・マンダーズが家に押し入ってきたあの日以降、ジャックからはなんの連絡もなかった。調書を取ったのはローズの知らない刑事だった。それに、ニックに関する情報もなにもなかった。

こういう状況で、いったい何人ぐらいの客が来てくれるだろうか。ニックは来られないだろうし、そのニックが黙りこくっているために、当然ジャックも来られないだろう。ある男がジェニファー・マンダーズ殺害の容疑で逮捕されたニュースは公表されたが、氏名が伏せられているのは不思議だった。地元の人々は誰もが、それがニックだということを知っている。

アレクに襲われたことで、たとえ彼がみずから手をくだしたのではないにせよ、彼は坑道の白骨死体の身元を知っていたのだ、とローズは確信した。そうでなければ、アレクがあれほどローズに怒りを燃やし、ローズがさらに訊きまわったりしないように力ずくで阻止しようと決意した理由がない。

もう忘れよう、とローズは自分にいいきかせた。いろいろと推測していたものの、いまとなっては、それをジャックに打ち明けなくてよかったと思う。

明日からは新しい年が始まる。三人の友人を失って迎える新しい年が。ジェニーは死に、ニックは留置され、ジャックはついにローズから離れてしまった。ジャックの件はローズに非があるとはいえ、いちばん胸にこたえる傷となっている。

昼になると、ローズは買い忘れていたオリーヴを調達にニューリンまで出かけた。波止場にたたずみ、漁船の数をかぞえながら、ローズは、ふと、ピーター・ドースンはわたしのことをどう思っているのだろうかと思った。アレクの歓迎できない訪問のあと、ローズはピーターとの食事の約束を断ったが、理由は説明しなかった。

おだやかな昼どきの波止場には魚のにおいがただよっている。ローズはオリーヴを買って家に帰り、ドライブウェイに自分の車があるのを見て安心した。一週間前に、再調査の必要を認めずという、ぞんざいなコメントつきで警察から返ってきたのだ。ローズの知るかぎり、ニックの車はまだ返されておらず、それは最悪の事態を示している——車には有罪を立証できる証拠が残されていて、そのためにニックは逮捕されたのだ、と。ローズのような気性の者にとっては、なにがどうなっているのかわからないというのは、じつにまさにフラストレーションの極みといえる。

午後六時には、すべてが満足のいくように準備がととのい、ローズは急いで風呂にはいり、少しリラックスしてから、髪と化粧にとりかかった。けっきょく新しいドレスは買わなかったし、手持ちの服にはこれというものはない。最終的に、もう何年も袖を通していないシンプルな黒いベルベットのドレスを着ることにした。くびにはデイヴィッドが買ってくれた一連のパールのネックレスをかける。これはデイヴィッドが、誕生日でもクリスマスでもないときに、ローズを愛しているという理由だけで贈ってくれたものだ。

八時半ごろには、ドリーンとシリルのクラーク夫妻をはじめ、ローズが予想していた客がやってきた。ドリーンは体にフィットしたブロケードのドレスで、とても品があった。ネクタイが気になるらしく、そわそわといじりまわしているシリルをたしなめる。「やめなさい。あたしはスマートないでたちの殿がたが好きなんです」

ドリーン的表現によれば〝ちがう種族〟なのだが、ドリーンはセント・アイヴスから来ている客たちにせっせと話しかけた。彼らの背景や、誰と誰がどういうつながりがあるのかを探るのが目的だとわかっていても、ドリーンの社交的な態度を、ローズは愉快に思った。あとでドリーンの人物評価を聞くのが楽しみだ。いやでも聞くことになるのは確かだった。

バリーがシャンパンをワンケース持って現われ、いまはとうてい冷蔵庫に入りきらないだろうといわんばかりに、真夜中の三十分前に冷蔵庫に入れるよう指示した。ローズは少しばかり驚いた。バリーは思慮深いし、親切なのだが、こういうふうに気前のいいところを見せることはあまりないからだ。

「そろそろ稼いだ金を使うころあいだと思ってね」バリーはそういってローズの頰にキスした。たっぷりと酒がいきわたり、ローズは音楽をかけた。そしてふり向いたとき、驚きのあまりぽかんと口を開いた。酒を手に、居間のドア敷居に立っているのはニック・パスコウだったからだ。

「意外だという顔をしてるね」ニックは笑顔でそういった。

すでに刑務所で務めを果たしてきたといっても過言ではないような、やつれきったようすに見えるとローズは思った。と同時に、彼がこれほどスマートな着こなしをしているのを見るのも初めてだと思った。マディのパーティのときには、いつものようにカジュアルな装いだったのに。どういう風の吹きまわしだろう。仕立てのいいズボンに、クリーム色のシャツと黒いベルベットのジャケット。ローズがどういうドレスを着るか、テレパシーでわかったとでもいうような選択だ。

「帰してくれたの？　そうだというのは、まちがいないけど」

「警察の誤解だったんだ。それを責めたりはしないけどね。最初からぼくが正直に話していればすんだことだから」

「どうして警察はあなたがやったと思ったの？」ローズはそう訊いてから、思わず赤くなった。自分が主催しているパーティとはいえ、そして主人役をつとめるのは数年ぶりだとはいえ、着いたばかりの客にまっ先に尋問してしまうとは。

「ぼくの車の中に血痕があったんだ。ジェニーの血だ。それが後部座席にあったため、事態がいっそう悪化した。以前いっしょに出かけたさいに、ジェニーがガラスで切ったんだと、いくら説明してもだめだった。彼女は靴をはかなくていいときは素足でいたからね。とにかく、ひどい傷だった。ぼくは彼女を後部座席にすわらせ、足を高くあげているようにいって、トレリスク病院まで車をとばした。何針か縫ったよ。そのことをずっと忘れてたんだ」

そういう傷があれば、検屍解剖のときにわかるはずだ、とローズは思った。しかし警察は、その理由だけでニックを拘束していたわけではあるまい。ローズはこれまでにあらゆる可能性を考え、できるかぎりの分析をした。その結果、友人たちは誰も有力な容疑者として浮かんではこなかったが、それでもローズは彼らを疑っていた。ローズの家にむりやり押し入り、暴力をふるうことになんら良心の呵責を覚えなかったアレク・マンダーズが、ふたりの女を殺したのだろうか？　だが、実の娘を手にかけるとは、いったいどういう動機があったのだろう？

「なにはともあれ、来てくれてうれしいわ、ニック」

「ローズ、ほんとうかい？」

「もちろんよ」確かにローズはうれしかったが、それはニックが想像している理由とはちがっていた。目に問いただすような光を宿したニックは、容姿端麗だし、とてもセクシーだが、いまのローズはそういうことで目が曇ることはない。彼女がうれしいのは、友人が犯人であってほしくなかったからであり、もっと利己的なことをいえば、自分の考えがまちがっていると認めたくなかったからだ。

「ちょっとみなさんのあいだを回ってきたほうがいいみたい。あなたも、ね。みんな、興味津津って顔をしてるわ」ローズはニックがそれ以上なにかいおうとするチャンスも与えず、その場を離れた。

酒の補充にキッチンに入りかけたとき、二階のバスルームに行こうと階段を昇っているステラが見えた。顔が上気している。ローズはステラが飲みすぎていなければいいがと思った。数分後、手伝いをかって出てくれた客たちと、料理のラップをはずしているときも、ステラはもどってきていなかった。

ローズは二階にあがり、バスルームのドアをノックした。「ステラ、だいじょうぶ?」

「ええ」

「ドアを開けてくれる?」

数秒後、ドアが開いた。

「ぐあいが悪いの?」ステラのひどい顔にローズはショックを受けた。顔じゅうが赤と白のまだら模様となり、目の下にはマスカラの黒いしみがついている。

「こっちへ」ローズはステラをベッドルームに連れていった。「ダニエルなの? けんかしたの?」

「ちがうわ」ステラは低い声でいった。ベッドの縁に腰かけ、両手をもみしぼっている。握りあわせた指の関節が白い。「自分でもどうしてあんなことをしたのかわからない」

「どういう意味?」ローズはステラのそばに腰をおろした。もしステラがなんらかの打ち明け話をしたいのなら、まるで裁かれるように、ローズにまん前に立ちはだかっていられたくはないだろう。

「あのとき、いったいなにに取り憑かれたのか、自分でもわからない。ああ、ローズ、なぜわたしはあなたみたいに幸福でいられないんだろう?」

ローズはなにもいわなかった。いえることなどなにもない。幸福？　そう、デイヴィッドといっしょだったときは幸福だった。それから癌がふたりをぶちこわした。それぞれを異なる形で。それ以来、ローズは人生最大の苦しい時期をすごし、最近になってようやく、もっともほしかった心の平穏を得たのだ。幸福？　それはちがう。とはいえ、楽しいとき、笑い声をあげられるときは、確かに、ある。

「あなたはだったの、ステラ？　廃鉱でのあの悲鳴は？」

ステラは顔をあげなかった。嚙みしめたくちびるが白くなっている。「ほんとうにごめんなさい」

「でも、なぜ？　わたしのこと、そんなに嫌いなの？」

「いいえ、そうじゃない。嫌いなんじゃない。ただ……がまんできなかった。わたしが何年もかけてやっとつかみとったものを、あなたがらくらくと手に入れようとしてるのが。わたしはすべてをゼロにもどしたかった。成功の最初のきざし、初めての個展、初めて手にした巨額の小切手、未来が広がっているという認識――スタート地点にもどりたかった。成功しても、いつかはそれを失う。その場にとどまって立ち泳ぎをつづけるしかない」

「でも、それはちがうでしょ、ステラ、絵を一枚描くたびに、新しいチャレンジをするんですもの」

「説得力がないように聞こえるだろうけど」ステラはローズのことばを無視して話をつづけた。「わたしはただ張り合うのが耐えがたかっただけ。ダニエルと暮らすのはとてもたいへんなの」

「あなたはそう思ってるのね？」

「あのひとはわたしより才能がある。だのに、わたしとちがって、重圧を感じていない」

かわいそうなステラ。みずから課した障害とはいえ、それが多い暮らしはさぞつらいことだろう。

「わたしはまた薬の治療を受けるようになったけど、今度はそれも効果がないみたい」

これでいろいろなことが腑に落ちた。ステラの神経が不安定なところや、ときおり表情が抜け落ちてぽかっと空白になることや、集中力を欠くのは、芸術家としての気まぐれによるものではなく、軽いパラノイアが原因の、純粋な体調不全によるものだったのだ。

「でも、わたしがまた廃鉱に行かなかったら、あなたはどうしたかしらね？　ステラ、わたしがどこかよそで絵を描いたら、その邪魔はしなかったでしょう？」ステラはどこまで知っているのだろうと思い、ローズは思わず身震いした。

「あの絵はとてもすばらしかった。まだ未完成だったけど、見せられたとたんに、わたしにはそれがわかった。それで、もし邪魔をすれば、あなたはやる気を失うと思った」

ステラは病んでいる。それに薬をのんでいるのなら、酒を飲んではいけないのではないか。だが、薬と酒のダブル服用で、告白する気になったのかもしれない。

「どうしてあんなことをしたの？」ローズは訊いた。

「マディのおかげでアイディアが浮かんだから。マディが話しかたの勉強をするために会話をテープで録音してるのは、わたしも知ってた。それで、音を入れないようにして回しておいたテープの最後に、自分で悲鳴を吹きこんだ。それを用意して、あなたの車が見えるのを待ち、テープをスタートさせた。少なくとも四十分間、音の出ないままテープは回りつづけ、最後に悲鳴が響きわたる。わたしはこの土地に長いこと住んでいるから、どこに隠れればいいか、よく知ってる。ああ、ローズ、わたしはなんてことをしてしまったんだろう……」

ローズは化粧台の箱からティッシュをひとつかみ取りだし、ステラに渡した。

「あなたが電話して助けを呼ぶとは思いもしなかった。ほんとうよ」

「でも、なぜまた同じことをしたの？」

「あなたがばかなまねをして物笑いの種になった、とニックに聞いたの。だから、二度目は警察に電話なんかするはずはないと思って」

ああ、ニック、あなたは一度ならずわたしに嘘をついたのね、とローズは思った。ステラには話していないといったのに。

「ステラ、個展のオープニングの夜、パーティが終わったあと、あなた、外に出たわね？」

精神のバランスが崩れていたステラなら、なにをしでかしたとしてもおかしくない。ジェニーを殺すことさえも。とはいえ、ローズの仕事ぶりに嫉妬したことと、連れあいがベッドを共にした女に嫉妬することとは、次元のちがう話だ。ステラが答えなかったことから、ローズはあの夜ステラが外出したのはまちがいないとわかった。みんながみんな、それぞれの形で嘘をついていた。ローズは嫌悪感がつのって気分が悪くなり、自分も泣きたくなった。だが、それがなんになる？　ローズはすでに知っていることをすべて——いや、ほとんどすべてというべきか――ジャックに話し、義務は果たした。それで、今夜はお祝いの夜にしようと思っていたのだ。ほんの一瞬、ローズはバリー・ロウ以外の全員に、帰ってほしいとたのみたくなった。ステラのことは、ローズがいうべきことではない。

「わたしたち、もう帰るわ、ローズ。それがいちばんいい。あなたから警察に話してもらえる？」

「わからないわ、ステラ。正直いって、わたしにはわからない」

ローズはふいに、ステラがいくつか嘘をついていただけではなく、彼女もまた身元不明の白骨死体の女性とほぼ同年代だということに気づいた。ローズのキャリアにダメージを与えたかったという話そのものが、もしかすると、さらなる作り話かもしれない。ステラを信用していいものだろうか？　廃鉱の坑道の近辺にひとを近づけたくないという、もっと深刻な理由を糊塗するために、卑劣なトリックを弄して、ローズに白状してみせただけではないのか？　ローズはこの件全体が、心底いやになった。

そのあとは、最後まで、ローズはなんとか切り抜けた。少なくとも、客たちは楽しんでいた。ローラの息子はバーバラ・フィリップスを大笑いさせていたし、ニック・パスコウはドリーン・クラークとダンスした。ドリーンはしゃっちょこばって、ニックとのあいだにたっぷり三インチの距離を置いて踊っていたが。それを見たローズは、二階からカメラを取ってきたい誘惑にかられたものだ。ローラ、バリー、そしてマディの三人は、部屋の隅でなにやら話に夢中になっていた。ピーター・ドースンはマイク・フィリップスと話しながら、愉快そうにほほえんで部屋を見まわし、追加の紙皿を運んできたローズをみつけると、ウィンクしてよこした。ダニエルは口実をもうけて早めに帰った。ステラを見れば、彼女のぐあいが悪いのを疑う者はいなかった。

真夜中になると、シャンパンがつがれ、みんなは新年を祝った。パーティがお開きになったのは、午前二時だった。ローズは客たちのうちの数人に、できれば泊まっていってほしいといっておいたのだが、それをいまさら取り消すわけにはいかなかった。バーバラとマイクのフィリップス夫妻は客用のベッドルームにおさまり、ピーター・ドースンは寝袋と枕でソファにおちついた。ローズはキッチンでパーティの残骸を眺めまわしながら、すぐにもジャックから連絡がくればいいと思っていた。

その後アレク・マンダーズがどうしているのか、誰も知らなかったし、彼が二件の殺人事件にどう関係しているのか、さらなるニュースも報道されていない。だが、考えれば考えるほど、ローズは頭が混乱してきた。ニックは明らかに潔白だが、ステラは依然としてあやしい。とはいえ、ローズ自身は、廃坑に死体を隠したのはアレク・マンダーズだと、心の奥底で確信していた。

目がさめるとすぐに、ローズは三人の客のために、主人役をつとめなければならないことを思い出した。もともとはニックも泊まるはずだった。昨夜は礼儀正しく愛想もよかったが、けっきょく午前一時ごろ帰った。ローズがおもしろく思ったことに、ニックはマディに気をとられていたようだ。マディはマディで、ニックが近づいてくるのをさりげなく、平然とあしらっていたが、同じタクシーで帰ることには同意した。驚いたことに、マディの同伴者としてやってきたはずのピーター・ドースンが、ローズの家に泊まることになっても、マディはほとんど無頓着だった。

急いで顔を洗い、着替えをして、ローズはバスルームを客のために空けた。階下に降りると、コーヒーをいれ、グリルに点火した。トースターというしろものは、いまだかつて持ったことがない。誰かがバスルームに行ったらしく、頭上で床板がきしんだ。十分後、バーバラが降りてきて、間をおかずマイクもやってきた。

「見かけよりも気分がいいといいわね」バーバラは夫に冷たくそういうと、もっとよく検査しようとでもいうように、彼のあごを親指とひとさし指で持ちあげた。

「コーヒーか、いいな!」

ピーターの声に、テーブルについた三人はいっせいに視線を向けた。シャツと下着だけの姿だ。ローズは顔が赤らむのを覚えてうつむいたが、今度は筋肉質の長い脚が目にとびこんできた。ピーター本人は半裸のようなかっこうでも、いっこうに気おくれしていないようだ。

「コーヒーの匂いがしたんでね」ピーターは髪をかきあげながらそういった。明かりのもとでかすかに銀色に光っている白いひげにまじって、赤みがかったひげも見える。

ローズは三人にマグを渡し、砂糖つぼとミルクをテーブルに並べた。

「そのグリル、暖房用かい？　それともわたしたちが焼かれるのかな？」ピーターは訊いた。

ローズの目とバーバラの目が合った。友人は笑いをこらえている。

「トースト用よ」ローズはそっけなくいった。「ベーコンはなし」

「トースト、けっこう」

ピーターはお流れになったデートのことはなにもいわなかった。あの日、アレク・マンダーズに襲われたあと、ローズはかろうじてピーターに電話して、出かける寸前だった彼に断りをいうことができたのだ。嘘をつきたくなかったし、かといって直面したばかりの試練の話をする気もなかったので、ローズは弁解はいっさいしなかった。バリーが来てくれて、一時間ほどつきそっていたが、ローズがひとりになりたいのを察すると、帰っていったものだ。

バリーのことを考えていたら、それが実体化したかのように、本人が勝手口に現われた。バリーがメガネを押しあげ、非難の目でピーターのむきだしの脚を眺めたときには、ローズもバーバラももう笑いを抑えることができなかった。

「シャンパングラスを取りにきたんだ」バリーはいった。

「まだ洗ってないわ」

「わたしが洗おう」ピーターは立ちあがると、たった三歩でキッチンを横切った。「そのあいだに、あなたはトーストを焼けばいい」

自分のせいでおかしな雰囲気になっているのにも気づかず、ピーターは肩越しに主人然とした口調でいった。バリーの苦い顔がますます苦くなった。

十五分もたたないうちに、シャンパングラスは酒類販売免許店の箱に詰められていた。バリーはシャンパンをワンケース注文した強みで、それを店から無料で借りたのだ。トーストを食べてしまったフィリップス夫妻は、そろそろおいとまするといった。

「どこか途中まで送りましょうか？」バーバラはむしろ辛辣《しんらつ》な口調でピーターに訊いた。

「いや、けっこうです。どうぞ行ってください。わたしはべつに急ぎませんので」

ローズはバリーの心中を察するにあまりあり、とても顔を見ていられず、目をそむけた。

「また会おう、ローズ」バリーもまたそういって帰っていった。

「食事をいっしょにしたかったのに、あなたの気が変わって、残念だったよ」ピーターはトーストのくずをかき集めながらそういった。

「気が変わったわけじゃなかったの。予期せぬ出来事が出来《しゅったい》したせい」

ピーターはきつい目でローズを見た。「別の男？　ニックかな？」

「別の男？　そうね。そういえるわね」ローズはため息をつくと、あの日の出来事を簡単に話してきかせた。

ピーターは口笛を吹いた。「確かに、それじゃあ、男と夕食になんか行けないな。あえて訊くけど、わたしたちのデートの約束はまだ有効かい？」

「ええ。有効よ」

「よかった。もうちょっとましなかっこうをしてこよう。あなたが約束の日時を決めやすくなるように」

わたしはなにをしてしまったのだろう？　ローズはテーブルのグラスの輪じみやトーストの

くずをぬぐいながら考えこんだ。

「泊めてくれてありがとう」きちんと服を着たピーターがもどってきた。「電話番号は知ってるね。出かける気になったら、電話して」

ローズはうなずいた。彼を送りだしてドアを閉めると、ようやくひとりになれたことがうれしかった。


ローズがジャックに会ったのは、新年になって一週間たってからだった。ジャックは逃げ出すことにして有給休暇をとり、息子たちに会いにいった。下の息子はまだ母親といっしょにリーズで暮らしている。前にローズにぐちをこぼしたとおり、下の息子は永遠に学生でいるつもりらしい。シェフィールドにいる上の息子は工場に勤め、三歳上の、彼と同じく野心家の女性と暮らしている。

ますます寒気がきびしくなり、冬至はとっくに過ぎたというのに、日中の明るい時間帯は前にもまして短くなっているようだ。ローズは遅い朝食をとり、いつものようにマウント湾が見える窓辺でコーヒーを飲んでいた。空は鉛色で、陽光の色もおかしい。雪が降る可能性は低そうだと思っていると、電話が鳴った。ローズは部屋を横切って受話器を取った。かけてきたのは、思ってもいなかった人物、すなわちジャックだった。

「数日、よそに行ってたんだ。パーティはどうだった?」

「うまくいったわ」なんだか舌がうまくまわらない感じがする。

「そっちに行きたいんだけど、お邪魔かな？」

「休みのあいだに仕事がたまってるんじゃないの？」

「いや。明日まで休暇なんだ」

断る理由も思いつかなかったので、ローズはジャックの申し出を受け容《い》れた。ジャックは十分で着くといった。


ジャックがやってくると、ふたりのあいだにぎこちない空気が流れた。ふたりともなにをいっていいかわからない。

「息子たちに会ってきた。ふたりとも元気にやってたよ」ジャックはぴんと張りつめた空気に気づいていたが、なぜこう緊張しているのか、自分でもわからなかった。

「よかったわね。コーヒーはどう？」

「いや、けっこう。ローズ、これは昼のニュースまで発表されないんだが、アレク・マンダーズがようやくジェニーを殺したと自供したよ」

「まあ、ジャック。いったい、なぜ、そんなことを！」ジェニーが実の父親の手で生命を絶たれたという事実に、ローズは深い悲しみに襲われた。

「きみはそう推測してた？」

「まあね。はっきりそうだとは思っていなかったけど、その可能性はあるんじゃないかと」

「なぜ？」

ローズはてきぱきしたしぐさで髪を耳のうしろにかきあげた。これはジャックもよく知っているが、ローズが彼を揶揄《やゆ》しようというときの癖だ。だが、今回はちがっていた。

「なぜなら、わたしの友人が犯人だとは、とても思えなかったから」そういいながら、ローズは恥ずかしさで赤くなった。ステラが犯人だと決めこんだときもあったからだ。「いえ、そうね、正直にいうと、そう思いたくなかったのね。あなたはほんとうに犯人はニックだと思った?」

「うん」うなずいたジャックの頬に赤みがさした。それを見たローズは、ジャックが個人的な理由で、ローズとは正反対の立場から、ニックが犯人であればいいと考えていたことを察した。ジャックはローズが納得した顔を見せたのを誤解して、急いで話をつづけた。「だが、レナータは駆け落ちしたのではなく、その時点でアレクに殺された可能性がある、という考えはいつも頭の隅にあった」もしローズがわけ知り顔でなにかいったら、彼女を殺してやる、と内心で思う。

「そうだな、やっぱりコーヒーをもらうよ」ジャックとしては、コーヒーなんかよりもっと強い飲みものがほしかったが、まだ午前中だ。ローズはコーヒーをマグについだ。

「ありがとう。警察は、ジェニーがマディ・デュークに打ち明け話をしていたのは知っていた。マディは二度目の事情聴取のさいに、アレクがレナータの友人とできていたかもしれないといった。それで、アレクがその女と共謀してレナータを殺したか、けんかのさなかにはずみで殺したか、おれたちはそう推測した。どちらにしろ、殺したあとで、レナータが駆け落ちしたかのように偽装するために、死体を廃坑に隠したと。当時、みんなはレナータの乱行を知っていたから、アレクの説明をなんの疑問もなく受け容れたんだ。ついでにいえば、アレク・マンダーズとジョシー・デヴローとの不倫は実を結ばなかった」

ローズはそんなことはわかっているという満足の笑みを隠そうと顔をそむけたが、少し遅かったようだ。ジャックは目ざとく見ていた。ジャックは驚きの表情をうかべたが、それはローズがジョシー・デヴローの名前を知っている、ということがわかったせいだ。ジャックが驚くのも無理はないとローズは思った。ローズは知らないふりをして、ジョシー・デヴローとは誰かと訊くべきだった。

「レナータを殺し、その死体を廃坑に隠したアレクは、あとは、離婚をでっちあげるために、妻の役を演じていたジョシーに関連書類を送ればよかった。双方の同意があれば、裁判所に出廷する必要はない。特に一方が家を出て六年もたっていれば。ロンドンの事務弁護士は、レナータだと名のって現われたジョシーをレナータ本人だと信じた。ジョシーがアレクから送ってきた結婚証明書、あるいはそのコピーをはじめ、種々の書類を持参していたのだから、本人だと信じるのは当然だ」

「そこまではいいわ。でも、ジョシー・デヴローはなぜそんなことに同意したの?」

「アレクの妻は死に、彼は再婚するのも自由だ。だのにアレクは、たとえ彼が殺したのではないにしても、妻が死んだことを誰にもいえなかった。六年後に合法的な離婚が成立すれば、彼には完全なアリバイができる。だって、死んでしまったレナータが離婚に同意できるはずはないだろ？　それにきみはいま〝なぜ〟と訊いたが、その後アレクはジョシーとは再婚しなかった。だったら、なぜ、そもそも最初に、ジョシーはアレクに手を貸したのだろう？　ことに六年もたったあとで」

「そうよね」

「アレクがジョシーと再婚しなかったのは、そうしたくなかったからだし、最初から彼女と結婚する気もなかったからだ。たとえジョシーのほうは結婚できると信じていたにせよ。アレクは彼女をなんらかの形で巻きこんで利用できると踏んだのだ。ジョシーはアレクがなにをしたか知っていたか、あるいは、そのことで彼を手伝ったのだろう。とにかく、そういういきさつだったせいで、警察はレナータ・マンダーズと名のっている女の所在をつかめなかった。アレクはきみを襲撃した罪で逮捕される前に、ジョシーに〈レナータ・マンダーズ〉は消えるころあいだと警告していたにちがいない」

「わたしもそういうことだろうと思ってた。わたしの顧問弁護士と話をしたとき、彼はあなたと同じように、必ずしも裁判所に出廷する必要はないし、それで離婚は成立するといってたから。それであれこれ考えあわせて、ジョシーは引っ越してからレナータの役を務め、何年ものあいだレナータとして暮らしていたんじゃないかと思った。彼女のことはマディに聞いたのよ。そして、あなたと同じようにわたしも、ジョシーはアレクといっしょになるという希望にしがみついていたけど、最終的にアレクに説き伏せられ、トラブルに係わりあうしかなかったんだと思った。あなたと同じようにわたしも、ジョシーはレナータ殺しのことを知っていたか、その件に巻きこまれたんだと思った」

「ローズ、ちょっと待った。きみはさっきから〝あなたと同じようにわたしもそう思った〟と何度もいってる。おれに仕事のやりかたを伝授する気かい？　それとも、おれがまちがってるといおうとしてるのかい？」

「そうよ、ジャック」

「まったくもう。きみに会った日のことを後悔してしまうなあ」

「ねえ、ちょっと考えてみて。アレクはジェニーを殺したことを認めた。では、動機はなんだったの？」

「よし、そこにもどろう」

「いいわ。アレクは刑務所に行くことになるわね。彼はばかではない。二件の殺人について、両方とも自分がやったとあっさり認めたほうが、自分のためになることぐらい、ちゃんとわかってるはずよ。ではなぜ、彼は妻を殺したことを認めないのか。わたしが答えるわ。なぜなら、それが真実だから」

ジャックはうめいた。組織力と専門家集団を誇る警察がまちがっていて、ローズ・トレヴェリアンが正しいなどということはありえない。とはいえ、ローズの話を聞くべきだ。

「簡単なことなのよ。わたしはレナータ・マンダーズはまだ生きていると思う」

「は？　説明してくれ、ローズ」

「さっきいったように、アレクが妻を殺したことを認めてないからよ」

「けど、それは彼がそういってるだけだ」

「ジョシー・デヴローはもうみつかったの？　それともレナータ・マンダーズの名前で捜してるの？」

「いいや」

「警察は彼女を本名で捜してるの？」

「ローズ、いえないこともあるんだ」

「そうね、ごめんなさい。でも、どうしてわたしがそう思うかはいわなくちゃね。あの家族の歴史のことを考えてみて。アレクの母親は暴君で、家族全員を支配していた。母親は息子が母親である自分以外の者と幸福になるのががまんできず、息子の妻である義理の娘を酒に溺れるようにしむけ、孫娘をいないも同然にあつかった。レナータが誰かと駆け落ちしたとしても、そのあとにほかの女がいすわることを考えて、母親がどんな思いをしたか、想像してみてよ」

いいところを突いているな、とジャックは認めた。それもなかなかいいところを。

「みんなが信じているとおり、レナータは家を出ていったとしましょう。それから数年たつと、ジョシーも引っ越した。もしかすると、ジョシーはアレクの家に行って、彼と親密なところを、母親にみつかったのかもしれない。母親は気性の激しいひとで、暴力をふるうのも平気だった。ね、もしジョシーが殺されたとしたら？　アレクは母親を守るために手を尽くすしかなかった。母親が生きていたときはもちろん、死んだあとでさえも。もしわたしが正しければ、アレクは嘘をいっていない。たとえ死体を隠したにしても」

「筋が通ってるな」ジャックは静かにいった。ローズは正しい。おそらく警察は、なにもないところで、むだに複雑な捜査をしていたのだろう。しかし、アレクのような男が母親がやったことをすなおに認めるだろうか？

「だけど、女だぜ？」

「アレクの母親は頻繁にジェニーを殴ってたのよ、ジャック。力は強かったんじゃないの。たまたま手に触れたか、それとも意図してか、なにかを凶器に使ったのかもしれない。もしかするとジョシーは倒れたさいに頭を打ったのかもしれない。ともあれ、少なくとも、ジェニーを殺した犯人はわかったわけね」ローズは眉をしかめた。「ところで、さっきの〝なぜ〟には、まだ答えてもらってないわ」

「アレクはいおうとしなかったが、ジェニーがアレクとアンジェラの住む家にもどりたがっていたことがわかっている」

「まさか、そんな事のためにジェニーを殺したりはしないでしょう。ノーといえばすむことですもの」

「そうなんだ。ただし、ジェニーがなにかをつかんでいて、もし父親が反対したら、そのなにかを使うと脅したのでなければ」

「え？　つまり、あなたはジェニーがジョシーのことを知っていたと思ってるの？」

「ありうる。それとも、ジェニーは母親が生きていないという結論に達したのかもしれない」

ローズは肩をすくめた。立ちあがってコーヒーのお代わりをつぐ。「だけど、ジェニーはなんの証拠も持っていなかったはずだもの、アレクは拒否すればよかったんじゃない？　いや、ちがうわね、なにかほかの理由があったのね。ちょっと待って、ジェニーはパリから帰国したあと、しばらくロンドンにいたんじゃなかった？」

「そうだ。しかし、彼女がアレクに教えられた住所に住む母親、あるいはジョシーを訪ねたかどうかはわかっていない」

「その意味はわかる」ローズはシンクの縁にもたれた。「それはわたしがまちがっているって意味だわね。もしジェニーがその住所を訪ね、住んでいるのが母親ではなく、母親の友人だと知ったら、なにがあったのか推測するのは決してむずかしいことじゃないもの」

「そのとおり。なんにせよ、アレクには漁師の経験もあれば、鉱山で働いていたこともあるし、バンを持っている。共犯者がいようがいまいが、死体を処理するのは簡単だっただろう」ジャックはたばこに火をつけ、灰皿はないかと周囲を見まわした。そして背後に手をのばして調理台の上の灰皿を手に取った。「おれに理解できないのは、アレクがなぜきみをそれほどの脅威だと思ったのか、ってことだ」

ローズも考えてみた。「前に彼に会ったとき、わたしがジェニーを好きだということがわかったはずだし、ジェニーからわたしがどこで絵を描いてるか、聞いていたはずよ。ジェニーが亡くなったあと、わたしがほんとうの理由を隠して探りにきたと邪推し、わたしがいろいろ知っているのではないかと疑《うたぐ》りはじめた。もちろん、彼は悲鳴事件で警察を呼んだのはわたしだということ、警察やら救助隊やらがあそこを徹底的に捜査したことも聞いていた。あなたが単独で二度目の捜査をして死体をみつけたときに、彼がどう感じたかは、とても想像できないけど。なりゆきからいって、なにもかもわたしのせいだと思ったのは当然でしょうね。それはともかく、DNA鑑定で、ふたりの被害者が血縁関係にあるかどうか、証明されるんでしょ？」

「そういうことだね、ローズ」ジャックはしかつめらしい顔でいった。内心では、署長にローズを顧問にしたらどうかと薦めるべきだろうかと考えていた。

「もう行くよ、ローズ。明日から仕事にもどるにあたって、自宅でやっておかなきゃならないことがあるんでね。それから、パーティに出席しなくて、すまなかった」勝手口のドアノブに手をかけたまま、ジャックは立ちどまった。「あの悲鳴のことだが。あれは警察を廃坑に導いてくれたけれど、二件の殺人とはなんの関係もない。きみの友人のひとりが企んだことだよ。たのむから、気をつけてくれ、ローズ」

「誰のしわざか、わかってる。もう、そのことは忘れない？　彼女、治療を受けてるはずよ」

「やっぱり、ステラ・ジャクスンだったのか」

ローズはなにもいわなかった。ジャックはローズの沈黙を肯定と受けとり、こくりとうなずいたが、まだ帰りそびれていた。「そのう、ニックはパーティに来たのかい？」

「ええ、来たわ」

「そうか」

「ジャック、前にいったけど、わたし、彼とはもう会う気はないの。終わったのよ。彼は一度ならずわたしに嘘をついた。あなたは欠点だらけのひとだけど、わたしに嘘をついたことはない」

褒められたのやらけなされたのやら、どちらかよくわからない賛辞を受け、ジャックは笑いながら帰っていった。

12

五月を目前に、ローズは充分な数の絵を完成させ、満足していた。これで、ステラが会わないほうがいいと嘘のアドバイスをした、当の画商、ジェフ・カーターに連絡できる。

会ってみると、ジェフはたまたま絵に興味のある、実際的で抜け目のないビジネスマンだとわかった。ジェフはローズの作品を丹念に吟味し、いくつかメモをとると、そのうち連絡するといった。ジェフの画廊を出たローズは、彼がほとんどなにもいってくれなかったことにかなり失望していたが、とにかく、やれるだけはやったのだと自分を慰めた。それが二日前のことで、いまだになんの連絡もない。今年はいい年になればいいと思っていたが、去年と変わりばえのしない年になりそうだとローズは思った。

大晦日《おおみそか》のパーティを最後に、ニックからはなにも連絡がないが、ローズは残念だとは思っていない。この先、もしふたりの道が交差することがあっても、ローズは決して避けないだろうが、いまのローズにはニックが子どもで、つねに世話をやいてもらう必要のある男だとわかっている。ダニエルからは一度電話があった。その後ローズが訪ねてこないのを不思議に思って電話してきたのだ。ローズは理由を説明できずに困惑したが、ステラのような人間でも、自分に自信を取りもどさせてくれたことで許すつもりだった。ローズは多忙を口実にして、ほんとうの理由を彼がステラに訊くかどうか、ダニエルに任せることにした——もし、彼がまだ知らないとすれば。

ローズはけっきょくピーター・ドースンと夕食をともにした。彼は知的で愉快な相手だが、ローズの本能は深入りはするなと告げた。以前にみずから語った彼の生きかたを思えば、ローズが彼のものにならないかぎりは、彼はローズを魅力ある相手だとみなすだろう。しかし、いったん深い仲になれば、最後に傷つくのはローズのほうだ——ローズにはそれがわかった。

いまのローズは解放された身だ。だが、ローラはトレヴァーといっしょに休暇をすごしに出かけ、来週でないと帰ってこない。ジャックは仕事でプリマスに出張しているし、バリーはイースターの週末から始まった観光シーズンに向けて、さまざまなプランの実現に縛られている。シーズン到来とはいえ、あとひと月やそこいらはまだまだ前哨戦だろうが。

図書館に行った帰り、ローズはプロムナードを歩いてもどることにした。途中で足をとめ、手すりを越えてしぶきを散らす波を避けて適度な距離を保ち、海を眺める。満潮時なので、波は荒いが淡青色の空によく映えている。プロムナードの向こうのほうで、波のしぶきをよけようとして失敗した子どもたちの喚声が聞こえる。セグロカモメが二羽、手すりにちょんと止まり、風に顔を向けていた。犬が一匹走ってくると、二羽のセグロカモメはぱっと飛び立ち、空気の流れに乗って滑空していたが、犬がいなくなると、また元の場所にもどってきた。

そんなセグロカモメを見ながら、ローズは自分も彼らと同じように自由だと思った。陽気な気分になり、のんびり歩いて家に帰ると、足拭きマットの上にローラからの絵はがきと、母親からの手紙がのっていた。

それから四日たって、ようやくジェフ・カーターから電話があった。そのころにはもう、ローズは二度と彼から連絡はないものとあきらめていた。

「六月の最後の週はどうですか？」ジェフは切りだした。「もしよろしければ、すぐに地元の新聞に連絡します。あまり時間がありませんからね」

「ええ、けっこうです」ローズはうれしくて叫びたいぐらいだった。来年の六月だといわれても、きっとうんといっただろう。

「まだわたしが拝見してない作品がありますか？」

「二点あります。小ぶりのものですが」

「では、ぜひ見せてください。よろしければ、そちらにうかがいます。そのほうが、あなたも梱包して車でこちらまでくる手間がはぶけるでしょう」

「ありがとうございます、ご親切に。そちらのご都合次第で、いつでもよろしいですよ」

手帳でスケジュールを確認しているのだろう、少し間があった。「では明日。四時半から五時のあいだに。それでよろしいですか？」

「はい。ではお待ちしてます」ジェフがもっとなにかいおうとしたのに気づかず、ローズは受話器を置いてしまった。

「やった！」ローズはこぶしを突きあげた。目にうれし涙が光っている。またもや電話が鳴り、ローズは受話器をひっつかんだ。「はい？」

「ミセス・トレヴェリアン」ジェフ・カーターの声だ。感情のこもらない声。「ご住所を教えていただけると助かるんですが」

ローズは笑い、軽率な女だと思われているかもしれないが、まったく気にせずに、住所を教えた。これまでの生涯でいちばん幸福な瞬間だった。お祝いをしよう、とローズは決めた。だが、誰といっしょに？　ピーターに電話することも考えたが、もう何年も前に名声を確立しているピーターには、たいしたことではないと思われるかもしれない。やはり相手はバリーでなければ。バリーはこれまでずっとローズの仕事を支えてくれ、よりよい仕事ができるように励ましつづけてくれたのだ。いつもローズのそばにいてくれる。この話を聞けば、きっと心から喜んでくれるだろう。

受話器を取ったバリーの声はぶっきらぼうだったが、かけてきたのがローズだとわかると、とたんにやわらいだ口調になった。

「からかってるのかい？　そうじゃないんなら、返事はひとつしかないね。一張羅を着ていったほうがいいかな？」

「それ以上かも」

「なぜだい？」

「会ったときにいうわ。七時半にタクシーで迎えにいく。用意して待ってて」

興奮してほかにも誰かにいいたくてたまらなくなり、ローズは母親に電話した。母親はどんなに誇らしく思っているか、何度もくり返した。「あたしたちも見にいくよ。なにがあったって見逃せるものですか」

ローズは個展の日時がはっきり決まり次第、すぐに知らせると約束した。「オープニングの夜にはぜひ来てね」

家に閉じこもってなんていられない、とローズは思った。アドレナリンが体じゅうを駆けめぐっている。ジャケットをはおり、表にとびだし、坂道を走るように下りていく。ペンザンスの駅ではっと我に返り、無我夢中でこれほど遠くまで来たことに気づくと、立ちどまって深呼吸した。財布をのぞくとクレジットカードとレイルカードが入っていた。トゥルーローの商店街が呼んでいる。新しい服が必要だ。今夜、それを着て、あとはオープニングの日までとっておこう。

幸運がすべてにゆきわたっているかのように、服を買うという使命は果たされ、ローズはビニールのショッピングバッグを三つも抱えて帰路についた。戦利品は、裾がふくらはぎのあたりまであるクリーム色のドレス。袖なしで肩からすとんと落ちるデザインだ。そして、その上に着る、少し濃いめのクリーム色のレースのジャケット。三つ目のショッピングバッグには、二インチのヒールのストラップ式の靴と、それに合う小ぶりのイヴニングバッグ。どれもたいした値段だったが、ローズは眉ひとつ動かさなかった。

驚きのあまり、バリーの目がつづけざまに二度、大きくみひらかれた。一度目はローズのいでたちを見て。特に彼女の赤褐色の髪がふんわりと肩にかかっているのにぼうっとなった、と限で撮影をするときにメディア関係者が食事に使う魚料理専門のレストランだ。レストランに入ると、ローズはシャンパンを注文し、バリーにその理由を説明した。バリーは両手でローズのそれを握りしめ、彼女に熱烈なキスをした。

「胸が躍るね。あんたならやれると、いつも思ってた」

「まだ〝やった〟とはいえないけど、始まりではあるわね」

二階のバーでオリーヴとポテトチップスをつまみながら、ふたりはシャンパンを味わった。カーブした階段が見えるテーブルにつくと、ふたりはむかしなじみの友だちならではのおしゃべりに興じた。ローズはバリーがいつもより身近に思えた。

「今夜は家までエスコートさせてもらうよ。送っていったタクシーでうちに帰ればいいんだから」

ローズはほとんど夢見ごこちで家に入った。体がふわふわ浮いているようだ。明日は残りの作品を見にジェフがやってきて、個展の詳細を打ち合わせることになっている。ローズはもうそれ以上、なにも望むことはないような気がした。

「いいですね」ジェフ・カーターはおおげさな褒めことばもいわず、あっさりとそういった。「では、この二作も展示しましょう。内覧会には招待客を呼ぶ必要があります。六十人は呼べますよ」

「六十人も知り合いはいません」

「まあ、なんとかなります。ところで、どういうスタイルにしますか？　ワインと料理、あるいは、コーヒーとビスケット？　そちらのご予算によりますが」

「ワインと料理」もしかすると、これが最初で最後の個展になるかもしれないにしても、ローズはちゃんとしたものにしたかった。「わざわざ来てくださって、どうもありがとう、ジェフ」

「お気遣いなく」ジェフは片手を勝手口のドアノブにかけたまま、ためらっていた。なにかいうのかと待っていたが、けっきょく彼はなにもいわなかった。そして肩越しにふり向くとにっこりと笑った。

午後六時をすぎているが、晩春というより初夏のように感じられる夕べだ。気候の変化は急激だった。冬日かと思うと、三日間は今夜のような暖かさがつづく。ローズはキッチンテーブルにつき、思いつくままに名前を書きとめた。ほんの知り合い程度の名前も書く。その全員をオープニングパーティに招待するつもりだった。キッチンテーブルの上に影が落ちた。窓の外を誰かが通ったのだ。ジャック・ピアースだった。ローズは手招きした。

「忙しい？」ジャックは書きかけのリストを見てそう訊いた。

「いいえ」ローズはニュースを伝え、ぜひ来てほしいといった。

「光栄だな。すごいね、ローズ、よくやった。心からそう思うよ」

「ずっといいわね」

「なにが？」

「先だって会ったときより、疲れた顔をしてない」

「つまり、ぐんと男前があがったってことだ」

「正直にいえば、そうね、ジャック」


ローズの思いは一月のある日にもどった。ジャックから電話があり、レナータ・マンダーズがみつかったと知らされたときのことに。レナータは、娘が死んだというアレクからの手紙は受けとっていなかった。なぜなら彼は手紙など書かなかったからだ。なにも知らないまま、レナータはクリスマスシーズンをスコットランドの友人宅ですごした。そして、帰宅したとたんに娘の死を知らされた。彼女は娘が死んだことも、元の夫が殺したことも、いっさいなにも知らなかった。詳細を聞いたレナータは、コーンウォールに娘の墓参りにやってきた。

「それで、ジェニーは彼女のところに行ったことがあったの?」ローズは訊いたものだ。

「ああ。一度だけ。だが、ふたりはそりが合わなかったようだ。おかしなことに、レナータはアレクを特に悪くいった憶えはないという。彼に手ひどいあつかいを受け、浮気されたことしかいわなかったそうだ。しかし、アレクはジェニーがいっしょに住まわせてほしいといってきたとき、それを断ると、ジェニーに〝どうさんがやったこと、あたしは知ってるんだよ。どうしておめおめと生きていられるの?〟といわれたと供述している。ジェニーは母親を追い出したことをいったんだが、アレクはもっと深刻な意味にとったんだ」

「当時、どうしてジョシーが失踪したことに誰も気づかなかったのかしら?」

「ジョシーは両親が年老いてからのひとりっ子だったんだ。父親は早く死に、母親は高齢でデヴォンの老人ホームに入っていた。DNA鑑定の結果が判明したところで、もう一度アレクを尋問した。DNA鑑定で白骨死体はレナータではないとわかったものの、身元は依然として不明だった。アレクもついに観念してね。彼の母親はジョシーがアレクの妻の座を狙っているのを知り、アレクも彼女にご執心で家に入れるつもりだと思いこんだ。おれたちの推測どおり、大げんかがあったわけだ。ただし、ジョシーは倒れたはずみで死んだわけではない。アグネスが火かき棒で殴ったのさ」

「まあ、なんてこと。でも、死因っていうの、検屍解剖だか、骨の検査だかで、それはわからないの？」

「必ずしもわかるとはかぎらない。頭蓋骨のどこを殴打されたかによるし、検屍解剖ではほかにもたくさん損傷がみつかったからね」

レナータはコーンウォールに休暇をすごしにきていた男と親しくなり、その男といっしょにロンドンに出奔した。その男とはまだいっしょに暮らしているが、レナータは結婚は拒否している。もう二度とごめんです、とレナータは警察できっぱりいったという。

それを聞いたローズはジャックに、もしレナータがジェニーをいっしょに連れて家を出ていたら、ジェニーはまだ生きていたかもしれない、といった。

「そうかもしれないが、そうだとはいいきれないね。運命というのは、計り知れない生きものだよ」

ローズはデイヴィッドとすごした年月を思い、ジャックのいうとおりだと認めた。ジャックはさらに話をつづけ、アレクがミスをおかしたことを説明した。アレクとしてはジェニーを気絶させ、溺死したかのように偽装するつもりだったのだが、自分の力の強さを自覚していなかったのだ。父親と娘のあいだには、親子の情愛などなかった、とジャックはいった。そして、あかの他人より、親子、きょうだいといった血縁の者に殺される事件は、けっこう多いのだともいった。

それも過ぎたことだ、とローズは自分にいいきかせた。いまは祝杯をあげるべきだ。「一杯いかが？　わたしの成功に」

ジャックの顔が内心の驚きを語っていたが、すでにローズは席を立っていたので、彼女がその表情を見ることはなかった。「いいね。うん、ありがとう」

「乾杯！」冷えた白ワインをついだグラスをジャックに渡し、ローズはいった。「わたしたちのために！　ふたりとも、それぞれ、仕事がうまくいったみたいだから」そう、ジャックもいい仕事をしたのだ。

「おれがこうあれかしと望んだ方向に、ではなかったけどね」ジャックはむっつりと応じた。

「ピーターはどうしてる？」この質問がローズにどう受けとられるかよくわからなかったが、どうしても訊いてみたかったのだ。

ローズのぶかぶかのシャツの袖口がずるっと落ちて、手をおおいかくした。ローズは時間をかけて袖口を折り返した。「知らない。最後に会ってから、もうずいぶん日にちがたってるから。ほんとうのことをいうとね、ジャック、わたし、あのひとたちとずっと親しくしようなんて気はないの。マディはべつだけど。彼女、変わったわよ。養子縁組斡旋のひとたちと連絡がついてね。問い合わせだけだったけど、それがスタートになるし、そのおかげで希望がもてたみたい。母親と連絡をとりたいという娘さんの気持が変わらないことを祈るばかりだわ」

「うん、そうだね」ジャックは自分の指をためつすがめつしている。「ローズ、お祝いをさせてもらえないかい？　夕食だけでも。紐はついてない」

「ありがとう。うれしいわ」ローズはジャックのハンサムな顔を、大柄のたくましい体を、力づよい手をみつめた。そしてその手が自分の体をまさぐったときの感じを思った。ローズにとっては終わったことだが、ジャックはそう思っていないのがわかり、寂しい気がする。しかし、同じ屋根の下で暮らせば、最後にはたがいに殺しあうことになるだろう。

「ジャック？」

「なんだい？」ローズの尋ねるような顔を見て、ジャックはやさしくほほえんだ。

「友だちでいてくれてありがとう」

「これからもずっとそうさ、ローズ。ずっとね」

ローズはうなずいた。「わかってる。わたしもそうよ」雄弁な沈黙が流れたあと、ローズはきらめく目をあげた。「ね、ジェフの話、したかしら？」

ジャックはうめき声をあげて、頭をかかえこんだ。ローズの目を見ずに質問する。「そのジエフってやつは、いったい、どこの誰なんだい？」

ローズはにやりと笑った。いまのところはまだ、その質問にくわしく答えることはできないが、ジェフが勝手口のドアノブに手をかけ、肩越しに微笑してみせたとき、ちかっとウィンクしてよこした気がしてならないのだ。

訳者あとがき

前作『しっかりものの老女の死』から数カ月後、十二月に入り、コーンウォールもクリスマス一色に染まりはじめた。

この数カ月、油絵を描くことに専念していたローズ・トレヴェリアンは、自分の画風《スタイル》を確立しようと夢中になってすごしてきた。抽象画ではなく具象画、それも風景画を中心にしているため、戸外での写生が多い。コーンウォール特有の荒々しい風景を描こうと、このところ、いまは廃鉱となった地で、荒廃したエンジンハウスをモチーフに、作品を描きすすめている。

そんなある日、ローズがいつもの写生場所で仕事に没頭していると、女の悲鳴が聞こえた。誰もいない荒涼たる地、しかも地下には縦横に坑道が掘りめぐらされた危険な地域でもある。ローズはとっさに事故を想定し、携帯電話で警察に連絡した。しかし、駆けつけた警察もレスキュー隊も、人っ子ひとりみつけられなかった。

狭い地方ならではは、お騒がせの中年女という噂はあっというまに広がってしまう。噂の当事者であるローズは、恋人だったジャック・ピアースにも小言をくらうしまつ。クリスマスを前に、世間は浮かれているのに、ローズは鬱々としてしまう。気をとりなおして仕事にかかろうとしていると、最近つきあうようになったセント・アイヴス在住の芸術家たちに関係のある女性が失踪し、ローズはまたもや事件に巻きこまれていく……。

一作目、二作目はコーンウォールの夏から秋にかけての話だったが、今回は冬。それもクリスマス前から新年にかけての、いわば年越しの話だ。町なかはクリスマス・イルミネーションで飾られ、人々がうきうきとプレゼントの買い物やパーティの用意にいそしむ時期。キリスト教世界では、十二月一日からクリスマス当日まで、アドベントカレンダーやアドベントキャンドルで、その日がくるのを心待ちにしている。クリスマスイヴには期待感が最高潮に達し、クリスマス当日はプレゼントを開け、家族そろってクリスマスを祝い、ごちそうを食べる。二十五日は家族中心でお祝いをするのが慣例。二十六日はボクシングデイというが、これはかつて（いまでもそうかもしれない）、貴族階級や富裕層が、使用人や出入りの業者、郵便配達人などに、プレゼント・ボックスを贈ったことから、そういう名称になったようだ。このあとは三十一日の大晦日に新年を迎えるパーティが開かれたりするものの、ことさらに正月を祝うことはないようだ。クリスマスは、キリスト誕生の日から十二日目、東方の三賢人が幼子キリストに会ったという一月六日の夜までつづく。つまり、クリスマスは十二夜で終わりとなる。

本書ではコーンウォールのクリスマス風景が語られ、この土地ならではの料理やお菓子の話がでてきて、前二作とはひと味ちがう、なかなか楽しい描写がある。

ところで、今回はセント・アイヴスという町が中心になっている。ペンザンスから北へ、列車で二十分、バスなら四十分ぐらいのところに位置するセント・アイヴスは、かつてピルチャードという鰯の漁とその加工でにぎわった小さな漁村だった。丘陵を背に、海に斜面がゆるやかになだれこんだ、岬の町だ。細長い岬の突端、むかしは沖合いにあった島が本土と陸つづきになってひさしいが、そこをいまだに〈島〉と呼んでいるあたり、がんこなコーンウォール人らしい。しかし、鰯の群がこなくなってから漁も下火となり、いまは風光明媚で温暖な土地柄に惹かれた画家や彫刻家たち、それに夏期休暇をすごす旅行者が多く集まって、芸術家の町を兼ねた観光地になっている。

岬を挟んで両側に白い砂地の海岸が広がり、坂道や石段の多い、この小さな町のごく狭い平坦地には、迷路のような細い路地に、軒の低い小さな古い家がひしめき、土産物屋やパブ、ベッド《B》&《&》ブレックファスト《B》、コーンウォール名物のパースティを作って売るパン屋などにまじって、小さなギャラリーがたくさんある。夏場には海水浴客やサーファーでにぎわう海岸から数百メートルも離れていない小高い丘の上に、ロンドンのテイト美術館の分館が建ち、丘陵のほうには、陶芸家が集まった作陶家たちのコロニーもある。日本とも縁の深い陶芸家バーナード・リーチが窯を築いたのが最初だとか。

本文中にも、こんな場所に美術館とは、と建設に賛否両論があったというような話がちらと出てくるが、これは美術品には大敵の、塩害を懸念する否定意見が多かったからだろう。美術館は一九九三年に完成し、主に、コーンウォールに縁《ゆかり》のある画家や彫刻家の作品が展示されている。

なお、本書でローズが心惹かれて作品のモチーフにしたエンジンハウスというのは、鉱山の地下坑内での作業や操業に必要な動力源として、地上に巨大なモーターエンジンを据えつけるための建築物。木造ではなく、煉瓦と石を積みあげて造られたこの建築物は、コーンウォール独特のものだという。もちろん、鉱山が閉鎖されたいまはほとんどが荒廃し、崩れてしまったものも多い。だが、いまだにあちこちに、高い煙突のような建築物と石組みの壁が一部だけ残ったエンジンハウスが建っているので、その周辺地域がかつての鉱山だということがわかる。
さて、巻きこまれ型ライトミステリとしてお目見えしたローズ・シリーズも、これで三作目。レギュラーの登場人物たちもおなじみとなってきたことだろう。本書では、二作目までは話にでてくるだけだった、ローラの夫、漁師のトレヴァーもきちんと顔を出す。画家として再出発したローズの活動範囲が広がり、交友関係も増えている。本書に登場した新顔のうち何人かは次作以降にも顔をだすかもしれない。今後もどうぞお楽しみに。

二〇〇六年四月

検印
廃止

訳者紹介　1948年福岡県生まれ。立教大学社会学部社会学科卒業。主な訳書，アーモンド「肩胛骨は翼のなごり」「秘密の心臓」，キング「スタンド・バイ・ミー」，ライス「こびと殺人事件」，アンソニイ〈魔法の国ザンス〉シリーズなど。

クリスマスに死体がふたつ

2006年5月12日　初版

著　者　ジェイニー・ボライソー

訳　者　山《やま》　田《だ》　順《じゅん》　子《こ》

発行所　（株）東京創元社
代表者　長谷川晋一

162-0814/東京都新宿区新小川町1-5
電　話　03・3268・8231-営業部
　　　　03・3268・8204-編集部
URL　http://www.tsogen.co.jp
振　替　00160-9-1565
工友会印刷・本間製本

乱丁・落丁本は，ご面倒ですが小社までご送付ください。送料小社負担にてお取替えいたします。

ISBN4-488-19806-6　C0197

Dorothy L. Sayers

ドロシー・L・セイヤーズ（英 一八九三—一九五七）

オックスフォードに生まれたセイヤーズは、広告代理店でコピーライターの仕事をしながら二三年に第一長編『誰の死体?』を発表。そのモダンなセンスにおいて紛れもなく黄金時代を代表する作家だが、名作『ナイン・テイラーズ』を含む味わい豊かな作品群は、今なお後進に多大な影響を与えている。ミステリの女王としてクリスティと並び称される所以である。

ピーター卿の事件簿

ドロシー・L・セイヤーズ
宇野利泰訳
〈本格〉

クリスティと並ぶミステリの女王、ドロシー・L・セイヤーズが生み出した貴族探偵ピーター卿の活躍を描く待望の作品集。絶妙の話術が光る秀作を集めた。「鏡の映像」「ピーター・ウィムジー卿の奇怪な失踪」「盗まれた胃袋」「完全アリバイ」「銅の指を持つ男の悲惨な話」「幽霊に憑かれた巡査」「不和の種、小さな村のメロドラマ」の七編を収録。

18301-8

誰の死体?

ドロシー・L・セイヤーズ
浅羽莢子訳
〈本格〉

実直な建築家が住むフラットの浴室に、ある朝見知らぬ男の死体が出現した。場所柄、男は素っ裸で、身につけているものは金縁の鼻眼鏡のみ。一体これは誰の死体なのか? 卓抜した謎の魅力とウイットに富む会話、そして、この一作が初登場となる貴族探偵ピーター・ウィムジイ卿。クリスティと並ぶミステリの女王が贈る、会心の長編第一作!

18302-6

雲なす証言

ドロシー・L・セイヤーズ
浅羽莢子訳
〈本格〉

兄のジェラルドが殺人犯!? しかも、被害者は妹メアリの婚約者だという。お家の大事にピーター卿は悲劇の舞台へと駆けつけたが、待っていたのは、家族の証言すら信じられない雲を摑むような事件の状況だった……! 兄の無実を証明すべく東奔西走するピーター卿の名推理と、思いがけない冒険の数々。活気に満ちた物語が展開する第二長編。

18303-4

不自然な死

ドロシー・L・セイヤーズ
浅羽莢子訳
〈本格〉

殺人の疑いのある死に出合ったらどうするか。とある料理屋でピーター卿が話し合っていると、突然医者だという男が口をはさんできた。彼は以前、癌患者が思わぬ早さで死亡したおりに検視解剖を要求したが、徹底的な分析にもかかわらず殺人の痕跡はついに発見されなかったのだという。奸智に長けた殺人者を貴族探偵が追いつめる第三長編!

18304-2

ベローナ・クラブの不愉快な事件

ドロシー・L・セイヤーズ
浅羽莢子訳

〈本格〉

休戦記念日の晩、ベローナ・クラブで古参会員の老将軍が頓死した。彼には資産家となった妹がおり、兄が自分より長生きしたならば遺産の大部分を兄に遺し、逆の場合には被後見人の娘に大半を渡すという遺言を作っていた。だが、その彼女が偶然同じ朝に亡くなっていたことから、将軍の死亡時刻を決定する必要が生じ……？ ピーター卿第四弾。

18305-0

毒を食らわば

ドロシー・L・セイヤーズ
浅羽莢子訳

〈本格〉

推理作家ハリエット・ヴェインは恋人の態度に激昂、袂を分かった。最後の会見も不調に終わったが、直後、恋人が激しい嘔吐に見舞われ、帰らぬ人となる。医師の見立ては急性胃炎。だが解剖の結果、遺体からは砒素が検出された。偽名で砒素を購入していたハリエットは訴追をうける身となる。ピーター卿が決死の探偵活動を展開する第五長編。

18306-9

五匹の赤い鰊《にしん》

ドロシー・L・セイヤーズ
浅羽莢子訳

〈本格〉

釣師と画家の楽園たるスコットランドの長閑な田舎町で、嫌われ者の画家の死体が発見された。画業に夢中になって崖から転落したとおぼしき状況だったが、当地に滞在中のピーター卿はこれが巧妙な擬装殺人であることを看破する。怪しげな六人の容疑者から貴族探偵が名指すのは誰？ 後期の劈頭をなす、英国黄金時代の薫り豊かな第六長編！

18307-7

死体をどうぞ

ドロシー・L・セイヤーズ
浅羽莢子訳

〈本格〉

砂浜にそびえる岩の上で探偵作家ハリエット・ヴェインが見つけた男は、無惨に喉を掻き切られていた。手元にはひと振りの剃刀。見渡す限り、浜には一筋の足跡しか残されていない。やがて潮は満ち、死体は流されるが……？ さしものピーター卿も途方に暮れる難事件。幾重もの謎が周到に仕組まれた雄編にして、遊戯精神も旺盛な第七長編！

18308-5

殺人は広告する

ドロシー・L・セイヤーズ
浅羽莢子訳

〈本格〉

広告主が訪れる火曜のピム社は賑わしい。特に厄介なのが金曜掲載の定期広告。これには文案部も音をあげる。妙な新人が入社したのは、その火曜のことだった。前任者の不審死について穿鑿を始めた彼は、社内を混乱の巷に導くが……。広告代理店の内実を闊達に描くピーター卿物の第八弾は、真相に至るや見事な探偵小説に変貌する。モダン！

18309-3

ナイン・テイラーズ

ドロシー・L・セイヤーズ
浅羽莢子訳

〈本格〉

冬将軍の去った沼沢地方の村に、弔いの鐘が響いた。病がちな赤屋敷の当主が逝ったのだ。故人の希望は亡妻と同じ墓に葬られること、だが掘り返してみると、奇怪なことに土中からもう一体、見知らぬ遺骸が発見された。死因は不明。ピーター卿の出馬が要請される。一九三〇年代英国が産んだ最高の探偵小説と謳われる、セイヤーズの最大傑作。

18310-7

学寮祭の夜

ドロシー・L・セイヤーズ
浅羽莢子訳

〈本格〉母校オクスフォードの学寮祭に出席した探偵作家ハリエットは、神聖たるべき学舎で卑劣な中傷の手紙に遭遇する。思い出は傷ついたが、後日、匿名の手紙が学内を騒がせているとの便りが舞いこむ。ピーター卿は遠隔の地にあり、彼女は単独調査へ駆り出される羽目に。純然たる犯人捜しと人生への洞察が奏でる清新な響き。著者畢生の大長編！

18311-5

顔のない男

ピーター卿の事件簿Ⅱ
ドロシー・L・セイヤーズ
宮脇孝雄訳

〈本格〉英国黄金時代を担ったミステリの女王セイヤーズ。本書は特異な動機の究明が余韻を残す表題作、不思議な遺言の謎を解く「因業じじいの遺言」、幻想味豊かな「歩く塔」など、才気横溢のピーター卿譚七編に、セイヤーズが現実の殺人事件を推理する興味津々の犯罪実話と、探偵小説論の礎をなす歴史的名評論を併載した、日本版短編集第二弾！

18314-X

老人たちの生活と推理

コリン・ホルト・ソーヤー
中村有希訳

〈本格〉サンディエゴに佇む、至れり尽くせりの高級老人ホーム〈海の上のカムデン〉で、人畜無害の老婦人が殺された。いったい誰が、なぜ殺したのか？　誇り高きアンジェラたちは、ありあまる好奇心を満足させるべく、おっかなびっくり探偵活動に乗りだす。活気溢れる面々のしんみり可笑しい奮闘の顚末をつづる、これぞ老人本格推理の決定版！

20302-7

氷の女王が死んだ

コリン・ホルト・ソーヤー
中村有希訳

〈本格〉誰彼なしに顎で使い、お高くとまった言動は数知れず。嫌われ者を選ぶコンテストがあればぶっちぎりで優勝したに違いない。そんなエイミーが体操用の棍棒で撲殺された。容疑者満載――だが、誰がそこまでしたいと思ったろう。困惑する捜査陣を尻目に、アンジェラたちは再び探偵を開始する。ユーモア謎解き小説、待望のシリーズ第二弾！

20303-5

フクロウは夜ふかしをする

コリン・ホルト・ソーヤー
中村有希訳

〈本格〉一人目は自販機業者、二人目は庭師……。お年寄りが優雅な老後を過ごす〈海の上のカムデン〉で連続殺人が発生。感じの悪い刑事の鼻を明かそうと、アンジェラたちは早速行動を開始した。いくら危険だ邪魔だ迷惑だと言われたところで、もちろん彼女らが思いとどまろうはずもない。元気いっぱいの老婦人たちが繰り広げる素人探偵大作戦！

20304-3

ピーナッツバター殺人事件

コリン・ホルト・ソーヤー
中村有希訳

〈本格〉列車に轢かれて死んだ男は、高級老人ホーム〈海の上のカムデン〉の住人と親交があった。被害者の人となりを知りたいマーティネス警部補に頼まれ、嬉々として聞きこみを始めるアンジェラたち。当然、探偵活動はそれだけで済むはずもなく、過激に暴走していくのであった。おなじみ老人探偵団に新メンバーも加わって、ますます快調第四弾！

20305-1

ジル・チャーチル（米 ?— ）

Jill Churchill

八九年に『ゴミと罰』でミステリ界に登場し、アガサ賞最優秀処女長編賞を受賞した。明るく生きの良い文体で、主人公ジェーンの専業主婦としての目まぐるしい日常と素人探偵としての愉快な活躍を描き続けている。ディクスン・カーから貰った手紙が宝物だという、かなりのミステリマニアであるらしい。また、別名義で歴史小説の著作もある。カンザス州在住。

ジル・チャーチル
浅羽莢子訳
ゴミと罰
〈本格〉

ジェーンの朝は、三人の子供たちを起こしてまわることから始まる。平凡な一日？　でも今日はいつもと様子が違った。お隣で、掃除婦さんが掃除機のコードで絞殺されてしまったのだ。疑われたのは近所の主婦一同。わが家を守るため、ジェーンは探偵役を買って出たのだが……。アガサ賞最優秀処女長編賞に輝いた期待の本格ミステリ登場！

27501-X

ジル・チャーチル
浅羽莢子訳
毛糸よさらば
〈本格〉

今年もクリスマスがやってきた。二男一女を抱えるジェーンには頭の痛いシーズンだ。おまけに今回は、疎遠にしていた旧友が性格最悪の息子を連れて遊びに来たから、たまらない。盛りあがる険悪ムードのなか、事は殺人事件にまで発展して……。苦手な編み物片手に、真相解明に取り組む主婦探偵ジェーン。騒々しくも面白いシリーズ第二弾。

27502-8

ジル・チャーチル
浅羽莢子訳
死の拙《せつ》文《ぶん》
〈本格〉

息子たちが旅行に出ていき、ジェーンは娘と女二人になれた。だが娘ときたら、朝寝はする、バイトはする、そのあとだって門限一秒前までお出かけくださる。がっかりしながらも遊びに来た母親と自分史執筆の講座を受けることにしたが、そこで毒殺事件が勃発——犯人は受講生の中にいる？　主婦探偵が生きがいと殺人犯を探索する第三弾！

27503-6

ジル・チャーチル
浅羽莢子訳
クラスの動物園
〈本格〉

あの親友シェリイが、今度ばかりは気もそぞろだった。高校時代のクラブの同期会、かつての内気の虫が再発しないよう、手伝いがてらジェーンにも出席してほしいのだという。憮然としながらもそれはそれ。だが、個性ばらばらな女七人が火花を散らす一夜が明けた時、出席者の一人が死体に……？　主婦探偵が右往左往する快調シリーズ第四弾。

27504-4

ジル・チャーチル
浅羽莢子訳

忘れじの包丁

〈本格〉

家の裏の原っぱで、映画の撮影が始まった！　主演女優は厄病神とうわさの高いリネット・ハーウェル。スタッフとも仲良くなって、シェリイと共にロケ見物へと乗り出したジェーンだったが、小道具主任が殺されて事態は急変。しかも、凶器はあろうことか、ジェーンの包丁。これも厄病神の霊験なのか？　主婦探偵がロケ隊に遭遇する第五弾。

27505-2

ジル・チャーチル
浅羽莢子訳

地上《ここ》より賭場《とば》に

〈本格〉

コロラド州の山奥にロシア皇帝がいる？　ジェーンは吹き出しかけた。このリゾート・ホテルの経営者は帝位の正統な継承者であるというのだ。しかし、いかにばかげて聞こえても、そう主張する研究家が殺されたとなると笑ってばかりもいられない。動機は本当に帝位を巡る争いなのか？　主婦探偵がスキーに、昼寝に、休暇を満喫する第六弾。

27506-0

ジル・チャーチル
浅羽莢子訳

豚たちの沈黙

〈本格〉

デリカテッセンの開店記念パーティの最中に、裏の倉庫で弁護士がハム用ラックの下敷きになって死んでいた。この男、自分勝手な条例を次々と発案しては、議会に働きかけていた有名な迷惑おやじ。そんなわけで、皆から疎まれていたのはたしかだが、殺すほど憎んでいたとなるといったい誰か？　主婦探偵が息子の門出を祝うシリーズ第七弾。

27507-9

ジル・チャーチル
浅羽莢子訳

エンドウと平和

〈本格〉

ジェーンたちの目の前で、豆博物館の館長が殺された。凶器は博物館に展示されていた骨董品のデリンジャー。創設者の遺産をめぐる揉めごとや、新館長の座をめぐるいざこざで、館内は火種には事欠かない。ジェーンは、ボランティアとして博物館を手伝うかたわら、事件解決に頭を絞る。主婦探偵が犯人を追いながら、縁結びもたくらむ第八弾。

27508-7

ジル・チャーチル
戸田早紀訳

風の向くまま

〈本格〉

時は一九三一年。上流階級から貧乏のどん底へと転落していた兄妹に、驚愕の知らせが届いた。二人が大伯父の莫大な遺産の相続人なのだという。だが、困ったことが二つ。妙な遺言のおかげで、実際にお金が貰えるのは十年後。しかも、二人は大伯父殺しの容疑者になってしまったのだ。二人は身の潔白を証明できるのか？　期待の新シリーズ開幕。

27509-5

ジル・チャーチル
戸田早紀訳

夜の静寂《しじま》に

〈本格〉

大きな屋敷はあるものの日々の稼ぎはまるでない。そんな兄妹が生活費のために企画したのは、有名人を囲んでの会費制のパーティーだった。幸運にも、滅多に人前に現れない有名作家が招待に応じてくれた。ところが計算外のことがただ一つ起こってしまう。飛び入り参加のご婦人が何者かに殺されてしまったのだ！　いよいよ快調の第二弾！

27510-9

ダフネ・デュ・モーリア
務台夏子訳
〈バラエティ〉

鳥

デュ・モーリア傑作集

ある日突然、人間を攻撃しはじめた鳥の群れ。彼らに何が起きたのか？　ヒッチコックの映画で有名な表題作をはじめ、恐ろしくも哀切なラヴ・ストーリー「恋人」、奇妙な味わいの怪談「林檎の木」、貴婦人が自殺した真の理由を私立探偵が追う「動機」など物語の醍醐味溢れる中短編八編を収録。『レベッカ』と並び称される代表作、初の完訳。

20602-6

ダフネ・デュ・モーリア
務台夏子訳
〈サスペンス〉

レイチェル

両親を亡くしたわたしには父同然の従兄、アンブローズがフィレンツェで結婚し、そして急死した。わたしは彼の妻レイチェルを顔も知らないまま恨んだ。が、彼女を一目見てたちまち心を奪われる。遺された手紙が心に影を落とす。アンブローズはレイチェルに殺されたのか？　せめぎあう愛と疑惑。第二の『レベッカ』と称される傑作を新訳で。

20603-4

Michael Bond

マイケル・ボンド（英　一九二六―　　）

いまや児童文学の古典ともいうべき『くまのパディントン』の著者である彼は、中学卒業後、法律事務所に勤務。その後、英国国営放送《BBC》の見習い技師を経て軍隊に入隊。雑誌に投稿を始め脚本にも手を染める。再びBBCに入社、カメラマンとなり、かたわら書いた『くまのパディントン』で作家となる。パ氏シリーズは大人向けユーモア・ミステリ・シリーズである。

パンプルムース氏のおすすめ料理

マイケル・ボンド
木村博江訳
〈ユーモア〉

グルメ・ガイドブックの覆面調査員パンプルムース氏は、元パリ警視庁刑事。味にうるさい愛犬ポムフリットは、元警察犬。とあるホテル・レストランの味をチェックに訪れた珍コンビに出された皿には、なんと首が！　命と貞操まで狙われながらパ氏が挑む怪事件。『くまのパディントン』の作者が、大人たちに贈る超傑作グルメ・ミステリ！

21502-5

パンプルムース氏の秘密任務

マイケル・ボンド
木村博江訳
〈ユーモア〉

今回のパ氏の任務は、編集長の叔母さん経営のレストランたてなおし作戦。肉といえば靴底のようなもの、パイといえばキツツキもびっくりという代物しか出さない、とんだゼロ星レストランに、味にうるさい元警察犬ポムフリットと乗り込んだパ氏を待っていたのは、媚薬のからむ驚天動地の怪事件だった。グルメ珍コンビ、またもや大活躍！

21503-3

パンプルムース家の犬

マイケル・ボンド
木村博江訳
〈ユーモア〉

ホームズ譚を読みながら三つ星レストランを有するホテルで休暇を過ごすパ氏と、「レストランに犬立ち入り禁止」規定に不機嫌のきわみにある元警察犬にして、グルメのポムフリットが、今度は国家規模の一大事に巻き込まれた！　休暇は棚上げ。パンプル・ホームズとポムフリ・ワトスンが出動した。パンプルムース家の犬が低く長く遠吠えする。

21504-1

パンプルムース氏のダイエット

マイケル・ボンド
木村博江訳
〈ユーモア〉

ダイエットせよ、これが編集長命令だった。ヘルスクラブの調査のために自らも体験しろというのだ。ダイエット！　食事制限！　そんなことがパ氏に可能なのか？　潜入したヘルスクラブには怪しい雰囲気が漂っている。パ氏瓜二つの軽薄男が登場するわ、ポムフリットが食料調達に走るわで例によって大騒動。飢えたる二人の運命やいかに？

21505-X

パンプルムース氏と飛行船〈ユーモア〉

マイケル・ボンド
木村博江 訳

代休に編集長からの電話！　英仏間を結ぶ飛行船就航記念機内食メニューを考えよというのだ。食の国フランスの威信がかかっている。われらが愛犬ポムフリットとともに、ブルターニュへ飛んだパ氏。折しもサーカスが興行中で、ゴム女と鰐、おまけに彼を追い回す謎の老婆までもが出現。ミステリ度もグルメ度もアップしてますます快調の一冊。

21506-8

パンプルムース氏対ハッカー〈ユーモア〉

マイケル・ボンド
木村博江 訳

『ル・ギード』編集長が社のOA化をぶち上げた！　その場でコンピュータが吐き出した最高のレストランは、なんと、悪名高きテイクアウト専門店。データの改竄だ！　犯人は社内か、それとも……？　編集長の命もねらわれているらしい。元刑事パ氏と元警察犬ポムフリットが決死の大活躍。経理のマダム・グラントの恋物語もからむ大傑作。

21507-6

パンプルムース氏の晩餐会〈ユーモア〉

マイケル・ボンド
木村博江 訳

アメリカ人推理作家六人組のグルメ・ツアー中、作家のひとりがヴィシーの鉱泉を飲んで死亡。「バタール・モンラッシェと、魚」という謎のダイイングメッセージは何を意味するのか？　ダルタニャンに扮して、ツアー企画者のキャリアウーマンとともに仮装晩餐会に臨んだパ氏を待ち受ける運命とは？　元警察犬ポムフリットも絶好調の第七弾。

21508-4

助産婦が裁かれるとき〈サスペンス〉

クリス・ボジャリアン
髙山祥子 訳

産婦はもう息をしていない。心臓も止まっている。ならばせめて新しい命を救わなければ――助産婦シビルは思い切って帝王切開を開始、見事赤ん坊をとりあげた。だが、事は単なる不幸な出産では終わらなかった。シビルの帝王切開こそが産婦を死に至らしめたのではないか、と彼女が訴えられたのだ。助産婦の功罪を問う裁判の行方はいかに？

24802-0

容疑者たちの事情〈サスペンス〉

ジェイニー・ボライソー
山田順子 訳

最愛の夫が逝って四年、知り合ったばかりの女性からのパーティの誘いに応じたのは、そろそろ新しい生活への第一歩を踏み出したかったから。それなのに、パーティの最中に女主人が墜落死、その第一発見者が自分だなんて！　ローズはもちまえの好奇心を発揮して事件の調査にのめりこんでいく。コーンウォールの魅力満載のライトミステリ！

19804-X

しっかりものの老女の死〈サスペンス〉

ジェイニー・ボライソー
安野玲 訳

しっかりものの老女が死んだ。警察は自殺と判断したが親しかったローズは納得できない。二人の息子や財産を狙っている嫁はもちろん、秘密を抱えていそうな隣人や怪しい骨董商があらわれ今回も容疑者に事欠かない。またも事件に首を突っ込む一方、自身の生き方を模索するローズ。恋人との関係に悩み新しい出会いに胸躍らせる彼女の未来は？

19805-8